REPÚBLICA DO TACAPE

ROGÉRIO REZENDE

REPÚBLICA DO TACAPE

UNITED
PRESS

Revisão
João Guimarães

Diagramação
B.J. Carvalho

Capa
Douglas Lucas

Coordenador de produção
Mauro W. Terrengui

1ª edição – Abril – 2004

Impressão e acabamento
Imprensa da Fé

Dados Internacionais de Catalogação na Publicação (CIP)
(Câmara Brasileira do Livro, SP, Brasil)

Rezende, Rogério
República do Tacape / Rogério Rezende. --
São Paulo: Hagnos, 2004.

1. Ficção brasileira 2. Ficção cristã

04-1696 CDD-869-93

Índices para catálogo sistemático:
1. Ficção: Literatura brasileira 869.93

ISBN 85-243-0306-9

EDITORA HAGNOS
Rua Belarmino Cardoso de Andrade, 108
São Paulo - SP - 04809-270 Tel/Fax: (xx11) 5668-5668
e-mail: hagnos@hagnos.com.br www.hagnos.com.br

"A verdade vai libertar,
Mas antes vai aborrecê-lo."

– **Gloria Steinem**,
escritora feminista americana

"A riqueza que nós temos
ninguém consegue perceber."

– **Renato Russo,**
cantor e poeta

"Silêncio, que o Brasil falará
por tua boca."

– **Pablo Neruda**

Essa é uma obra de ficção, qualquer semelhança com nomes ou fatos reais é mera coincidência.

CAPÍTULO 1

Recife, 1655

Caía a tarde como um viaduto sobre holandeses reformados e judeus, que ficaram em Pernambuco depois da vitória dos portugueses.

Os holandeses dominaram o nordeste açucareiro de 1625 a 1654. Disseminaram a cultura calvinista holandesa em mais de 1.200 km de litoral. Nesse tempo, houve tolerância religiosa para com judeus e católicos. Segundo Gilberto Freire, o holandês Maurício de Nassau escreveu um dos mais belos capítulos da história mundial do açúcar. Mas depois que os batavos se foram, o tempo da intolerância voltou com a temida Inquisição, para purificar a fé cristã, contaminada pelos holandeses calvinistas e judeus.

Em um mosteiro jesuíta, às margens do rio Capibaribe, na cidade do Recife, uma dezena de monges, artífices na madeira e alguns escravos-ajudantes trabalharam exaustivamente durante meses na construção de um "móvel" que ao mesmo tempo fosse um Tribunal de Inquisição e um instrumento de "purificação da fé". Por meio da dor, infligida no corpo do herege, a verdade, no espírito, se manifestaria. Todo de cedro, madeira considerada sagrada, o móvel ficou conhecido como o Tribunal de Cedro.

O enorme móvel era visto por todos – não hereges – como um "santo instrumento de Deus" que veio purificar a Igreja. Sua maior contribuição nessa cruzada seria depurar a fé dos nordestinos contaminada pela religião dos invasores holandeses e dos judeus que vieram com eles. O meio mais eficaz dessa purificação era a tortura aplicada ao herege dentro do móvel de cedro.

O Tribunal de Cedro eram dois enormes retângulos – duas camas de proscuto –, o horizontal feito de um assoalho de grossas tábuas de cedro, fixadas com grampos de ferro que se apoiava sobre três eixos de rodas de ferro. No meio desse retângulo horizontal, um vertical, em que o herege era amarrado, torturado e purificado bem como justificado e morto dos seus pecados.

Nas vigas do retângulo vertical foram feitos símbolos religiosos de anjos com espadas e querubins, coroas, lanças, palavras latinas e gregas lavradas na madeira e muitos desenhos barrocos, com temas de cruzadas religiosas. Em toda a extensão das bordas do assoalho foi feita uma decoração barroca.

O Tribunal de Cedro, quando era movido, fazia um ruído grave, estremecedor, por causa do peso e das rodas de ferro. Para puxar o móvel, eram necessários 15 escravos fortes ou seis cavalos. Depois de pronto, ele foi colocado num pavimento inferior ao piso térreo do mosteiro. Havia ali um espaço enorme, um complexo barroco, com muitas celas e salas. A luz entrava por básculas no teto, e arandelas no corredor ajudavam a clarear o lugar sombrio. O Tribunal era atração, um bicho raro escondido da vista dos homens, mas sagrado para os inquisidores, muito sagrado.

Sete dias após o término do Tribunal, um ato selvagem, estranho, foi realizado no gigantesco móvel de cedro. De frente do Tribunal, num tipo de propiciatório, todo em madeira maciça, medindo cerca de um metro de altura, foi levado um cordeiro, todo branco, conduzido por seis monges encapuzados.

À meia-noite em ponto, deitaram o cordeiro sobre o propiciatório e com um cutelo cortaram sua jugular, espargindo seu sangue sobre todo o Tribunal. Depois disso, esquartejaram-no, cortando-o em centenas de pedaços, menos a cabeça. Ela ficou pendurada por uma corda no meio do Tribunal e os mais de cem pedaços foram espalhados por todo o assoalho do Tribunal. O salão permaneceu trancado por três dias e três noites e, na manhã do terceiro dia, todas as partes do cordeiro foram reunidas e queimadas. Os restos foram colocados numa caixa de bronze, trancada que foi depositada em uma tumba na parede do mosteiro. Somente após esse ritual é que o lugar foi usado pela Inquisição.

Depois desse sacrifício, nas noites em que aconteciam torturas e mortes de "hereges", ouvia-se estranhos berros de cordeiro. Os que não tinham conhecimento do ritual falavam que no porão do mosteiro vivia um cordeiro. Os céticos, porém, diziam que era pura superstição, brincadeira de algum monge velho para impressionar os noviços.

No ano de 1659, um judeu holandês chamado Jakob Keplerer foi julgado no Tribunal de Cedro da inquisição portuguesa. Como ele não negava sua fé no judaísmo, passaram à tortura. Antes de morrer, Keplerer chamou o "monstro" que provocara sua morte de "Besta de Cedro". O judeu foi amarrado pelos pés de cabeça para baixo, no centro da Besta, para receber 40 chicotadas, só agüentou até a 26ª. Na ponta do chicote de couro, havia uma pedra pontiaguda e cada chicotada produzia um ferimento como uma pequena canivetada. Com o corpo cheio de pequenos furos, todo o seu sangue escorreu pelo assoalho. Nessa noite, os berros de cordeiro não deixaram os monges dormir. Nem os mais céticos conseguiram dormir. No dia seguinte, todos saíram em busca do cordeiro perdido no imenso mosteiro. Reviraram todos os cantos do lugar, mas nada foi encontrado.

Com o passar das gerações, criou-se uma mística acerca da Besta. Uns acreditavam que ela existia, outros não.

No tempo de Maurício de Nassau, a Besta fez muitos mártires e mentirosos, uma vez que os suspeitos confessavam qualquer coisa para não receber a quarentena de açoites e as outras torturas. Sobre as tábuas do assoalho de cedro foi derramado tanto sangue que elas ficaram com a cor de vinho. Vinho de sangue. Sangue que se tornou vinho. Como Jesus na Ceia: "Este vinho é o meu sangue".

O Tribunal de Cedro serviu à Inquisição enquanto ela permaneceu no Brasil. No porão escuro do mosteiro, escondida aos olhos do povo, a Besta de Cedro, segundo o historiador jesuíta Teilhard Guillion, cumpriu sua missão religiosa cabalmente.

Ela também foi usada para resolver muitos problemas políticos. A aplicação como castigo político começou após a crise vivida entre Dom Pedro 2º. e os bispos Dom Vital Maria de Oliveira, de Olinda e D. Antônio Macedo, de Belém. Estes se revoltaram contra a instituição do "Padroado" e do "Beneplácito" de Dom Pedro 2º. Sem a autorização do imperador, a Igreja não poderia nomear bispos, o Padroado e fazer cumprir as determinações papais, o Beneplácito. Os bispos enfrentaram D. Pedro 2º. e foram presos, condenados a quatro anos de trabalhos forçados e o Estado tomou várias propriedades da Igreja, dentre elas o mosteiro em que estava a Besta de Cedro.

O mosteiro foi destruído na parte de cima, redesenhado, ampliado e transformado, tornando-se, em 1887, na maior prisão de Pernambuco, a Casa de Detenção. Porém, a Besta de Cedro e o porão, a parte inferior do mosteiro, foram mantidos intactos. Desse ano em diante a Besta iniciava uma nova fase na sua história: deixava os hereges religiosos para tratar dos hereges políticos. Era a vez de positivistas, anarquistas e socialistas a conhecerem. Os coronéis também a usaram para resolver seus problemas pessoais com inimigos políticos. Ela deu fim a muitos desafetos dos donos da política e do povo. Entrou na República Velha com medida certa para aplicar a ira oligárquica dos coroneis nordestinos.

Todas as mortes e torturas aconteciam em Recife, mas longe dos olhos e ouvidos do povo. O povo nutria medo e simpatia pela "lenda" de cedro. O povo acreditava que ela só existira na época de Nassau e que fez o que era certo, segundo os donos do poder e os conservadores no meio do povo.

Outros pensavam que ela nunca serviu para qualquer coisa senão aumentar a crueldade na história humana e manchar a história da Igreja e do país. Somente uma minoria acreditava na realidade da Besta de Cedro, porque a última vez que ela havia sido vista foi num auto-de-fé público, em 1665.

Visitá-la era proibido desde que tinha sido criada. Mas os que a visitaram, os hereges, jamais voltaram para contar o que viram. Ela não deixou sobreviventes. No ano de 1922, ela já registrava 120 "hereges" mortos.

Conta-se que, em 1929, um membro do PCB foi levado à Besta para passar por uma sessão de tortura à base de chutes, choques e flagelações. Marxista convicto, ele disse que era inútil fazê-lo mudar sua convicção ideológica. Foi então enforcado. Seu corpo ficou pendurado no meio do ex-tribunal da Inquisição durante 24 horas. Só quando já estava putrefato, foi jogado dentro de um saco e enterrado numa cova no meio do sertão.

Essa história foi contada a um padre por um velho militar no leito de morte, mas desmentida por seus pares, que diziam que isso era fruto de uma mente senil.

Pensou-se que em 1946 a "coisa" seria destruída com os novos tempos da democracia, afinal não havia razão para manter um símbolo tão nefasto, já que os hereges políticos poderiam manifestar-se livremente. Porém, não foi o que aconteceu. Ela permaneceu silenciosa e a mantiveram limpa e ativa durante esses anos até o país cair novamente na ditadura, com o golpe de 1964. A partir disso, houve o retorno aos "bons tempos" da era "Tempo de Matar". Nunca ela esteve tão ativa, quanto nessa época

Os comunistas foram para a luta armada e a Besta voltou-se contra eles e contra todos que tinham cheiro e aparência de "vermelho". A Casa de Detenção ficou abarrotada de presos políticos. Milhares eram jogados ali. Comunistas e não comunistas compartilhavam as celas.

—✳—

1970

A Besta completou 315 anos de vida. Noventa e nove por cento dos presos na Casa de Detenção não acreditavam no que havia no porão da cadeia. No entanto, abaixo dos seus pés estava o símbolo vivo da mentalidade medieval do Brasil colônia, isso em plena república.

O coronel Febrônio César Machado, responsável pelo combate à subversão comunista em Pernambuco, e mais um grupo de oficiais das Forças Armadas, eram os guardiões da Besta. O coronel Febrônio César foi um "Torquemada fardado" e seu trabalho foi muito eficiente quando tinha de fazer um "herege" vermelho confessar qualquer coisa ou mesmo desaparecer com ele. Felinto Muler comparado a Machado era o mesmo que um velocípede ao lado de um trator. O coronel passava por cima de tudo e todos que se colocavam a sua frente.

Machado comandava um grupo de militares que combatiam a ferro e fogo os seguidores de Miguel Arraes e Francisco Julião. Tinha a ambição de comandar uma guerra contra os comunistas do Brasil inteiro. Os mais chegados diziam que ele também almejava o poder em Brasília.

CAPÍTULO 2

Afroníger começou a trabalhar aos oito anos de idade. Vendia castanha de caju no centro do Recife. Trabalhou em feira até os 18 anos. Na adolescência, vivia envolvido em brigas. Afroníger não passava uma semana sem brigar com alguém, e porque sempre ganhava as brigas, foi apelidado de "Diabo Negro". Adorava uma luta. Afroníger era imbatível, temido e admirado pelas crianças do bairro do Pina, onde morava.

Com 18 anos, Afroníger serviu ao Exército. Lá, se tornou amigo de Osvaldo Nabuco, filho de um estivador do porto de Recife, e que estava para aposentar. O filho não queria seguir a profissão do pai, seu desejo era estudar Direito. Por causa dessa amizade, Afro conseguiu entrar no porto de Recife como estivador.

Ele se casou com Helena, uma professora, e foram morar em Piedade. Depois do casamento parou de brigar, sua mulher exigiu que seus filhos não conhecessem o "Diabo negro". A disciplina no Exército, a mulher e os filhos tornaram Afroníger mais sóbrio, menos intemperante. O casal teve três filhos: Carlos, Rosa, e Osvaldo.

Nessa época, década de 1970, aconteciam atividades guerrilheiras em Pernambuco. A "esquerda em armas", incontestavelmente, era mais fraca para enfrentar as Forças Armadas, mas procurava transformar cidadãos inconformados em guerrilheiros. Afro se encaixava nesse perfil, e por causa da sua cor e de seu porte, seus amigos marxistas o comparavam a um guerrilheiro chamado Osvaldão, que lutava na guerrilha do Araguaia.

Afro constantemente era convidado para ingressar na luta contra o que a esquerda chamava de tirania militar. Mas Afro conhecia o Exército por dentro, sabia que a esquerda não tinha chances, conhecia o poder dos militares, sabia que era uma luta desigual e quem seria o vencedor. Além disso, tinha família, a coisa que mais prezava na vida. Os marxistas só conseguiram de Afro um amigo e simpatizante da causa. Nada mais.

No porto de Recife, onde Afro trabalhava, toda semana se ouvia falar de pessoas e guerrilheiros que desapareciam misteriosamente na Casa de Detenção. Vários colegas comunistas do porto sumiram da noite para o dia. O governo caçava com toda a força. Quanto mais prendiam, torturavam e matavam comunistas, mais eles surgiam. A repressão era a sementeira da causa comunista. E assim, mais e mais pessoas aderiam à luta armada, a maioria jovens.

Afro não acreditava nessa luta, que um grupo de estudantes universitários, profissionais liberais, cheios de paixão, empreendia contra o Exército brasileiro. Ele expunha isso, mas criticavam-no por essa posição, diziam que era subserviência, conformismo. Repetiam o argumento das olas cubanas: "um, dois, três, mil Vietnãs". Afro respondia que nem três mil Vietnãs seriam suficientes para vencer os militares.

Mas a situação de Afroníger por causa da sua amizade com comunistas – principalmente com um grupo de jovens guerrilheiros da VAR-Palmares – se complicava. A repressão já interpretava que essa ligação ia muito além de amizade.

O leão se virava contra ele e o bote seria dado em pouco tempo.

CAPÍTULO 3

Maria Farinha, litoral de Pernambuco.

Os filhos de Afro brincavam na água. Afro comia casquinha de caranguejo. Helena estava sentada ao lado, debaixo da sombra de um quiosque coberto com folhas de coqueiro. Osvaldo, o caçula, menino inquieto, estava com os olhos vermelhos de tantos "caldos" que levava de Rosa, a irmã. A menina gostava de brincar sozinha, mas Osvaldo não a deixava. De dez em dez minutos, o menino vinha reclamar para a mãe que a irmã o machucara, jogando-o contra as ondas. Afroníger via no caçula muito do seu temperamento quando ele era criança. O mais velho era mais sossegado, igual à mãe e Rosa.

Por volta de quatro da tarde, apareceram uns conhecidos. Seus amigos da guerrilha. Quatro membros da

VAR-Palmares. Tinham um acampamento-esconderijo nas matas de Igarassu. Ali recebiam treinamento de guerrilha urbana e sobrevivência na mata. Todos eram guerrilheiros, jovens, idealistas e apaixonados por Cuba.

Ezequiel, Amós, Nonato e Natan, esse último era sobrinho de um general do Exército. Ezequiel cumprimentou Afroníger e a esposa. Ezequiel fora criado na mesma rua que Afro, no Pina. Ele tinha grande amizade por Afro, não só ele, mas seus pais também. Afro, 12 anos mais velho que Ezequiel, sentia-se seu pai. Helena logo deixou claro que aquela conversa não lhe interessava. Dizendo que os filhos estavam com problemas, foi para junto deles.

Tomaram água de coco, beberam cerveja e comeram casquinhas de siri. A conversa estava alegre até que começaram a falar em desaparecimentos:

– Pedro desapareceu, Afro! – disse Ezequiel. Havia gravidade em sua voz, ele sabia que essa notícia sensibilizaria o amigo. Afro era amigo de Pedro, ex-marinheiro.

– Como foi?

– Ninguém sabe. Ele estava preso na Casa de Detenção. Os companheiros que estão lá dizem que ele desapareceu da cela.

Afroníger não queria acreditar no pior.

– Deve ter sido solto. Já procuraram com os familiares?

– Eles também disseram que ele não apareceu, depois que foi preso. Sua mulher disse que "eles" a informaram que Pedro fugiu da prisão.

– Viu – interveio Afroníger.

– Como ele fugiu, se não entrou em contato conosco? Se tivesse fugido, seríamos os primeiros a saber.

– Foi a Besta de Cedro – afirmou Amós.

– Que Besta nada! – Afro retruca. – Isso é lenda. Lenda! Não creio nessas ignorâncias.

– Por que você não acredita, Afro? – pergunta Amós.

– Pela simples razão de que se isso fosse verdade, já teria apodrecido há anos. Falam que ela foi criada desde a época do descobrimento do Brasil. Se ela existe hoje, não passa de um monte de pó. Isso é só conversa, lenda, nada mais.

– Eu não concordo. A Besta não é lenda, e ela está muito bem preservada – afirmou Natan, o sobrinho do general.

– Deixa disso, homem. O que há mesmo é pau-de-arara, pancada, chutes e choques. Essas coisas é que existem e tomem cuidado porque é isso que os espera na Casa de Detenção.

– Prefiro morrer com um tiro a ser torturado na Besta ou em outra coisa igual a ela. Se me prenderem e não tiver jeito de fugir, antes que me torturem, eu me mato – disse Ezequiel.

– Você tem tanto medo assim de uma lenda, Ezequiel?

– Se eu tivesse medo não estaria na luta armada.

Depois de mais de uma hora de conversa, os jovens guerrilheiros foram embora para o esconderijo nas matas de Igarassu.

No carro, de volta para Recife, Natan perguntou a Ezequiel acerca de Afroníger:

– Por que ele não está conosco na luta?

– Ele não acredita na luta armada. Ele tem família. Não deixaria sua família por causa alguma. Ele possui valores burgueses. Não é como nós.

– E por que a gente se abre com ele?

– Ele é meu amigo... Pode ficar tranqüilo, Natan. Afro não é dedo-duro... É uma pena não estar conosco, daria um guerrilheiro de primeira. Serviu no Exército. Luta como um animal feroz. Já o vi bater em cinco homens ao mesmo tempo. Na rua em que morávamos, era chamado de "Diabo Negro". Depois que serviu ao Exército, voltou outro, casou, mudou, e depois que nasceram os filhos se acordeirou de vez.

– Hoje, o que ele faz?

– Carrega sacos de açúcar no porto de Recife. – Ele é parte da mentalidade colonial – concluiu Natan.

—✳—

Esse seria um dos últimos sábados que Afroníger passaria com a família na praia de Maria Farinha. Olhos estranhos observavam todo o encontro dos amigos na tarde daquele sábado. Ele não sabia que espias do coronel Febrônio Machado o vigiavam. O bote final seria uma questão de tempo.

—✳—

O coronel Febrônio Machado foi procurado pelo general Moisés Cavalcanti, tio de Natan, um dos guerrilheiros daquele encontro com Afro. O general era dos "moderados" da ditadura, Machado, dos "duros". O coronel já imaginava do que se tratava a conversa.

– Eu tenho de lhe falar algo que de certa forma me envergonha. Não gosto de fazer pedidos.

– Fique à vontade, general.

– Infelizmente, você sabe como anda essa juventude...

– Anda terrível!

– É... Tenho um sobrinho, é um menino ainda. É um menino realmente muito bom, estava estudando no seminário.

– Estudante de Teologia.

– Sim... Mas não sei o que deu nele, virou a cabeça... ele entrou para a luta armada.

– Que coisa! – Machado e seu cinismo, ele sabia quem era Natan, o que fazia, tudo.

– Achei uma atitude extremada e absurda, mas lamentavelmente ele está na luta armada.

– Como é mesmo o nome dele?

– Natan.

– Natan Cavalcanti.

– Isso. Sabe onde ele está?

– Onde ele está?

– Não sei, mas isso para mim é uma questão de alguns telefonemas e pronto.

– Então me faça esse favor, amanhã à tarde volto a encontrá-lo.

– Sim, senhor.

—✻—

Vinte e quatro horas depois.

– E então, coronel? Tem notícias dele.

– Sim... Ele está na VAR-Palmares, general. Natan está com más companhias, anda com guerrilheiros perigosíssimos. Guerrilheiros treinados em Cuba e na União

Soviética. Ele está em um esconderijo nas matas de Igarassu. Estamos na cola desses guerrilheiros.

– Fico feliz que saiba onde ele está. Isso me tranqüiliza... Quero que faça o seu serviço, mas que poupe a vida de Natan se houver um confronto, entende...

– General, infelizmente, sabe como são esses guerrilheiros. Eles vêm para cima da gente como bicho. Não sei se posso garantir a vida do rapaz. Se houver um confronto, vai ser difícil preservar a vida dos meus homens e a vida de um guerrilheiro...

– O senhor não entendeu o que eu disse. Eu não estou pedindo um favor, coronel. Estou ordenando. Eu quero que traga meu sobrinho, vivo, V-I-V-O. Se ele aparecer morto, você vai se ver comigo... Meu sobrinho não sabe nem onde é o gatilho de uma pistola e você vem me dizer que não pode pegá-lo vivo? Um homem como o senhor, treinado nos EUA... Que história é essa?

O general Moisés endurece. – Vou repetir para deixar bem claro, eu quero meu sobrinho vivo. Se ele aparecer morto, você vai se ver comigo. Fui claro, coronel Machado?

– Sim, senhor.

Poucas pessoas tinham coragem de falar nesse tom com o coronel. Moisés conhecia bem o coronel. Sabia que para ele, comunistas e baratas eram a mesma coisa. Se não pedisse pela vida do sobrinho, Febrônio só o entregaria em um caixão.

O coronel sentiu-se muito ofendido com as palavras do general, mas ele tinha de obedecer, Moisés era superior e também porque Moisés não jogava palavras, promessas e ameaças ao vento. Essa conversa produziu profunda inimizade entre os dois.

– General vermelhinho – falou para si o coronel.

—✻—

Duas semanas depois do último encontro.

Um coqueiro arriou para dentro do mar da praia de Maria Farinha. Metade de suas raízes o mantinham suspenso sobre as ondas. As ondas balançavam o tronco. Quem olhava aquele coqueiro, não conseguia deixar de sentir-se compelido a andar sobre seu tronco até chegar ao final. Os filhos de Afro começaram a brincadeira. Só duas vezes Carlos chegou ao final do coqueiro sem cair nas ondas. Como as ondas o mantinham em constante balanço, era muito difícil manter-se em pé no tronco.

Afro estava deitado com a cabeça no colo de Helena, Rosa catava conchas, Carlos e Osvaldo brincavam no coqueiro.

– Ezequiel e os outros não virão hoje? – perguntou Helena.

– Acho que não.

– Eles são da guerrilha, não são? – Afro evitava falar desses assuntos com Helena, não queria preocupá-la. Mas ele sabia que quando ela queria saber uma coisa, ela insistia até ele ceder.

– São – respondeu seco.

– Cometem atentados?

– Por que quer saber isso, Helena?

– Porque é perigoso!

– Perigoso para quem?

– Para nossa família, para você, para eles.

– Não há perigo. Não se preocupe.

– Acha que é fácil não se preocupar? Esta semana levaram o esposo da Ana.

– Quem é Ana?

– Uma professora da escola em que dou aula. O esposo dela nem era comunista.

– Então, foi preso por quê?

– Porque falou sobre o problema da seca.

– É um absurdo!

– Dizem que ele está preso na Casa de Detenção. Mas ninguém lá confirma. Ana está apavorada!

– Bobagem ela ficar apavorada.

– Lá tem a tal Besta.

– Até você com esta história, Helena?

– Afro, quando as pessoas falam muito numa coisa, é porque a coisa incomoda, existe. A Besta incomoda...

– É lenda, Helena. Os padres criaram essa lenda para fazer o povo andar conforme a cartilha deles. Isso é bobagem!

– O que lhe faz crer que ela não existe?

– Quando servi ao Exército, visitei a Casa de Detenção. Vi cassetetes, fuzis, espingardas, chicotes, revólveres, mas Besta, não vi nem ouvi falar. É folclore! Lenda! Não há razão para existir uma coisa dessas em pleno século 20. Não perca seu tempo pensando bobagens.

– O que existe lá que tanto apavora as pessoas?

– Pau-de-arara.

Carlos chama o pai, que sai correndo na sua direção. Os dois aceleram o passo.

– Pai, pai, pai...

Afro fica assustado com o que pode ter acontecido ao filho. Quando se encontram, se abraçam.

– O que houve, filho?

– Um bicho me mordeu na água.

– Onde?

– Na perna, aqui – mostra o lugar.

O lugar estava com uma pequena ferida, parecia que um peixe ou um galho, ou outra coisa, o machucara, mas era superficial.

– Pode ter sido um galho que raspou aí, não foi nada.

– Está doendo.

– Vá brincar que logo passa.

–Osvaldo saiu correndo na direção do coqueiro, feliz da vida.

Para o pai, a ferida não passava de um arranhão.

CAPÍTULO 4

Na última sexta-feira de junho de 1970, o Brasil se tornou tricampeão mundial no futebol, o país vivia a euforia dessa conquista. Nesse dia, Ezequiel, Natan, Nonato e Amós receberam ordem para seguir para o bairro de Casa Caiada, era um encontro da VAR. A reunião seria às 19 horas, às 17 horas partiram do acampamento-esconderijo nas matas de Igarassu.

O Opala dos jovens passou diante do olhar de um espião do coronel. Imediatamente, o informante ligou para um grupo de agentes, que estava cerca de dez quilômetros dali:

– Pode falar.

– Tenente, o Opala segue na direção do bairro do Janga. Está indo para o encontro em Casa Caiada, um bairro de Olinda.

– Tem certeza que são eles?

– Absoluta. São quatro e estão em um Opala mostarda, sem calotas, farol dianteiro da frente quebrado e...

– ...Isso é suficiente. São apenas quatro?

– Sim!

– E o sobrinho do general Moisés, também está no carro?

– Está! Veste calça jeans e camiseta cáqui. É o único de camisa cáqui. Está no banco de trás.

– Muito bom. Agora é conosco.

– Sim, senhor!

Desligaram o rádio. O tenente falou para dois sargentos sentados à beira da praia de Olinda.

– Está na hora de agir. Vamos!

Os militares vestiam roupas civis. Entraram em um caminhão Chevrolet-truck, grafite, placa fria para disfarçar. Pegaram a pista na direção do Janga, litoral norte.

– Onde eles estão, tenente?

– Mais ou menos uns 15 quilômetros à nossa frente. Preparem-se.

O comando daquela operação estava a cargo do jovem tenente Henrique Araújo. Eles conferiram as pistolas e fuzis. Cada um levava duas pistolas e um fuzil. No Opala, os quatro jovens estavam com uma submetralhadora e três revólveres 38. O tenente advertiu os sargentos:

– Não podemos falhar.

– Desculpe, tenente, mas essa missão é o mesmo que tirar pirulito da boca de criança. Eles são apenas uns meninotes comunistas arrogantes. Não sabem nada de guerra. Só entendem de livros de Marx e Engels.

O sargento que dirigia concordou com o colega:

– É isso mesmo, tenente. Apenas um de nós poderia acabar com todos eles.

– Não questiono a capacidade de vocês. Estou falando do sobrinho do general, que está no Opala.

– Recebemos ordens para trazê-lo e isso vamos fazer, seja vivo ou seja morto.

– Errado! Temos de trazê-lo vivo.

– Aí é complicado. E se ele reagir? O colete não garante defesa na cabeça.

– Se ele reagir, podem atirar para defender. Mas evitem ao máximo atirar para matá-lo.

– E os outros, vamos perguntar o que querem beber antes de atirar?

Os sargentos riem, mas o tenente permanece sério:

– É olho por olho e dente por dente.

Os veículos estavam apenas oito quilômetros um do outro. Em poucos minutos, estariam frente a frente. Os quatro jovens correm no Opala ao encontro do caminhão, sem saber o que os aguardava.

No Opala, Nonato comenta com Ezequiel:

– Acho que vou passar mal.

– O que foi?

– Aquela casquinha de siri desarranjou meu estômago.

– Quer que eu pare, Nonato? Tem muito mato aqui.

– Não, Ezequiel. Só estou com cólica, dá para agüentar até Olinda. Não podemos é chegar atrasado. Se não agüentar mais, peço para parar.

– Só não deixa passar da hora. Nem vai ficar soltando gases no carro. – Os outros riem.

– Estão rindo porque não é com vocês. Deixa quando tiverem um piriri – os outros riem mais.

No caminhão Chevrolet, os oficiais conversam sobre os últimos detalhes, um dos sargentos, enquanto manipula a pistola, faz um questionamento ao tenente:

– Tenente, estou um pouco preocupado.

– Qual é a preocupação?

– Não podemos morrer por causa do sobrinho do general, podemos?

– É óbvio que não.

– Se eles vêm para o que der e vier, como eu irei?

– Que pergunta, sargento! Você vai do mesmo jeito ou mais.

– Se eu for assim, tenho de esquecer que preciso salvar o sobrinho do general.

– Podem ir com tudo. Mas, se puderem, não matem o rapaz.

– Agora me sinto melhor. Guerra é guerra. quem for melhor, leva.

Entre os dois veículos, faltavam agora seis quilômetros. Vão se encontrar no final da praia do Janga:

– E então, Nonato? Quer que eu pare?

– Não precisa, parou a dor.

– Tudo bem! Não vamos atrasar a história.

O sargento que dirigia o Chevrolet gritou:

– Lá vêm eles!

– Estão longe. Tem certeza?

– É o Opala mostarda, tenente.

O tenente pega o binóculo.

– A placa, a cor; o farolete, tudo confere. É o carro. É agora!

O caminhão corre para a sua presa. O Opala, a cem quilômetros por hora, corre sem saber o que o espera. Do lado direito do caminhão, há coqueiros e areia. Do lado esquerdo, há um valão paralelo e uns sete metros da pista. Só faltam 500 metros.

– O carro está indo muito rápido, tenente.

– Faça-o diminuir.

O caminhão saiu de sua pista e entrou na pista do Opala. Ezequiel se assustou e deu sinal de faróis avisando o perigo, ao mesmo tempo em que reduz a velocidade. O caminhão voltou para a pista. O Opala diminuiu a velocidade de 100 para 80. Ezequiel depois do susto comenta:

– Que cara abusado entrando na minha frente! Quase faz uma tragédia. Deve estar bêbado!

Menos de 50 metros. O caminhão entrou na frente do Opala e ofereceu a traseira. Ezequiel freou, mas não parou a tempo, bateu de lado nas rodas traseiras do caminhão, e ainda mergulhou no valão ao lado da pista do Janga, capotou duas vezes e caiu com as rodas para cima. Todos os ocupantes do carro ficaram desacordados. Estavam todos bastante feridos, imóveis, Ezequiel talvez estivesse morto, havia muito sangue no seu rosto.

Os militares correram para o carro, retiraram Natan com extrema rapidez, enquanto os outros dois mataram os ocupantes com tiros de pistola. Um dos sargentos levou Natan para o caminhão, os outros despejaram gasolina em todo o carro e colocaram fogo. Os oficiais voltaram para o caminhão que já estava com o motor ligado e partiram, deixando para trás três jovens guerrilheiros mortos.

– Como está o sobrinho do general? – pergunta o tenente Henrique ao sargento que estava com ele na carroceria.

– Inconsciente. Deve ter tido traumatismo craniano. A cabeça está coberta de sangue. A camisa também. Deve ter quebrado algumas costelas, respira com dificuldade.

– Espero que sobreviva.

As chamas consumiam o carro e os corpos dos guerrilheiros. Em poucos segundos o carro explodiu, quando o fogo atingiu o tanque. Agora não daria para identificar ninguém. O tenente ligou para o quartel. Na sala do coronel:

– E então?

– Sucesso, coronel.

– Alguma baixa?

– Só do lado inimigo. Três baratas vermelhas a menos.

– Como está o moleque?

– Está inconsciente, todo cheio de sangue.

– Não está morto, está?

– Não, está vivo, respira com dificuldade, mas está muito machucado. Acho que vai sobreviver.

– Levem-no rápido para o hospital.

– Sim, senhor! Vamos o mais depressa possível.

– Ótimo.

– Senhor!

– Pode falar, tenente.

– O carro está pegando fogo no final da praia do Janga.

– Não se preocupe. Os homens do apoio estão indo para lá limpar os rastros que ficaram. Fiquem tranqüilos! Parabéns pelo serviço, pessoal!

– Obrigado, senhor!

O radiotransmissor foi desligado.

Natan chegou ao hospital coberto de sangue. No dia seguinte, veio a notícia de que seu estado não era grave:

sofreu vários cortes no rosto, quebrou um braço, fraturou duas costelas. Em poucos dias teria alta. Mas sua situação com o governo era a pior possível. Para não sofrer torturas nos interrogatórios militares, seu tio, general Moisés, conseguiu que fosse banido do país. Duas semanas depois da emboscada do Janga, Natan, cheio de curativos, foi colocado em um avião com destino à França.

CAPÍTULO 5

O leão dá o bote em "Diabo Negro", o herói de Ezequiel.

Afro estava nas docas do Porto de Recife lendo o *Diário de Pernambuco*. Ele aguardava seu turno quando entraram, rapidamente, dez militares. Sabiam que além de forte, Afro era um lutador. Estava nos informes: "elemento muito perigoso e violento". Não é fácil prender um homem de 1,95 m com 110 quilos de músculos exercitados todos os dias com sacas de açúcar. Afro ficou assustado com a presença dos homens.

– O que vocês desejam?

O tenente Henrique, o mesmo que liderou a emboscada no Janga, respondeu:

– Afroníger Carvalho de Oliveira, é você?

– Sim, sou eu mesmo. Por quê?

– O senhor está preso.

– Preso?! Posso saber o motivo?

– Crime de subversão. Você é subversivo e inimigo da pátria falou o militar.

– Estão enganados. Eu não fiz nada.

O oficial foi inflexível:

– Algemem-no! Se reagir, matem aqui mesmo.

– Não se preocupe, não vou reagir. Quero dizer que vocês pegaram a pessoa errada.

– Não seja cínico, comunista idiota!

Acompanhado do xingamento, Afro levou um soco no estômago.

– Que é isso?! Calma! Não estou reagindo. Não estou ameaçando ninguém. Vamos resolver a coisa de forma pacífica!

– Para o inferno com forma pacífica! Essa é a única linguagem que vocês entendem.

– Eu não vou reagir, vamos com calma, vamos com calma.

Afro conhecia aquele grupo. Sabia que eram como vespas. Qualquer ação da sua parte seria revidada com muita violência, e talvez, morte. Quando recebeu o soco, estava despreparado, sentia muita dor. Mais tarde, o sargento que deu o soco confessaria ao tenente:

– Dei um soco no cara e parece que eu tinha acertado um pneu de caminhão. Vamos suar um bocado para fazer esse cara falar.

—※—

Afro sabia que estava encrencado, mas isso não era seu maior tormento. A maior preocupação era sua família, que desconhecia onde ele estava. Sua esperança era que, ao constatarem o engano, o soltassem logo. Também precisava de ajuda dos amigos da caserna.

Virou-se para o oficial que era o comandante da operação que o prendeu:

– Posso falar com o general Moisés Cavalcanti?

O tenente lembrou-se que o general era o mesmo que livrou Natan da prisão e da Besta. Ele sabia que o general poderia fazer por Afro o que fez por Natan.

– O general Moisés morreu em um treinamento militar há mais de um ano. Com esse você não pode contar mais.

Afro receava que o oficial estivesse mentindo, mas não iria questionar, seria pior se o fizesse, então apelou para outra solução:

– Preciso dar um telefonema.

– Para quem?

– Doutor Osvaldo Nabuco Sobrinho.

Mais que um advogado, eram amigos. Osvaldo, além da advocacia, lecionava na Faculdade de Direito do Recife, serviram juntos no quartel. Em homenagem a ele, Afroníger colocou o nome do amigo no seu filho caçula.

– Agora não vai dar telefonema algum! – respondeu ríspido o tenente. Quando posso? – Afro perguntou inquieto.

– Mais tarde.

– Mas eu tenho direito a um advogado!

– Não tem direito a nada! Você entende isso?

– Não.

– Mas logo vai entender. Agora cale a boca.

—※—

Afro pensava: "O que eles farão comigo? O que foi que eu fiz para que eles ajam com tamanha violência?". A resposta ele descobriria mais tarde.

O carro, chegando à pracinha do Diário de Pernambuco, entrou na avenida Conde da Boa Vista, seguindo em direção à ponte do rio Capibaribe. Perto da ponte, virou à esquerda em direção à Casa de Detenção. Agora, Afro sabia onde passaria a noite. Ele esperava que fosse só um mal-entendido e que, depois de tudo esclarecido, voltasse para sua família. Mas estava enganado.

Na Casa de Detenção, foi colocado em uma cela com outros quatro presos políticos. Todos acusados de subversivos. Quando Afro entrou, Luiz Berger, um preso extrovertido, disse: "Mais um para esperar a chuva". Ninguém achou graça. Quem sabia o que significava essa expressão, tremia ao ver essa "chuva".

Lá fora, a cidade, indiferente, se divertia em um animado forró de festa junina. A música entrava pelas grades, os poros da prisão. A liberdade estava nas ruas.

– Quando vão deixar a gente usar o telefone?

– Estou aqui há mais de um mês e até agora não me deixaram – disse Luiz. – Pode sentar e esperar.

A mulher e os filhos não saíam da cabeça de Afro. Helena era uma mulher forte, mas ela precisava dele para cuidar de três filhos. Ele não sabia quando sairia dali, estava otimista que seria em no máximo dois ou três dias depois de tudo esclarecido.

Com o grupo da cela, era possível fazer um simpósio sobre política brasileira: Afro, estivador; Rômulo Menezes, professor de Física, da Aliança de Libertação Nacional, ALN, preso em Saltinho pelos militares, Luiz Berger, jornalista, ex-PC do B; Tiago Border, frei dominicano.

Luiz voltara da Europa na véspera do golpe de 1964. Percebendo que a bomba estouraria sobre ele, comunista de carteirinha e ex-membro da diretoria do PC do B, sem sair do aeroporto pegou o avião seguinte de volta à França. Oito anos depois, voltou ao Brasil com alguns amigos franceses para fazer turismo no nordeste, e nesse tempo apostatou do comunismo. A viagem começada na Bahia foi uma maravilha até chegar ao Recife, onde agentes do Serviço Nacional de Informações o pegaram. Estava na prisão havia um mês. O que os militares não sabiam era que o Luiz, comunista de 64, agora era um socialista de vinho Bordeaux e cafés de Paris. Luiz não tinha ilusão do presente e futuro:

– Eles estão matando com vontade os do contra, e eu vou ser o próximo.

Afro ficou apavorado com isso. Estava completamente sem forças. Queria estar junto da família e avisá-la para não se preocupar, se explicar com os militares... Mas nada disso lhe permitiam fazer. A angústia aumentava com o passar das horas. Em um momento de tensão, sacolejou as grossas barras de ferro como querendo arrancá-las da parede. Gritar poderia ser pior.

—※—

O jantar chegou à cela em que Afro estava. Cada um recebeu no prato: um pedaço de cará com um caldo ralo de galinha. De sobremesa, tinha água de torneira. Luiz, que deixara a ideologia marxista pela ideologia do *bon vivant* francês, era o que mais sofria. No domingo, oito da manhã, o café não tinha chegado. Luiz, muito inconformado, com um copo de alumínio em punho, batia-o nas grades e berrava:

– Cadê o meu café? Nessa pichorra não tem café? Eu tenho direito a um gole de café!

Quando Luiz chegou, um mês atrás, ficou arrasado com a comida. Ao ver os carás, pedaços de ossos na sopa, arroz grudento, feijão ralo, desesperou:

– Meu Pai, eu não vou comer isto! Eu não vou comer.

Uma semana depois, quando passava a hora da comida, Luiz protestava na porta:

– Cadê minha comida? Eu tenho direito a um pedaço de jabá, caramba!

—✳—

Tiago Border, o dominicano, era filho de um americano com uma brasileira. Trabalhava numa paróquia pobre na grande São Paulo. Em 1969 envolveu-se com o movimento guerrilheiro, dando esconderijo aos procurados do regime. Descoberto pelos militares, passou também a ser procurado. Fugiu para a terra de seu pai.

Nessa época, os EUA jogavam bombas no devastado Vietnã. Tiago chegou na hora errada. Era contra a guerra, e o imperialismo americano. Por alguma estranha razão foi convocado pelo exército americano para ajudar na guerra contra os vietnamitas. Para ele, era inconcebível lutar naquela guerra, e principalmente, ao lado do poderoso exército americano. Desertou. O FBI foi atrás, e sabendo que não escaparia da águia careca, ele voltou para o Brasil num navio que vinha para Belém. De Belém, seguiu de ônibus para o Recife. Na rodoviária, os espiões da CIA o pegaram e o entregaram aos militares. Foi jogado na Casa de Detenção. Era um socialista cristão. Foi com ele que Afro mais se identificou.

Os dois fizeram amizade. Afro percebeu no franzino dominicano uma angústia diferente, a cristã. No ambiente tenso daquela colossal cadeia, com milhares de presos, eles sofriam a angústia do que o futuro reservava. Todos temiam as torturas. Era um tema recorrente na cela.

– Graças a Deus que não estamos em São Paulo – disse Tiago.

– Por quê? – Afro quis saber.

– Ali está a equipe de repressão mais violenta do país. As histórias das torturas de lá são de arrepiar os cabelos da alma. Não perdoam nem grávidas. Tem cadeira de dragão e a "coroa de cristo", fora o pau-de-arara.

– Mas aqui eles têm a Besta de Cedro.

– Conversa fiada, é lenda! – Afro discorda com veemência de Rômulo.

O professor olha para Afro:

– Conheço a história do PC desde que o fundaram. Não foi um nem dois que morreram "estranhamente" nos porões desta masmorra. Em todos esses anos, muitos camaradas, dezenas, morreram torturados na Besta.

– Besteira, pura lenda! Morreram torturado em outro lugar. Que mania vocês têm de acreditar em lendas. Você acredita em bicho-papão?

– Não, e também espero que esteja certo quanto à Besta.

– Por quê?

– Porque eu espero que nenhum de nós conheça a Besta como li nos livros de história sobre a Inquisição escrito por um francês. Ele diz que aqui foi feito um Tribunal de Madeira para a Inquisição portuguesa e mais tarde ele tomou o nome de Besta de Cedro, colocado por um judeu que morreu. O que eu sei é que quem a enfrentou, não voltou para dizer como foi a visita.

– Respeito sua opinião, mas para mim, a Besta nunca passou de conto da carochinha. Folclore popular. A Besta, isto é, se a Besta existisse, já teria sido comida por cupins. Nada resiste a tantos anos, em um lugar tão úmido.

– Espero de coração que os seus cupins a tenham comido mesmo.

Afro não acreditava no que o esperava no porão da Casa de Detenção.

CAPÍTULO 6

Naquela cela centenária de paredes grossas, nos momentos de silêncio e, à noite, antes de dormir, as emoções variavam entre esperança e desespero, angústia e perplexidade, medo e depressão, ira e incertezas. Diante do presente sufocante, o futuro parecia sombrio. O otimismo foi banido da nação.

Três semanas se passaram desde que prenderam Afro. Domingo era dia de visitas. Ninguém da cela recebeu visitas. Os presos daquela cela não tinham permissão de receber visitas, fosse quem fosse. Quando as visitas dos outros presos foram embora, Afro perguntou a Tiago:

– E as nossas visitas?

– Minha família não sabe onde estou. Minha mãe e meu pai estão nos Estados Unidos, tenho mandado cartas para eles. Mas acho que elas são interceptadas pela CIA.

– Minha situação é muito diferente. Moro a poucos quilômetros daqui. Todo dia imagino meus filhos perguntando para Helena: "Mamãe, onde está o papai?". E a pobre Helena, angustiada, sem saber o que dizer. Uurrrgh! Miséria!

– Não há um meio de você fazer contato com algum conhecido?

– Quando me pegaram, ninguém conhecido testemunhou minha prisão. É claro, eles planejaram tudo... Não deixaram eu telefonar para um amigo advogado nem para um amigo militar.

– Você não devia estar aqui.

—✳—

Nessa noite, como em todas as noites que ficou preso, Tiago fazia suas orações. Afro, que dormia ao lado de Tiago, ouviu parte da oração:

> *– Eles não sabem o que fazem, Pai. Eles não sabem. Torturaram-te até matá-lo e o que fizeram com Cristo fazem comigo agora. Tu sabes que estou sofrendo por causa da justiça, e o preço é muito alto. Se eu morrer, não deixes que nossos sofrimentos sejam esquecidos, por isso, de uma vez para sempre, destrua a Besta, destrua o símbolo de toda maldade dessa nação, Pai. Que ninguém mais venha a padecer o mal por causa dessa obra do demônio... Traze a liberdade, justiça e verdade sobre esta nação. Põe fim a esse tempo de trevas, opressão, angústia e tirania... Pai, afasta de mim esse cálice. Afasta de mim esse cálice... Mas, se*

tivermos de morrer, não permitas que nossa morte seja em vão. Amém.

Aquelas palavras calaram fundo no coração de Afro, ele nunca mais as esqueceria.

—✳—

...Não morreremos [...] para executar juízo...
– Habacuque 1.12

Luiz sentia falta de livros, teatros, cinema e conforto. Era o que parecia menos desesperado na cela. Estava certo que os amigos da França resolveriam seu problema com o governo brasileiro. Enquanto isso, não deixava a Casa de Detenção em silêncio:

– Cadê meu jabá, rapadura, tapioca. Estou com fome!

Por causa dele, sua cela era a última a receber os alimentos. Ficavam com a rapa. Naquelas condições, comiam qualquer coisa.

O silêncio de cinco dias acabou quando a porta se abriu. Entraram dois oficiais e lá fora havia mais quatro. Um deles perguntou:

– Tiago Border?

O dominicano estava em um canto, abriu bem os olhos, surpreso. Sentado no canto, respondeu:

– Sou eu.

Um dos soldados foi até ele, deu-lhe um chute:

– Levanta, vermelho!

A violência do chute assustou a todos. A coisa era pior que imaginaram.

– Daqui a pouco eu volto, pessoal. Não se preocupem. Guardem a minha janta – foram suas últimas palavras.

Levaram Tiago com os braços virados nas costas. Como cordeiro mudo, ele foi levado para o matadouro.

A porta do Hades fechou na frente de Afro.

Nessa noite, veio uma refeição a menos. E Tiago também não veio para jantar. Aquela noite passaram sem dormir, angustiados, com receio que poderiam ser acordados e levados para o mesmo lugar que levaram Tiago.

Ouviram berros de um cordeiro, do misterioso cordeiro que apavorou monges por mais de 300 anos. Os sons ecoaram por todas as galerias da cadeia. Todos escutaram berros, que dava a impressão de alguém estar sendo machucado. O cordeiro era Tiago. Ele havia sido levado para a Besta, não resistiu aos golpes. Morreu banhado em sangue no assoalho de cedro. O demônio dominava. Afro lembrou-se de sua prece na noite anterior.

CAPÍTULO 7

O coronel tinha chegado cedo, estava na sua sala lendo "Genealogia da Moral" de Nietzsche, autor que conheceu na Escola Militar. O sargento Getúlio bateu na porta, Machado mandou que ele entrasse. Não interrompeu a leitura para atender seu "mão-direita".

– Escute isso, sargento... Para aquele fim, seria preciso outra espécie de espíritos, diferentes daqueles prováveis nesse tempo: espíritos fortalecidos por guerras e vitórias.

Ele para, faz uma pausa para recomeçar com ênfase.

– Para os quais a conquista, o perigo e a dor se tornaram até mesmo necessidade; seria preciso estar acostumado ao ar cortante das alturas, a caminhadas invernais, ao gelo e aos cumes, em todo sentido; seria necessário mesmo uma sublime maldade – pula um trecho.

– Algum dia, porém, num tempo mais forte do que esse presente murcho, inseguro de si mesmo, ele virá, o homem redentor, o homem do grande amor e do grande desprezo, o espírito criador cuja força impulsora afastará toda transcendência e insignificância, cuja solidão será mal compreendida pelo povo, como se fosse fuga da realidade – pula mais um trecho.

– Esse homem do futuro, que nos salvará, não só do ideal vigente, como daquilo que dele forçosamente nasceria, do grande nojo, da vontade de nada, do niilismo, esse toque de sino do meio-dia e da grande decisão, que torna novamente livre a vontade, que devolve à terra sua finalidade e ao homem sua esperança, esse anticristão e antiniilista, esse vencedor de Deus e do nada, ele tem de vir um dia...

O coronel fecha o livro e diz para o sargento Getúlio:

– Esse homem sou eu... Nietzsche me encoraja. Incentiva-me. Eu gosto dele. Preciso dele para livrar-me dos escrúpulos da consciência. A leitura dele faz isso... Agora fala, sargento.

– É sobre o dominicano.

– O que conseguiram?

– Nada, ele não sabia de nada, disse que não conhecia ninguém, morreu sem falar nenhum nome.

– Droga! Não disse um nome?

– Nem um, senhor.

– Para onde o levaram.

– Para o Madeira.

– Ótimo. Fizeram o dever de casa.

Que ironia, os jesuítas fizeram a Besta em que morreu um dominicano. E o motivo não era heresia.

—✳—

Luiz desabafa aos companheiros de cela:

– Creio que serei o próximo.

– O próximo pode ser qualquer um de nós. Ninguém é *persona grata* neste lugar. Será que tudo isso servirá para alguma coisa? Será que as gerações futuras tirarão alguma lição desse tempo?

– Afro, nossa história é feita de repetições, memória curta, frustrações, sonhos abortados, ausência de conquistas civis, absurdos – concluiu Luiz.

– Eu queria que chegasse logo o fim desta tortura. Gostaria de ir para casa. A vida e minha família estão lá fora. Meu emprego está me esperando... E eu aqui como boi de piranha.

Afro se expressava com raiva. Tenta balançar as enormes grades da cela, mas nem um tanque conseguiria tal proeza.

– De nós, você será o único que voltará logo para casa. Afinal, nunca se envolveu efetivamente com a esquerda. É diferente de nós. Luiz deixou a "causa", mas um dia pertenceu a ela. Ele está complicado. Eu estou atolado até a alma.

Rômulo procura consolar Afro na sua agonia de boi de piranha.

—✳—

Julho de 70. Caía uma forte chuva.

Três oficiais: O tenente Henrique Araújo Sarto e os sargentos Samuel da Rocha e Genildo Dantas Machado. Os mesmos que acabaram com os amigos de Natan na praia do Janga entraram na cela. O sargento Genildo apontou para Afro:

– Esse é que é o pneu de caminhão?

Genildo vai até Afro e lhe dá um poderoso soco na boca do estômago na frente dos outros presos. Afro se dobra.

– Acho que o pneu de caminhão amaciou.

– Vamos ver a chuva, vermelhinho nojento?

Afro levanta-se e recebe um tapa na cara, outro na cabeça, vários empurrões, cai no chão. É levantado com um chute nas costelas. Ele podia reagir e facilmente derrubar os três, mas acabaria morto com dezenas de tiros. Luiz e Francisco ficam assustados com a violência. Sem qualquer pudor, levaram Afro debaixo de tapas e bordoadas. A pancadaria foi vista por todos que estavam encostados nas portas das celas. Levaram-no para um corredor lateral, viraram à esquerda e logo encontraram uma escada. O tenente Henrique fala ao ouvido de Afro:

– Já ouviu falar na Besta?

– A lenda?

– É. A lenda... Está debaixo de nós, viva e em cores.

– Ela é uma deusa, uma deusa, que adora "vermelhos" – o sargento Genildo falou com ironia.

– O vermelho que ela usa é o sangue dos amantes. Você vai gostar dela. Vai amá-la. É como a viúva-negra, depois de dormir com ela, o amante morre – o tenente Henrique falava com um cinismo frio e calculado.

– Mas se você não quiser o seu leito, vá abrindo o bico. Caso contrário, vai ter o mesmo que seu amigo dominicano.

O velho "Diabo Negro" ressuscita. Afro agora pensava em reagir, mas estava algemado e os jovens oficiais eram fortes. Sabia que não iria sobreviver ao interrogatório. Se tentasse fugir, morreria ali mesmo.

– Isso tudo não passa de um mal-entendido. Eu não sou comunista nem guerrilheiro, apenas amigo de alguns deles – disse Afro.

Os oficiais continuariam a aterrorizá-lo com torturas, se não abrisse o bico quando fosse questionado. Afro sabia que aquele terror era para deixá-lo fragilizado emocionalmente, assim contaria o que eles queriam sem resistência. Não há quem não fique abalado com o terror psicológico, com tapas e socos.

Chegavam ao fim da escada do porão. Atravessavam pesadas portas de ferro. Afro podia ver que estava sendo levado para um lugar secreto. Desceram quatro lances de escadas. Quanto mais desciam, mais a temperatura caía. Eram tantas as portas que logo se percebia que a intenção era dificultar a entrada na masmorra da prisão.

Um frio sobrenatural passava pelo corpo de Afro. Agora estavam no amplo porão. Afro não sabia da existência do lugar. O chão estava muito úmido e em muitas partes, molhado. As pedras desse lugar eram grandes, históricas, medievais. Herança do antigo mosteiro que funcionou ali até 1877. Quanto mais andavam pelos corredores, mais frio o lugar ficava. Caminharam por corredores escuros, iluminados por arandelas que levavam às celas de flagelações do antigo mosteiro. O frio daquele lugar era inexplicável. Ou era proveniente do medo?

Saber que será torturado faz qualquer ser humano entrar em desespero. Afro estava com frio e medo. Os três oficiais tinham excitação, alegria, encaravam aquilo como um trabalho, um serviço, um jogo de futebol. Eles queriam derrotar o time adversário de qualquer jeito. Neles não havia mais senso de humanidade. Falavam em bater até o sangue descer. Os gritos, as ameaças eram o começo da encenação de terror que repetiam sempre como atores perfeitos e cheios de improvisações.

Afro lembrou-se de quando era criança, da ameaça do pai: "Se você me desobedecer, vou lhe dar uma surra, deixá-lo em carne viva e lhe dar um banho com água salgada". Da cela até chegar à sala de tortura, já tinha levado uma surra com socos, tapas e chutes. O terror continuava.

– Você vai conhecer a viúva-negra. Sua noiva. Hoje é sua lua-de-mel. Um da sua cela já casou com ela. Os vermes devem estar com indigestão de suas carnes.

Afro pensou: "Eles mataram meu amigo. Eu vou ser o próximo. Tenho de fazer alguma coisa e é agora".

Agindo sob o efeito do instinto de sobrevivência, ele deu uma rápida virada no corpo. Jogou os dois sargentos no chão. O tenente Henrique levou um potente soco no rosto das mãos algemadas de Afro, e caiu desmaiado. Afro sumiu pelos escuros corredores dos claustros de flagelações. Desesperado, buscava uma saída. Os militares se levantaram com as armas em punho:

– Vamos pegar você, desgraçado! Você está lascado! Lascado.

– Você vai morrer! Vamos matar você! Porco!

Enquanto corria, entrou em um corredor sem a luz das arandelas. Julgou ser por ali a saída do inferno. Não era. Escondeu-se numa das celas do claustro. Os oficiais passaram correndo por ele. Ele estava sôfrego, desesperado, acuado. Tinha de descobrir a saída, pensava... Por todos os lados que olhava, só havia escuridão, paredes úmidas, assombrações de carne, osso e armas.

Começou a tatear pelas paredes lodacentas e geladas. Durante 20 minutos, procurou uma saída. Suas mãos estavam enlameadas e enlodadas de tanto apalpar as paredes. Chegava ao fim delas e não encontrara nem luz nem porta de saída. Perdeu-se no porão, completamente sem direção.

Afro decidiu matar quem surgisse na sua frente. Era uma questão de sobrevivência. Se eles queriam matá-lo, então que não aparecessem na sua frente. Estava preparado para matar. Apesar do frio, suava. Eram três contra um e, acrescente-se a isso, ele estava algemado. Apresentava grande desvantagem. Sua condição era completamente desfavorável. As algemas nas mãos não permitiam que lutasse, se defendesse, corresse. Mas se desejavam seu sangue, teriam de enfrentar toda a sua fúria de animal ameaçado de morte.

Os oficiais gritavam e xingavam em algum lugar, Afro não sabia se estavam perto ou longe, por causa do eco. Às vezes parecia que estavam perto, no minuto seguinte, longe. A masmorra era muito grande.

– Apareça, comunista desgraçado! Você vai morrer de qualquer jeito mesmo, seu verme.

Depois disso, os gritos e xingamentos cessaram. Afro ouviu o barulho da porta de ferro rangendo. Chegava o coronel Febrônio Machado e o sargento Getúlio. Este último anotava tudo que os presos confessavam sob tortura. Agora eram cinco contra um.

– O que aconteceu, tenente? – perguntou o coronel.

– O negro fugiu.

– Como?

– Ele aproveitou uma distração nossa e partiu como um animal sobre nós. Mas está em algum lugar aí. Ele está algemado, coronel. Vamos achá-lo.

O coronel falou ao sargento Getúlio:

– Vigie aqui. Se o vir, atire para matar!

As últimas palavras do coronel repercutiram por todos os cantos do lugar. Afro sabia que não tinha chances de sobreviver, se fosse encontrado. Agora era movido apenas pelo instinto de sobrevivência. Era uma fera pronta para matar.

Os militares, orientados pelo coronel, começaram uma varredura minuciosa. Afro continuava entrando em corredores que acabavam em paredes, mas que prosseguiam em aberturas à esquerda ou à direita. Era uma fuga às cegas, e sem fim.

Nessa correria, Afro viu uma luz numa abertura no lado esquerdo de um corredor. Sentiu que tinha encontrado a saída. Andou em silêncio até lá. Chegando, percebeu que a abertura era um imenso salão, e enfiou a cabeça. O que viu o fez ranger os dentes:

– Meu Deus... Ela existe!

A Besta havia encontrado Afro, antes do coronel Machado. O enorme Tribunal de Cedro. Centenária. Ali estavam as grossas colunas, o assoalho de cedro cor de sangue. A sala estava meio iluminada com a luz de algumas arandelas. Com alguma dificuldade se podia ver os desenhos nas colunas que formavam o quadrado no meio da Besta; santos com espadas eram as figuras que predominavam. As enormes rodas de ferro do carro. A coisa estava ali. Subitamente, alguém ligou uma chave. A sala ficou toda iluminada.

Agora a coisa mostrava-se iluminada por inteiro. O coronel apontou a arma para Afro, ordenou que levantasse as mãos algemadas, em seguida gritou aos outros:

– Ele está na sala da deusa. Ela o pegou.

Virando-se para Afro, disse:

– Se você reagir, vai virar uma peneira.

Afro pensou em partir para cima do coronel, mas ele não tinha chances. Somente abreviaria sua morte por alguns instantes mais.

– Eu não vou reagir.

– Ótimo!

Os outros chegaram. O tenente que levou um murro no rosto, sangrava no lado esquerdo da boca. Foi até Afro, que estava com as mãos levantadas. Os outros três o pegaram e o dominaram como se ele estivesse reagindo violentamente à prisão. Quase quebraram seus braços. Quando ficou imobilizado, recebeu um brutal soco no rosto:

– Isso é pelo murro que deu num homem.

Recebeu outro no estômago:

– Isso é para você não esquecer meu rosto, desgraçado!

– Agora chega! – disse o coronel. – Amarrem-no na deusa – Machado nunca a chamava de Besta, para ele, isso ela não era.

Afro foi amarrado com as mãos esticadas para cima, pendurado por duas cordas no meio da Besta. Sentado a uma mesinha, o sargento Getúlio estava pronto para anotar o interrogatório. O coronel parecia calmo e frio:

– Nome?

– Afroníger Carvalho.

– Aqui diz Afroníger Carvalho de Oliveira – acrescentou o sargento Getúlio.

– Responda por completo ao que eu perguntar!... Afroníger é um nome esquisito. Quem deu esse nome?

Afro fica em silêncio.

O tenente ferido lhe desfere um murro no estômago, enquanto o coronel cochichava algo com o sargento que anotava.

– Isso é para você responder certo, seu miserável! – gritou Henrique. Responda ao que eu perguntei!

– Foi meu pai.

– Você conhece Ezequiel Junqueira? – continuou o coronel.

– Conheço.

– Natan Cavalcanti?

– Conheço.

– Nonato Gouveia?

– Conheço.

– Amós de Albuquerque de Souza?

– Conheço. Todos foram mortos na estrada do Janga – Afro não sabia do plano que salvou Natan.

– Está bem informado, hein!.

– Todo mundo desta cadeia sabe da morte deles.

O sargento Samuel lhe desfere dois socos:

– Continue com o cinismo e você sai daqui em oito pedaços.

– Já que você sabe de tudo, vamos ao que interessa. Quem são os líderes das guerrilhas da VAR-Palmares. Vamos, fale! – exigiu Febrônio.

– Todos que conheço estão mortos. Os que estão vivos estão presos aí em cima.

– Quem são os membros da VAR-Palmares?

– Não sei.

– Nomes?

– Já disse, não sei.

– Não quer falar, não é?

– Eu quero. Claro que sim. Mas o que vocês desejam ouvir?

– Os nomes?!

– Eu não tenho os nomes nem conheço essas pessoas.

– Não é o que nos disseram.

– Quem disse?

– Não interessa. Aqui você só responde. Quem são os outros líderes da VAR? Onde está o dinheiro que roubaram do cofre do governador Adhemar de Barros? Fala, imundície.

– Não sei, não sei e não sei. Só por que estive falando com marxistas, não quer dizer que eu seja um.

– Tá me achando com cara de palhaço, seu safado?

– Não. Só estou dizendo que não sei o que você perguntou.

– Você é um verme. Não lhe dou intimidade para me tratar de você, seu comunista nojento... Aplica um *volts* nessa imundície.

O tenente Henrique enrola fios de cobre no corpo de Afro e roda a manivela. Afro grita feito um escravo marcado com fogo. Os quatro riem, exceto o sargento Getúlio que escreve as palavras do torturado. Antes de Afro desmaiar, o coronel manda parar com o choque.

Reinicia o interrogatório para o qual não existe resposta e a verdade não é aceita.

– ...Podemos libertá-lo, sabia?

– Sei.

– Os nomes? – gritou o coronel, exasperado.

– Quer que eu invente?

– Você acha que é muito homem, não é?... Vamos refrescar sua memória.

O coronel ordena aos algozes de Afro:

– Desçam-no e amarrem suas pernas.

Eles descem Afro e amarram uma corda no seu tornozelo até a pilastra, de modo que suas pernas ficam abertas. Quando os oficiais terminam, o tenente Henrique Araújo lhe desfere um soco no nariz:

– Lembrou os nomes? – o coronel mostra seus métodos de tirar dos outros aquilo que sabe e o que não sabem também.

– Coronel, por meio de tortura um homem lembra qualquer coisa e confessa que é mulher, sendo homem; que é o diabo, sendo anjo; que é culpado, sendo inocente. O que vocês quiserem, eu falarei. Mas eu não sei o que vocês querem. Eu não posso inventar nomes. Não posso fazer com outros o que alguém fez comigo, para ser sincero, não vai adiantar nada essa tortura. Vocês acreditam que eu sei e, pelo jeito, não adianta nada dizer que não sei. Então, acabem logo com isso. Matem-me. Levem-me para um paredão, aqui mesmo, e ponham um final nisso. Não façam essa covardia com um homem. Vocês sabem que eu estou incapacitado de qualquer defesa. Não vou resistir a esse inferno. Já sofri demais, chega. Matem-me. Sejam humanos, atirem. Fui soldado como vocês. Isso que vocês estão fazendo comigo não pode ser feito nem com presos de guerra. Chega de tortura. Chega de torturar gente que carrega o mesmo sangue, que fala a mesma língua. Acabem logo com isso. Atirem!

O coronel sorri cinicamente:

– Quanta coragem, não é sargento? – fala para Getúlio o sargento-escrevente, e continua. – Notável! O grande orador quase me persuadiu a acreditar nele. Fala como um mártir, age como um mártir. Isso eu não sabia. Estou admirado... Como é mesmo o nome dele?

– Afroníger Carvalho de Oliveira.

– Esse nome não se encaixa bem em você, melhor se fosse Zumbi. Você parece o Zumbi, alto, forte, corajoso. O temível líder do quilombo dos Palmares. O guerreiro das selvas que preferiu se matar a se render ao governo. Eu conheço a História.

O coronel faz uma pausa, como se pedisse reflexão.

– Você foi o único que conseguiu fugir algemado das mãos dos meus oficiais. Quase matou o tenente Henrique com um soco. Estou admirado com você, Zumbi. Pode acreditar.

Machado vira-se para os oficiais e determina:

– A partir de hoje, o nome dele será Zumbi.

O coronel solta faíscas pelos olhos.

– Esta é a nossa homenagem para a sua última noite, seu porco vermelho miserável!

Afro sente cansaço nos ombros e câimbras, não sente os braços:

– Afroníger Carvalho de Oliveira, o Zumbi.

Todas as vezes que Machado falava o apelido que deu a Afro, os oficiais escarneciam. Tem 34 anos, ganha um bom salário como estivador, mora em Piedade. Tem mulher e três filhos.

O sangue de Afro ferveu quando mencionaram sua família:

– Deixem minha família em paz! Eles não têm nada com isso!

– Tem uma filha e dois filhos, não é?

– Eu mato! Mato qualquer um que se aproximar deles. Eu viro um bicho. Se alguém encostar neles, vai encontrar a morte!

Afro falou como o "Diabo Negro" da época de adolescente. Ele tenta se soltar, querendo pegar todos eles. O sargento Getúlio se assusta e alerta o coronel:

– Senhor, se esse cachorro se soltar, poderá fazer uma arruaça aqui. É melhor tomar cuidado com ele. Ele está espumando de ódio.

– É. Acalmem o herói. – Ordena Machado aos homens.

Os oficiais atingem Afro com socos e pontapés. Esmurram-no covardemente. Ele é maltratado sem qualquer sentimento de compaixão. Sem dó, socam e chutam. Afro nunca esquecerá essa surra. Ficou tão machucado que desmaiou. Então, os verdugos pararam de bater.

Com a cabeça pendida, o sangue cobria o corpo de Afro. Desmaiado, inconsciente, o sangue que jorrava do seu nariz escorre pelo queixo e dali se precipita no assoalho de cedro. Seu sangue junta-se ao sangue de tantos "hereges" que ali pereceram.

Sangue que foi a liberdade de tantos ideais, sangue que foi sonho de um país democrático, de fato; sangue que foi bandeira de uma fé pura e singela, mas diferente da fé imposta pela Igreja do Brasil colônia, sangue que foi o alto preço de não se conformar com as ditaduras da República do tacão, e agora, sangue de um inocente. Sangue que transformava aquele assoalho de cedro no único lugar verdadeiramente sagrado daquela cadeia maldita.

Não é por coincidência que a Casa de Detenção tinha a forma de uma cruz, vista de cima. Cruz que representava penitência. Mas qual é a penitência de um inocente? Naquele assoalho jaz toda honestidade, verdade, liberdade e justiça do nosso povo. Ali, no assoalho, está o maior patrimônio, a maior riqueza do Estado de Pernambuco.

O sangue de Afro, desmaiado, escorria pelo assoalho. O coronel, então, fez algo que deixa seus subordinados perplexos. Deixou cair algumas gotas do sangue do torturado na palma da mão e as engoliu. Virou-se para seus subordinados dizendo:

– Quem não se acostuma ao sangue não pode ser um bom militar e patriota. Este sangue é especial, é descendente de africano, é de um guerreiro. Alguém quer?

Aquilo foi uma coisa inimaginável, o sargento Getúlio sentiu nojo. Ninguém repetiu ato tão nefando. Faltou coragem nos "homens de sangue" do coronel.

Afro despertou quando lhe jogaram no rosto um balde de água fria, mas, logo em seguida, voltou à inconsciência. Estava sangrando, não podia ver seu corpo ensopado de sangue. O líquido sagrado ensopava o chão, formando uma enorme mancha.

O sargento Getúlio falou ao coronel:

– Já são dez da noite, vai continuar o interrogatório?

– O que você acha?

– Ele não tem condições. Não vai sair nada que nos interessa. Há outros lá em cima que podem nos servir melhor que esse aí.

O oficial que desmaiou quando Afro o socou, discordou:

– Ele ainda não apanhou bastante. Ainda agüenta a madrugada inteira. Quero ver se ele não desembucha tudo.

O coronel Febrônio Machado encerra a discussão e sentencia o destino de Afro:

– Não vamos mais perder tempo com ele. Esse aí não serve mais para nada. O interrogatório acabou. Amanhã, livrem-se dele no mesmo lugar que se livraram do dominicano.

– Sim, senhor.

Os três que emboscaram os jovens guerrilheiros na estrada do Janga são os mesmos que darão fim a Afro no rio Madeira.

Os torturadores deixaram Afro pendurado no meio da Besta. Dependurado. Estava ali entregue, abatido, no colo da Besta de Cedro, em agonia, dor e solidão absoluta.

Depois de meia hora que os oficiais saíram, Afro voltou à consciência. Todo o seu corpo doía, as partes que doíam mais era na região do estômago, onde bateram mais. Sentia frio com a roupa molhada. Percebeu que as cordas que prendiam suas mãos, com muito esforço, poderiam se soltar. Foi o que fez. Balançou, revirou, forçou até que a corda da mão direita se soltou. Com a mão livre, foi mais fácil soltar a outra. Pensou que soltando os pés poderia fugir. Muito cansado, começou a soltar as cordas que amarravam o pé esquerdo à pilastra da Besta. Esgotado, nem conseguiu desamarrar um pé. Caiu desfalecido. Não tinha condição de fazer nada, nem se levantar. Estava acabado fisicamente.

Era a última noite de Afro. Ele agora sabia que a Besta estava viva e era demoníaca. A "lenda" era uma realidade fatal. Estendido no assoalho, seu único consolo era saber que muitos, centenas de homens bons passaram por ali. Mas depois, veio-lhe um sentimento de profunda revolta. Ódio por ter sido preso por engano, por ter ficado preso, por não ter tido chance de defender-se, por ter sido torturado, por não terem acreditado nas suas palavras, por ter sido tratado como uma barata e ter sido deixado ali naquele lugar, no colo de um monstro tenebroso que carregava a vida de centenas ou milhares de pessoas.

Se viessem torturá-lo de novo, o que poderia dizer sobre os nomes? Ele não era guerrilheiro. Eles não conseguiam compreender isso?. Para os donos da Besta, o que vale é o maniqueísmo mais brutal. Se não é dos nossos, é do outro lado. Não existe esse negócio de amigo de comunistas.

Afro estava acabado, e ele sabia disso. De repente, ouviu a porta de ferro ranger. Eles vinham novamente, pensou. Os passos torturavam mais que os choques. Percebeu que eram passos de uma só pessoa. O sargento Getúlio, que registrara o interrogatório, trouxe uma vasilha de sopa com um pão, viu que Afro estava caído no assoalho da Besta, ignorou o fato, até porque viu o quanto ele estava fraco para tentar fugir. Colocou a comida ao seu lado e saiu sem falar nada, nem dar boa noite. Afro não tinha força sequer para comer. Com muito esforço, colocou o rosto na tigela e sorveu a sopa, depois comeu o pão. Ainda estava com fome.

As horas de agonia passavam como uma eternidade. A noite seria agonizante. A pior noite de sua vida. Sabia que sua morte estava marcada para o dia seguinte e que teria pesadelos horríveis se conseguisse dormir. Passaria uma noite imóvel, pois não tinha forças para se levantar. Uma noite sobre uma poça de sangue, como um bêbado deitado em sua própria urina. Sentia-se um nada. Morreria no anonimato como um cachorro leproso. Seu corpo ficaria sepultado no fundo de um rio. Ninguém saberia do seu fim. Uma angústia de morte apoderou-se da sua alma. Tamanha foi sua dor que desejou morrer logo, antes do amanhecer do domingo.

No pior momento de sua vida, quando mais precisava da mão de alguém, do conforto de algumas palavras solidárias, de remédios, curativo, não havia ninguém, estava absolutamente só. Abandonado em sangue. Jogado na escuridão, massacrado.

Deitado de costas, via através do sangue em todo o rosto, algumas partes da Besta, silenciosa. Olhava as vigas lavradas, os desenhos de anjos, santos com as espadas, os buracos nas colunas, muitos buracos, alguns com grandes pinos de madeira, as cordas com as quais esteve pendurado.

Revoltava-se. Queira que tudo acabasse. Que um fogo consumisse tudo. O lugar, a Besta, a cadeia, tudo. Principalmente, que fossem queimados todos que lhe impuseram tamanha dor, maldade, medo, tornando-o um irracional, uma massa de carne e sangue.

Odiava a Besta, símbolo da tirania, braço do demônio. Desejava ter uma chance para pôr fogo nela. Queria vê-la queimando. Seria sua vingança, sua recompensa. Ela havia matado tantos, mandou tantos para a morte. Será que a vez dela não chegaria? Até quando aquele borrão permaneceria manchando a pátria? Até quando aquele borrão permaneceria como a vergonha da história do país? Até quando a Besta mataria os filhos do Brasil? Até quando?

Vivia o inferno.

Passava da meia-noite, Afro sabia que de manhã apareceriam para levá-lo. Sabia que não conseguiria dormir. Não agüentou o tormento e gritou com todas as forças do seu ser:

– Meu Deus, por que tudo isso não acaba de uma vez? Por quê?

O som saiu alto. No seu ouvido ficou o eco da última palavra, e que rebatia em todas as paredes do porão. O silêncio era total. Não havia resposta alguma. Ninguém ouviu seu grito de desespero.

Afro estava sentindo muito frio. Lá fora continuava chovendo, e muito. Podia ouvir o barulho de água caindo no chão do porão, em algum lugar havia um buraco ou coisa parecida no teto. Afro tremia de frio. Quando se está só, o silêncio é mais profundo, o frio é mais intenso e o pavor dorme ao seu lado.

Foi aí que pareceu a Afro ouvir passos. Assustou-se.

– Eles me ouviram. Estão vindo me matar – pensou.

Os passos tocavam o chão muito delicadamente. Parecia que duas pessoas caminhavam. Afro não podia ver na escuridão, só ouvir. Que estranho. Os dois estranhos não conversavam. Vinham em silêncio total.

– Serão fantasmas? – pensou. – Não. São eles, vieram acabar comigo de vez.

Gritou para eles:

– Acabem logo com isso! Eu não posso mais! Por misericórdia, dêem um fim nisso!

Os passos chegavam mais perto. O som aumentava, mas os dois estranhos permaneciam silenciosos. Afro ficou muito assustado:

– Quem está aí? Quem são vocês?

Os passos continuavam vindo na sua direção, mas sem resposta às suas perguntas. Afro insistiu:

– Falem!

Os passos subiram na madeira da Besta. Afro levantou a cabeça para tentar enxergar os estranhos, ficou perplexo quando viu:

– Meu Deus! um cordeiro!... O cordeiro que berrou na noite que mataram Tiago.

O cordeiro deitou-se ao lado do corpo gelado e ferido. Naquela escuridão, no frio e na dor, não apareceu um ser humano para prestar solidariedade, mas apareceu um cordeiro. Um cordeiro solidário. Um misterioso cordeiro solidário.

A presença do cordeiro amenizou a dor, a solidão e o frio na alma de Afro. Junto do cordeiro, ele sentiu conforto. O manso cordeiro deitou-se ao lado de Afro e dormiu. Afro agradeceu:

– Obrigado por, seja como for, me fazer companhia. Obrigado por entender minha dor.

Afro também dormiu. Como um milagre, dormiu sem sentir dor. A presença e o contato com o misterioso cordeiro anestesiaram-lhe o corpo. Ele nunca conseguiu entender o que ocorrera, mas sabia que aquilo fora um milagre. Seu inferno interior, ao lado do cordeiro, tornou-se refrigério.

No dia seguinte, quando acordou, não viu o cordeiro sair do salão.

CAPÍTULO 8

Por volta das sete da manhã, Afro ouviu a porta de ferro bater. Eram eles. Vieram para terminar o trabalho. Foram chegando e escarnecendo:

– Dormiu bem, vermelho? Gostou da deusa? Agora é hora de acordar. É hora de passear. Temos um belo dia pela frente.

Vieram os dois sargentos, Samuel Dantas, Genildo Machado, e o chefe da missão tenente Henrique Araújo. O tenente que desmaiara com o soco de Afro era o mais violento. Cuspia ódio por causa do soco que levara e que deixara um hematoma no lado esquerdo do rosto.

Afro foi levantado do chão como um saco de açúcar. Estava muito fraco. Não sabia como conseguia ficar em pé. Afro os odiava. Queria reagir, mas não tinha forças. Esperava uma deixa para fugir de novo e definitivamente. Se morresse, morreria tentando, pensava. Todos os outros que passavam pela sessão de tortura morriam antes do dia seguinte. Afro era muito forte, razão por que não fora encontrado morto como os outros. Sabia que não havia chances; mas, se aparecesse uma só, iria investir tudo na fuga.

O tenente, seco, frio, falou:

– Se você tentar fugir, sabe o que vai receber de nós? Isto! – e deu-lhe um soco no rosto. Em pé e fraco, o soco o jogou contra a viga de madeira da Besta. Ele bateu com a cabeça na viga e caiu desmaiado. Um dos soldados observou Afro caído, e mexeu com ele.

O tenente o chutou para que ele levantasse. Afro não se mexeu. Recebeu uma botinada na costela. Afro não tinha forças para nada, estava completamente quebrado. E sua testa sangrava muito.

– Essa foi forte. O desgraçado desmaiou mesmo. E agora?

– Amarrem as mãos, carreguem-no para o carro e joguem-no na carroceria.

Afro foi levado e amarrado na carroceria do jipão. O veículo era enorme, doação do governo americano, usado na Segunda Guerra Mundial.

Naquele domingo de manhã, o sol oferecia um belo espetáculo. Mas não para Afro. Os soldados saíram com o prisioneiro por uma das portas laterais da Casa de Detenção. Depois de amarrar bem o prisioneiro, cobriram-no com uma lona e partiram.

– Vamos rápido! – ordenou o tenente Henrique.

Samuel era o motorista, o tenente ficou no meio, e

no canto Genildo. O jipão saiu em disparada. Tomaram a avenida Conde da Boa Vista. Ela estava quase deserta. No domingo, o povo dorme até tarde. Viam-se algumas domésticas indo à padaria, caminhavam para as igrejas. A maioria, velhos cansados de viver. Muitos indo para a igreja alheios a toda aquela iniqüidade passando por eles e os sinos continuavam tocando chamando os crentes para purificar os pecados, Afro cumpria sua penitência final.

O jipão partia em direção ao Parque do Derby. Destino: rio Madeira. Um lugar distante, onde eles pudessem fazer desaparecer o corpo de Afro, mais um jogado no rio.

—✳—

Olavo Manuel era um caboclo de cinqüenta e poucos anos, sertanejo, parecia um personagem de Guimarães Rosa, em *Grandes Sertões: Veredas.* Ele era um homem franzino, mas forte. Ficou forte pelo sofrimento da vida.

Olavo nasceu em Caruaru, e visitou o Recife três vezes na vida. Na segunda, foi representante das Ligas Camponesas. Ele não esqueceu essa visita porque ocorreu um confronto com os agentes da ditadura e perdeu um irmão – Antônio, o "Tonho" – e ganhou uma cicatriz no braço, resultado de uma bala. Nunca esqueceu que não havia motivos para ter perdido um irmão e recebido aquele tiro.

Sua vida mudou com a amizade que fez com o médico e missionário alemão Karl Schweitzer e a esposa, Heidi Keplerer Schweitzer. Com doações de igrejas alemãs, o casal construiu um pequeno hospital ao lado de sua residência em Arco Verde. Heidi, além de missionária, tinha formação em enfermagem e era lingüista apaixonada pelo método de ensino do educador Paulo Freire. Alfabetizava muitos membros da sua congregação e comunidade local. E um deles foi Manoel. Eram amigos desde 1965.

Olavo era viúvo havia dois anos. Sua mulher morreu de uma doença no coração. Seus filhos, no total de cinco, foram para São Paulo. Ele vivia só num sítio nos arredores de Arco Verde. Nas suas terras trabalhavam Lourival e sua família: mulher e três filhos. Plantavam abóboras, milho e feijão de corda. Olavo tinha uma camionete, comprada com a produção do sítio.

Olavo e Lourival nesse domingo pescavam no rio Madeira, onde Olavo afirmava ter magníficos surubins, cascudos e... corpos de desaparecidos, mas isso ele não sabia. Se soubesse, nem pescava.

O rio tinha uma ponte de madeira medindo 45 metros. No meio da ponte ficava a parte mais funda do rio, 20 metros de profundidade. Essa profundidade é que interessava à ditadura, ela manteria bem escondidos os corpos dos subversivos.

Era uma ponte bem reforçada, com troncos de madeiras enormes. Mas, com o tempo, as tábuas que cobriam a ponte começavam a se soltar devido à falta de manutenção. Passar pela ponte, entre os vãos, exigia muita atenção e habilidade.

Se não fosse um grito de Lourival, a F-100 de Olavo teria caído num dos buracos na ponte. Enquanto não tapassem aqueles vãos com tábuas grossas e resistentes, passar pela ponte era um risco, de ficar com o carro agarrado ou coisa pior.

A cidade mais próxima, depois da ponte, Capoeiras, ficava quase a 20 quilômetros. Por isso aquele lugar foi escolhido para "dar um sumiço" nos subversivos. Ninguém iria procurar, num rio no meio do agreste pernambucano, os inimigos e vítimas do regime.

—※—

Com os sacolejos da estrada e com o calor dentro da lona, Afro acordou, sentiu o corpo imobilizado, mãos e pés amarrados. Sentia gosto de sangue na boca. Por mais de cinco minutos não conseguiu entender o que estava acontecendo direito. Não soube situar em que lugar estava. Podia ter sofrido um acidente no navio ou ter tido um pesadelo. Estava confuso e anestesiado.

Sentia o barulho dos pneus correndo no asfalto, o vento entrando por uma parte da lona. Aos poucos, essas sensações lhe davam noções do que acontecia e onde estava. Os risos na cabina chegavam entrecortados aos seus ouvidos. Logo entendeu tudo: ia para a morte. Ele não tinha forças para reagir e, se tentasse pular do jipe naquela velocidade, nas suas condições, seria morte instantânea. Sentiu uma pontada no coração ao constatar a iminência do seu fim.

Quando o homem sente que perdeu tudo, que lhe tiraram tudo de precioso e valioso, chora. Afro chorava pela família, por Helena, por Carlos, por Rosa, por Osvaldo. Chorava pelos amigos, pela vida, que apesar de dura, era boa. Chorava por não ser mais nada diante das pessoas, era o lixo que não se podia nem reciclar. Sentia um grande vazio na alma. Não tinha a ilusão de estar morrendo por uma causa, porque ninguém iria saber que ele desaparecera nas mãos da ditadura. Seria contado como desaparecido, mas nunca seria achado. As lágrimas que lhe escorriam pela face abriam caminho no sangue talhado na carroceria. Não entendia como ainda estava vivo, resistindo tanto.

O carro andava havia horas, já tinham passado por Gravatá e Caruaru. Seguiam em direção a Pesqueira. A paisagem dessa região era composta de árvores tortas, algumas araras, sucupiras. O gado parecia perdido no meio da caatinga, alguns rebanhos de cabras, meninos e meninas brincando à beira da estrada. Casas de alvenaria e teto de madeira e telhas muito rústicas pareciam estar ali eternamente, como decoração da nossa história colonial.

Quarenta quilômetros antes de Pesqueira, o jipe deixou a pista e tomou uma estrada de terra à esquerda da rodovia. O carro levantava ondas de poeira, que subia pela carroceria e sufocava o moribundo. Os buracos na estrada eram muitos e o corpo de Afro enfrentava mais uma tortura. Estava nos limites da resistência.A poeira secava a sua garganta. Afro olhava pela carroceria, conseguia ver apenas a vegetação do agreste, um lindo céu azul e algumas nuvens.

O rio Madeira ficava a 20 km de distância. Ali terminaria a curta vida de Afro. Deixaria três filhos órfãos e uma viúva muito nova.

Os carrascos de Afro eram jovens. Todos os três solteiros. Viviam também as paixões de mocidade. Para eles, combater a subversão era a grande contribuição que faziam por sua pátria. Eles acreditavam de todo coração nisso. Encaravam intensamente a luta ideológica, em nada diferiam de Nonato, Ezequiel e Amós, os guerrilheiros que mataram na praia do

Janga. Para os soldados, Afro era apenas mais um subversivo e desaparecer com ele era um serviço à nação. Os jovens oficiais também tinham uma causa, uma luta, esse era o espírito dos anos setenta.

Agora o jipão entrava em uma estrada reta. A estrada passava pelo rio e continuava até chegar em Capoeiras. Quinhentos metros antes do rio, devido a uma baixada, a estrada foi elevada três metros. A ponte foi construída no nível da elevação. No rio, em época normal, a lâmina d'água media dez metros.

O jipão chegaria à ponte pela margem oposta a que estavam Olavo Manuel e Lourival. Olavo estava sobre um enorme galho de ingá que se projetava para dentro do rio. Era grande o suficiente para sentar no tronco com um pouco de conforto. Ali, Olavo tinha sombra do sol escaldante. Lourival estava mais acima, debaixo da ponte. Às margens do rio Madeira, a vegetação era muito diferente. Não era a vegetação do agreste. De um lado a outro do rio, encontrava-se uma estreita floresta, com muitas árvores.

O plano de ação era simples: parariam o jipão no meio da ponte, jogariam o corpo sem vida de Afro no rio, e pronto. Retornariam para o Recife. Chegariam, no máximo, às quatro da tarde. O tenente Henrique Araújo explicou para o sargento Samuel que dirigia:

– Está quase na hora da entrega. Vamos trabalhar o mais rápido possível. Na ponte, não demore. Freie o carro rapidamente no meio da ponte. Nós jogamos o corpo, e pronto. Retorne rápido. Se houver alguém por perto, sabe o que fazer, não é?

– Sim, senhor.

– Despiste, não deixe suspeitas.

– Pode deixar tenente. Já fiz isso antes. Em todas as vezes, não passou de cinco minutos. Ninguém aparece ali nesse horário. Deixa comigo, hoje vou ser mais rápido que as outras vezes. Vou bater o recorde. Quer apostar?

–Duvido que faça tudo em menos de cinco minutos.

– Está apostado.

Os insetos, principalmente as cigarras, quebravam o silêncio daquela agradável pescaria. O carro que conduzia Afro estava a mais de 80 km por hora. De cima do ingazeiro, Olavo viu o jipão que se aproximava e deixava atrás de si um rastro de poeira amarelada. Olavo gritou para Lourival:

– Vem um caminhão e está atrasado.

– Por quê?

– Está levantando o chão do sertão. Cuidado que ele vai cair na sua cabeça.

– Será que eles sabem que a ponte tem tábuas soltas e buracos enormes?

– Sabem. Todo mundo sabe. Se eles estão vindo tão rápido, é por que conhecem a ponte. Ninguém passa por ponte de madeira a mil. Eles vão diminuir quando chegar mais perto, você vai ver.

– É, o senhor tem razão. Aposto que o motorista é desses que gostam de frear em cima do perigo.

O que Lourival e Olavo não sabiam, quando passaram de manhã pela ponte, é que, além dos buracos, havia alguns pregos com pontas para cima.

O jipão chegava na ponte. Vinha rápido, a mais de 70. Olavo falou a Lourival:

– Nem se a gente quisesse, poderia ajudá-los agora.

O tenente, quando viu a ponte a menos de 30 metros, gritou ao motorista:

– Freie que está muito rápido.

O motorista pisou no freio.

– Freie!

– Não tem freio!

– O quê?

– Não tem.

– Freie! Freie! Freie!

– Estamos sem freio.

– Olha a ponte! Tem um buraco ali. Reduza! – gritou o tenente para o sargento ao volante.

O motorista, que estava com a quarta marcha engatada, jogou para a segunda, mas já era tarde. O carro não conseguiu parar no meio da ponte.

– Cuidado!

O motorista não conseguiu manter o carro na ponte. A roda dianteira esquerda bateu em um vão que virou a direção do carro, e pela velocidade que estava o jipão, chocou-se com a mureta da ponte. Atravessou-a, quebrando tudo. O veículo caiu no meio do rio.

– Ajudem! Lourival! – gritou Olavo.

Lourival, sentado no meio da árvore, viu o veículo caindo no rio. Correu para ajudar.

Afro, no impacto e mergulho do jipão, foi lançado da carroceria como uma pedra, caiu na água com o jipão. A água despertou Afro, que com os pulmões cheios de ar, subiu à superfície, amarrado.

O jipe caiu de uma altura de dez metros. Os três oficiais sofreram um impacto terrível. O carro, muito pesado, afundou rapidamente. Os militares não conseguiram sair da cabina. O rio os engoliu com muita rapidez. Todos os três morreram afogados na boléia do jipão.

Enquanto Olavo descia da árvore e ao mesmo tempo olhava a tragédia, Lourival chegava à ponte bem mais adiantado. Lourival corria desesperadamente pela ponte. Antes de chegar ao outro lado da margem, lugar mais próximo do acidente, Olavo gritou outra vez:

– Um subiu à tona.

Era Afro.

Ao ouvir Olavo, Lourival, do mesmo lugar que estava, pulou sobre a borda da ponte dando um mergulho no meio do rio.

Olavo alcançou a ponte, enquanto Lourival nadava até Afro, que com as mãos amarradas, se debatia procurando manter-se na superfície e vivo. Afro estava a uns 15 metros das margens. Revirava-se na água como uma barata tonta, sem saber a direção. Ficou atordoado com o acidente e toda situação criada. Lourival chegou, agarrou-o pelo pescoço e elevou sua cabeça.

– Respira. Calma. Vamos ajudá-lo.

Afro tenta gritar, mas sua voz sai grave e fraca.

– Socor... Socorro. Ajuda... Estou afogando.

Afro fez um giro com o corpo, soltando-se das mãos de Lourival, que grita:

– Calma! Fica parado. Fica parado. Pára de mexer. Vamos tirá-lo daí.

Afro desesperado não conseguia ter calma. Todo amarrado, bebia água e se afogava. Lourival chama Olavo, que estava quase na ponte:

– Olavo, corre aqui! Ele está com as mãos amarradas. Rápido.

– Socorro. Estou afogando. Socor...

Olavo mergulhou e nadou até os dois. Os pescadores tentavam levá-lo para a margem. Mas Afro não colaborava, no seu desespero, debatia-se e afundava. Quanto mais se afligia, mais água bebia.

Lourival segurou-o alto e disse a Olavo:

– Desamarra o homem. É melhor com os braços soltos.

Olavo, com muita dificuldade, tirou o canivete do bolso e cortou as amarras dos punhos de Afro. Este, com uma das mãos soltas, agarrou-se a Olavo. A coisa piorou. A correnteza os levou rio abaixo. Devido à fraqueza de Afro, Lourival conseguiu tirar os braços dele que estavam agarrados em Olavo. Seguro pelos braços e pela cintura, os dois homens tentaram levá-lo para as margens. Conseguiram nadar dois metros. Afro se desesperava e se soltava de um ou de outro. Os dois procuravam manter a cabeça de Afro fora da água. A correnteza os vencia e os levava de volta ao meio do rio. Lourival percebeu que seria muito difícil sair do rio com Afro e eles já estavam cansando.

– Olavo, ele vai se afogar desse jeito. A correnteza está muito forte.

– O que vamos fazer?

– Vamos virá-lo de costas. O senhor dá uma trava de leve no pescoço dele, mantém a cabeça dele fora da água e eu empurro vocês dois. Mas cuidado para ele não agarrar no seu pescoço, porque ele está desesperado.

– Tá bom. Vamos logo.

Na tentativa de virar Afro, este agarra o corpo de Olavo, que grita:

– Larga. Larga.

Afro soltou Olavo. Aos poucos, ele se acalmou. Ele estava exausto. Deixou-se levar. Desmaiou. Daí em diante, seria mais fácil. Olavo mantinha a cabeça de Afro fora da água e Lourival os empurrava. Era uma luta titânica para vencer as correntezas e o peso de Afro. Lourival algumas vezes dava fortes empurrões. Olavo aproveitava para ir mais adiante. Afro era muito pesado, se o soltassem, afundaria como uma pedra. Foi sorte não ter afundado de vez quando caiu no rio. Lourival e Olavo estavam muito cansados. Mas não se entregavam. Era uma questão de honra não desistir. Nessa luta, Lourival pensava em desistir, mas prosseguia, se não morreriam os três. Usavam uma força sem medida para tirar Afro do rio. Com Afro desmaiado, a luta ficou mais fácil.

Perto da margem rasa, Lourival segurou nas pernas de Afro e as usou como remo. Nessa tentativa, chegaram à parte do rio que dava pé. Extenuados, chegaram a salvo. Colocaram Afro à beira do rio. Ele estava imóvel.

– Ele morreu, "seu" Olavo?

– Não sei. Está muito machucado e, além disso, bebeu muita água.

Olavo colocou a boca nos lábios de Afro e soprou. Não conseguiu nada. Repetiu a operação, em vão.

– Por favor, ressuscita homem.

Pela terceira vez, ele soprou na boca do afogado. Quase que recebeu água com sangue. Afro tossiu, saiu mais água com sangue:

– Ele está vivo, Lourival, e precisa urgente de um médico.

– E os outros? – pergunta Lourival.

– Não vejo ninguém. Nenhum deles subiu. O rio é fundo; é difícil terem sobrevivido. O que você acha?

– Acho que se afogaram. É muito tempo para ficar debaixo da água. E esse aqui precisa de socorro urgente.

– Para onde vamos levá-lo?

– Para o Dr. Karl.

– O missionário?

– É. Vamos logo. Vai lá pegar nossa camionete, enquanto eu pego folhas de mato para colocar na carroceria. Vai rápido, Lourival.

Enquanto Lourival buscava a camionete, Olavo Manuel pegava folhas das árvores para forrar a carroceria. Com muita dificuldade, colocaram Afro sobre um lençol em cima de um monte de mato na carroceria. Afro foi colocado em diagonal por causa do seu tamanho. Lourival foi com ele para ajudá-lo. Afro respirava com dificuldade, mas estava muito fraco. Tinham pouca certeza se ele sobreviveria até chegar ao médico.

– Ele está gelado, "seu" Olavo. Deve estar morrendo.

– Enrole nele esses sacos de estopa. Ele não pode ficar tão gelado. Tem de aquecer, senão morre. É tudo que podemos fazer.

A camionete partiu do rio Madeira, deixando para trás um jipão com três jovens militares mortos, no fundo do rio. Essa tragédia mudaria a vida desses homens. Lourival ainda não tinha percebido bem o que significava ter salvado aquele "subversivo".

– Quem eram aqueles homens que estavam no caminhão, "seu" Olavo e o que eles iam fazer com esse aqui amarrado daquele jeito?

– Eram da repressão e iam dar fim nesse aí.

– Será, "seu" Olavo?

– Tenho certeza.

– Puxa! Quer dizer que esse aí é comunista?

– Quem sabe.

– Então entramos numa "lasqueira".

– Entramos.

– E agora?

– O que você pensa?

– Vamos voltar e deixar o homem à beira do rio. Nessa briga entre tubarões, somos peixinhos. Não devemos nos envolver nessa briga. Ele vai morrer mesmo.

– Esse homem não é um rato, Lourival. É gente como nós. É nosso próximo, nosso irmão. E tem mais, sua vida está por uma piscada de olhos e ele precisa de nós. Você entende isso?

Olavo fez uma pausa e depois continuou.

– Não se preocupe, Lourival. Eu assumo todas as responsabilidades. Pode se acalmar.

Lourival olhou para Afro, ele parecia morto. O rosto todo machucado, sangue talhado na testa, da sua boca saía uma saliva grossa, misturada com sangue. Moribundo. Lourival sabia que ali estava alguém que precisava de ajuda sem que, com isso, se corresse algum risco. Olavo até agora era o único, se o governo os pegasse, que assumiria a culpa.

Sensível como era, Lourival começou a pensar do ponto de vista de Afro, o quanto ele estava sofrendo. Enquanto olhava para Afro, pensando em sua história, seus sentimentos foram mudando. Encheu-se de compaixão, solidariedade. Pensava em Afro como se fosse ele próprio. Seus olhos encheram-se de lágrimas diante da miséria do semimorto. Lourival pegou seu canivete, cortou as cordas dos pés e as que restavam nos punhos, jogou-as fora à beira da estrada. Com esse gesto, havia decidido ajudá-lo. Com as pontas do lençol, limpou o sangue vomitado na boca de Afro. Olavo viu o gesto de Lourival e ficou sensibilizado. Agora, o que tinham de fazer, era mantê-lo com vida até chegar ao Dr. Karl.

CAPÍTULO 9

Por volta do meio-dia, o coronel Machado ligou para o radiotransmissor no jipão. Estava curioso, queria saber do resultado.

– Machado chamando tenente Araújo. Responda.

A resposta foi um chiado.

– Machado chamando tenente Araújo, responda.

Ouve a mesma coisa: um chiado. Tenta uma terceira vez e nada de resposta. Liga para seu braço direito, sargento Getúlio, que atende no primeiro toque:

– Getúlio?

– Pode falar, coronel.

– É a missão do rio Madeira.

– O que houve?

– Acho que aconteceu alguma coisa.

– Será?

– Liguei várias vezes e eles não atendem.

– Será que aconteceu uma emboscada?

– Acho que subestimamos aquele vermelho, sargento.

– De que modo? Ele não tinha como avisar ninguém. Eu não acredito em uma emboscada.

– Isso é o que você pensa. Precisamos de fatos... Venha para cá agora, vamos ao rio imediatamente.

O coronel Machado procurava estabelecer contato na esperança que eles tivessem tido algum problema e não pudessem atender. Mas todas as tentativas foram em vão. Ligou para um oficial que trabalhava no serviço secreto. Reuniu então um grupo de sua confiança para descobrir o que havia acontecido.

Em 15 minutos, Machado e mais quatro oficiais partiram para o rio Madeira.

—✳—

A camionete entrou a "mil" na cidade de Arco Verde. Eram quase duas da tarde. A cidade dormia nas redes de um domingo quente. O Doutor Karl descansava na rede da varanda de sua casa.

A camionete parou em frente a casa. Karl levantou-se da rede com o barulho.

– O que foi? Atropelamento? – perguntou a Olavo.

– Um acidente no rio, um caminhão caiu da ponte, este foi o único que sobreviveu.

– Que rio, Olavo?

– O Madeira, doutor. Foi horrível, caiu da ponta. Quem estava na boléia morreu afogado.

– Deixe ver... O problema é grave nem sei se vamos poder ajudá-lo! Vamos levá-lo para a mesa de cirurgia. Que Deus nos ajude.

Depois de examinar Afro, o médico falou a Olavo.

– O caso dele é para ser tratado em um hospital maior, no caso Recife. Mas ele não vai resistir chegar lá. Sinto muito... ele não tem chances.

– Nenhuma, doutor?

– Estaria exagerando se dissesse que não tem chance. Ele tem 10% de chance, no máximo. Necessita de um hospital bem mais equipado. Tem de ser operado com urgência. Precisa de um anestesista.

– Mas a Dona Heidi pode ajudá-lo.

– Olavo, ela é enfermeira, não é anestesista.

– É a mesma coisa.

– Olavo, eu não posso improvisar, o caso dele é muito grave. Você não entende?

– Então, onde o senhor quer que ele morra? Aqui ou no caminho para o Recife. Ele não tem alternativa, Dr. Karl. Por favor!

– Para a minha medicina, ele está morto, Olavo.

– Para a minha fé, ele pode viver. O senhor tem fé doutor? Eu tenho fé, e essa fé foi o senhor quem me ensinou anos atrás.

Heidi, que ouvia tudo em silêncio, fez coro com Olavo:

– Karl, deixe por um momento seu racionalismo alemão, Olavo tem razão. Eu o ajudo.

– Está bem. Eu opero, vocês oram...

– Faça o que puder, doutor. O que o senhor não puder fazer, Deus fará.

– Se ele viver, será um milagre – disse o médico, fechando a porta da sala de cirurgia.

Afro foi operado. Em alguns momentos críticos, o médico deixava escapar algumas palavras que expressavam angústia:

– Não morra, rapaz. Agüente firme. Força, rapaz.

Era noite quando a operação terminou. Cinco costelas quebradas e uma perna, provavelmente quebrada na queda da ponte do rio Madeira. Sete pontos sobre o cílio direito. A parte mais delicada foi a cirurgia no baço. O órgão mais afetado na tortura, o que demandava maiores cuidados. O médico nunca tinha feito operação tão grande. Mas na situação gravíssima de Afro, operou como última esperança. Agora era esperar para ele reagir.

Oito horas da noite, os quatro amigos jantavam. Olavo contava sobre o acidente. Lourival, entre um pedaço de pão e uma colherada de sopa, lembrava a Olavo algum detalhe. O Dr. Karl e a esposa ouviam tudo atentamente.

– "Seu" Olavo contou para vocês que o operado é da repressão?

Karl quase engasgou com um pedaço de surubim:

– Como? Não entendi, Lourival?

– Iam matá-lo no rio. Não é, "seu" Olavo?

– É, sim.

– Mas os homens que iam fazer isso se deram mal. O carro caiu no rio e só esse que o senhor operou é que se salvou.

– É verdade, Olavo? Você sabia que estávamos atendendo a um subversivo. Uma pessoa que pode pôr nossas vidas em risco?

– Karl... Não havia tempo de dizer quem ele era. Não podia parar para explicar, o homem estava morrendo...

O missionário solta o pedaço de surubim:

– Eu não acredito, Olavo... Não pode ser! Por que você fez isso conosco, Olavo?

– Doutor, eu assumo todas as responsabilidades. Nada vai acontecer com o senhor, Dona Heidi, Lourival, porque eu assumo que fiz tudo sozinho.

– Você me enganou, Olavo.

Karl apontou o dedo para o amigo. – Enganou a mim e enganou a Heidi, seus amigos.

Olavo abaixou a cabeça. De fato, ele encrencou o casal trazendo Afro para o seu hospital.

Silêncio constrangedor.

– Karl, Olavo não me enganou. Eu não me sinto enganada.

O missionário não acreditava no que ouvia de sua mulher.

– Mas, Heidi, ele nos encrencou...

– Não nos encrencou à toa, Karl. Eu teria feito o mesmo no lugar dele. "Seu" Olavo, eu prezo sua atitude. Estou impressionada com sua bondade, "seu" Olavo.

– Heidi!...

– Karl, o que ele fez é o que nós pregamos. Alguém, com dignidade, está vivendo. Não é maravilhoso!

Karl parecia não crer no que estava ouvindo da esposa, essa não era sua mulher. Quase 40 anos casados, e jamais imaginou que Heidi tivesse uma atitude tão inusitada quanto essa, defendendo Olavo e, também, o subversivo. Karl percebeu cumplicidade nos três e a certeza de ter feito a coisa certa. Mas ficava a pergunta: se ele sobrevivesse, o que fariam com ele dali para a frente?

– O que nós fizemos será interpretado como coisa de comunistas. Logo vão estar atrás de nós – desabafou o missionário.

– Vou levá-lo para o meu sítio, doutor.

Olavo falou como se tivesse encontrado a solução.

– Se eles nos descobrirem, vão descobri-lo no sítio um dia depois. O seu sítio é muito perto, "seu" Olavo. Quando ele ficar bom, vai ter de ir para um lugar mais longe. Bem longe. Isolado, entendem? – disse a corajosa Heidi.

– Mas para onde poderíamos levá-lo?

– Para Triunfo.

Karl tinha uma granja em Triunfo, cinco alqueires, onde produzia rapadura com o seu caseiro.

– Aí vamos acabar envolvendo o caseiro também – intervém Olavo.

– A casa do caseiro fica bem distante da minha. E, além disso, ele não precisa saber da presença do estranho.

– Ele pode ficar escondido na nossa granja em Triunfo.

Foi mais para evitar algo pior que Karl apresentou essa sugestão. Na verdade, ele não queria estar envolvido nem um milímetro com o afogado, de quem não sabiam o nome.

– Eu vou ficar com o estranho em Triunfo, assim qualquer problema que houver eu assumo as conseqüências.

Olavo vira-se para Lourival e diz:

– Enquanto estiver em Triunfo, você dirige o sítio.

– Mas eu nunca dirigi sítio, "seu" Olavo. Sempre fui empregado, sempre fui de obedecer, eu não sei mandar.

– Tanto tempo trabalhando comigo e vem me dizer que plantar abóbora, feijão e milho é difícil, Lourival!... Você vai cuidar da nossa lavoura melhor que eu. E vai ser meio a meio. Combinado?

– Combinado!

Lourival responde cheio de modéstia; afinal, como empregado do "seu" Olavo, não ganhava mais que 10% do lucro. "Seu" Olavo tinha mais duas famílias que trabalhavam com ele na propriedade.

– O senhor é muito audacioso, "seu" Olavo. Se todo mundo pensasse e agisse como o senhor, o Brasil seria o país que sonhamos – Heidi falou como admiradora.

– O que importa nesta vida é a vida que levamos e aquilo que temos dentro do coração e o que fazemos com esse patrimônio espiritual. Só isso. Agora, temos de pensar sobre quando partiremos com o moço.

– Não sabemos nem mesmo se ele vai sair do coma. Se sair, ainda vai ficar alguns dias em recuperação.

– Quantos dias?

– Creio que no mínimo uns dez dias, mas pode ficar 20 dias, um mês, ou mais.

Karl não estava preparado para tratar daquela situação tão delicada, e tão perigosa no sentido político. Aprendeu na igreja e na escola que o Estado estava acima das coisas da Igreja e dos indivíduos. Contudo, não tinha lidado com o fato que o Estado deve estar sujeito a Deus e, numa situação dessa, ele sabia que amar o próximo significava escondê-lo e protegê-lo do Estado. Heidi parecia entender isso e estava disposta a pagar o preço pelas conseqüências da desobediência civil, assim como Olavo, que não gostava da ditadura, por causa da bala que levara no braço. Mas Karl, com sua mente prussiana, se mostrava confuso e se sentia culpado.

CAPÍTULO 10

Pouco antes das cinco da tarde chegavam à ponte. Desceram do carro, observaram as marcas de pneus na madeira da ponte, os buracos, os pregos nas vigas. Viram uma parte da proteção lateral da ponte quebrada. O sargento Getúlio logo deduz:

– Foi um acidente e eles caíram no rio.

– Errado, sargento, eles foram jogados no rio.

– Jogados por quem, coronel?

– Não seja imbecil, sargento. É óbvio que foi pelos comunistas, quem mais faria isso?

– Mas só havia um, e ele estava quase morto. Ele não pode ter feito isso.

– Será que não?

– Creio sinceramente que, pelo estado dele, seria impossível fazer uma emboscada sozinho.

– Getúlio, você não conhece nada desses bichos "vermelhos", mas você pode ter razão. Mande o Eli mergulhar e ver o que temos no fundo do rio. Espero que meu sobrinho não esteja lá, vai ser muito bom para a saúde de todos os subversivos do país.

O tenente Eli mergulha no rio com tanque de ar. Machado e seus homens aguardam. Machado pensa em Genildo Dantas, filho de sua irmã, agente da repressão, um dos que participaram da emboscada do Janga, e também de outras missões, dando fim a muitos subversivos.

Vinte minutos depois, o tenente Eli vem à tona:

– E então, tenente?

– Senhor, aconteceu mesmo um desastre, estão todos mortos. Morreram uns agarrados aos outros presos na cabina do jipão.

– Inclusive o sargento Genildo?

– Sim, senhor.

– Foi uma emboscada. Era o que eu temia... E o "Zumbi"?

– Não encontrei nada, a carroceria está vazia.

– Foi o desgraçado quem fez isso, o miserável me paga. Vai pagar muito caro. Lamento a hora que não o matei na deusa. Que tristeza! Agora, olhem no que deu, perdi um sobrinho. Como vou contar a sua mãe que ele morreu numa emboscada de um maldito vermelho?... – todos ficam em silêncio. – Aquele desgraçado não agiu sozinho, foi ajudado por outros capetas vermelhos.

– Mas quem, coronel?

– Fique quieto, sargento. Pense e deixe-me pensar... – mantenha a calma. – Tirem os mortos de lá, eles não podem ficar ao lado de más companhias... O que vocês precisam?

– Um guincho para içar o jipão e três caixões, se é que vamos tirar só os nossos.

– Vamos tirar tudo. De hoje em diante, isso aqui vai virar uma romaria... Para os que não são nossos, arrume um cemitério clandestino... A partir de hoje, começa minha insônia, sargento.

– A nossa, coronel.

– Eu não vou descansar, não vou deitar em paz enquanto não tiver certeza que o vermelho está morto.

Às nove da noite, um guincho do Exército retira o jipão do fundo do rio, com os corpos dos oficiais. Durante a madrugada e pela manhã, vão tirando os corpos dos subversivos que foram desovados ali. As águas deram seus mortos.

– E o Zumbi comunista?

– Nada. Reviramos tudo.

– Agora tenho certeza absoluta que foi ele o autor dessa desgraça. Coitada da minha irmã. Sujeito miserável – desabafa para Getúlio.

Na cabeça de Getúlio e do tenente Eli, pairava um "como?". Como um homem quase morto prepara uma emboscada para três agentes preparados como aqueles jovens oficiais?

Olharam os pneus do carro, as portas, toda a cabina, a lataria, os corpos dos militares e novamente refizeram toda a perícia. No final, chegaram até o coronel no jipe:

– O que vocês concluíram, capitão?

– É melhor abandonar o rio e esquecer isso para sempre, coronel.

– Por quê? O que aconteceu?

– Nada mais que um acidente. Não deram tiros, não há sinais nem na lataria nem nos corpos dos oficiais. Pelas marcas na ponte e nos pneus do veículo, foi um acidente. Não houve emboscada.

– Não foi emboscada?

– De jeito algum, senhor. Foi acidente mesmo.

– E o "vermelhinho" que estava com eles?

– Não encontramos nada.

– Fizeram uma procura exaustiva?

– Coronel, os homens varreram o fundo do rio, as margens, ponte abaixo, ponte acima. Cada palmo do leito do rio. Tudo. Para não dizer que não achamos nada, acharam duas varas de pescaria. Mas isso não tem ligação com o que aconteceu...

– O que aconteceu? – Machado resiste à versão dos peritos.

– Que o jipe estava em certa velocidade, e caiu no rio por algum motivo: o pneu furou em cima da ponte, faltou freio. Essa é a hipótese que mais se encaixa com o que aconteceu. Sem dúvida, em todas as hipóteses presumimos que houve imperícia do pessoal.

– E o "Zumbi"?

– O preso estava na carroceria, foi lançado ao rio na queda e morreu afogado, como os nossos colegas...

– ...Mas, cadê o corpo?

– É um mistério. Sumiu rio afora. Provavelmente vai aparecer nos próximos dias, rio abaixo.

– É tudo conjectura, capitão. Nós temos de resolver essa questão, precisamos de todas as respostas. Imaginem se acham o corpo do vermelhinho em alguma parte do rio. Isso pode gerar uma crise sem precedentes. Inclusive em nossas fileiras. Há generais que não sabem do que acontecia no rio Madeira.

– Coronel, eu posso falar.

– Fala, sargento Getúlio.

– Pelo estado que ficou o vermelho na noite do interrogatório, é impossível que tenha tido forças para fazer o que fez sozinho. Se fez com a ajuda de outros, planejaram bem, se o que aconteceu foi uma emboscada e ele estiver vivo, então eles são gênios e estão infiltrados no nosso meio. E isso não pode ser.

– Por que não, sargento? Já esqueceu do Lamarca e tantos outros que eram comunistas e estavam no nosso meio? Muitas vezes, os nossos inimigos são os que estão todos os dias conosco. Não confie em ninguém, tenente...

Machado estava irritado e confuso, e errava as patentes, mas jamais admitiria isso diante dos seus subordinados.

– Muito bem... Prestem atenção, a conclusão a que chegamos aqui foi que os três oficiais iam a serviço de Caruaru para Serra Talhada quando foram emboscados, amarrados e covardemente colocados no carro e jogados no rio. Isso foi o que aconteceu aqui, se algum superior lhes perguntar o que ocorreu, isto é o que devem responder. Entenderam?

– Sim, senhor!

Todos concordaram e confirmaram essa versão.

– E quanto ao vermelho, senhor? – pergunta Getúlio.

– Eu garanto que só vou ficar em paz quando ver aquela peste exterminada, se estiver viva... o que eu desconfio.

– Isso é praticamente impossível, senhor.

– Espero que esteja certo, sargento. Vocês têm sete dias para vasculhar todo o rio em busca do corpo. Procurem em cada milímetro do rio. Só parem quando acharem o "Zumbi".

CAPÍTULO 11

Afro estava fora de risco. Karl chamou a esposa e Olavo:

– Está despertando. Vêem como ele olha o local? Está achando tudo muito estranho. Ele deve estar ainda em estado de choque com o que aconteceu.

Afro olha para os três, fixa-se em Karl.

– Está reconhecendo "seu" Olavo?

– Quem?

– "Seu" Olavo – Karl mostra-lhe o amigo.

– Não.

– Foi ele quem lhe salvou do acidente no rio Madeira.

– Acidente? Que acidente?

Os amigos se olham perplexos.

– Não lembro de acidente algum e nunca vi esse homem.

– Qual é o seu nome?

– Meu nome é... meu nome é... Caramba, como é mesmo meu nome? ...Acho que esqueci meu nome. Tá aqui na ponta da língua, mas não sai... Por que vocês estão me olhando desse jeito? Eu fiz alguma coisa errada?... Fiz!? Podem falar.

– Não, você não fez nada errado – disse Heidi. – Você sofreu um acidente, mas agora já está melhor. Descanse. Não se preocupe com nada. Descanse... Karl e "seu" Olavo, vamos sair e deixar nosso amigo descansar.

Os três saem do quarto. Na sala, onde Afro não pode ouvir, Karl mostra sua decepção:

– Por essa eu não esperava. Temos um estranho que pode ser um subversivo, que não sabe seu nome, não sabe que sofreu um acidente grave, não sabe que foi torturado, não sabe nada.

– Você disse tudo, Doutor. Ele pode não saber o nome, mas já sabemos que ele foi torturado. E se ele foi torturado, eu não tenho dúvidas, ele é a vítima dessa história.

– Como sabe, Olavo? Você não o conhece.

– Mas eu conheço os homens que dominam este país. Pode crer, Karl. Esse homem não é perigoso, eu vejo isso escrito nele.

– De qualquer jeito, estamos encrencados com o governo e não vamos ficar mais, quanto menos o subversivo ficar aqui, melhor. Precisamos levar o doente logo para o sítio em Triunfo. Logo os militares virão aqui.

– Mas ele já pode ser levado?

– Não, "seu" Olavo. Mas logo vamos poder levá-lo. Depois veremos o que devemos fazer.

– Eu cuido do restante. Fui eu quem o trouxe aqui e sou eu quem vai levá-lo. Karl, em meu nome, obrigado por tudo que fez.

O olhar de Karl revelava o conflito que habitava sua alma.

– Não se preocupe, Karl. Eu assumo todo o barulho que vier...

Com isso, Olavo tirava dos ombros de Lourival, Karl e Heidi toda ansiedade pelas complicações que viriam daquele envolvimento com o subversivo.

CAPÍTULO 12

A morte dos três oficiais no rio Madeira, o primeiro caso de agentes da repressão mortos em missão, preocupou o Conselho de Guerra do IV Exército. Houve uma reunião para esclarecer o acontecido, o general Moisés, tio de Natan, estava lá. Machado apresentou sua versão dos fatos:

– Fui informado que havia um grupo de subversivos na região de Serra Talhada. Os agentes partiram de Caruaru, chegando na altura de Pesqueira, foram emboscados, rendidos, torturados e jogados com o caminhão dentro do rio. Foi uma covardia.

– Quem os rendeu, coronel?

– General Moisés, pelo que apuramos, foi coisa da VAR-Palmares.

– VAR-Palmares não age só nas áreas urbanas, coronel?

– Era um engano nosso. Eles agem em toda parte, estão se expandindo como erva daninha no campo, cidade e têm guerrilheiros muito bem treinados. São subversivos terríveis. Essa emboscada foi preparada por um dos mais perigosos líderes guerrilheiros do país.

– Quem é? – perguntou um dos generais da IV Região Militar.

– Afroníger Carvalho de Oliveira.

– Meu pai! – assusta-se o general Moisés.

– Conhece-o, general?

– Conheço. Afroníger serviu no meu tempo. Sempre se mostrou uma pessoa ordeira, direita, depois que deixou o Exército foi trabalhar no porto, casou, tem uma boa família, jamais imaginei que ele fosse se transformar num...

– Monstro. É o mesmo caso do Lamarca. Um oficial em um dia e, no outro, grande traidor. E esse Afroníger é tão terrível, que fez a emboscada e sumiu como um zumbi. Um "zumbi". E não é de causar espanto algum, na sua juventude já era conhecido como "Diabo Negro". Diabo Negro... O homem, se é que podemos chamá-lo de tal, é o cão em carne e osso desde que nasceu.

– Coronel, o senhor está exagerando!

– Ele matou três oficiais covardemente afogando-os em um veículo do Exército. Isto é exagero? E um deles é o meu sobrinho. Isto é exagero, general?

– Eu salvei o seu sobrinho, general, mas ninguém salvou o meu. O coronel chora.

Moisés abaixa a cabeça em reconhecimento pelo favor.

Nenhum dos alto oficiais presentes percebeu a artimanha de Machado. Essa história de emboscada, Zumbi e VAR-

Palmares era só para receber apoio dos superiores. A história do seu sobrinho ele incluiu para pegá-los pela emoção.

A partir desse momento, as conversas giravam em torno do apoio ao coronel, da necessidade de agir com mais rigor, de endurecer ao máximo contra os comunistas.

– Tem o nosso apoio incondicional para pegar quem fez isso com os nossos homens e com o seu sobrinho – diz o presidente do Conselho de Guerra.

Febrônio César Machado lança um olhar fulminante sobre eles e promete.

– Dou a minha palavra que vou vasculhar cada palmo de Pernambuco, do nordeste, do inferno, até encontrarmos esse bandido e quem mais estiver com ele. É uma questão de honra prender esse miserável. Não vou dar descanso aos meus ossos enquanto não encontrá-lo. Coloquei como propósito número um encontrar o Zumbi. Vivo ou morto, vou trazê-lo para os senhores.

– Nós não podemos perder essa batalha, com o risco de os vermelhos ganharem a guerra. Somos vencedores e desejamos continuar assim. Nunca perdemos uma guerra, não vai ser um zumbi quem irá nos vencer – disse um da *Linha Dura*.

Todos os presentes, inclusive o general Moisés, são unânimes no apoio ao trabalho do coronel:

– Tem carta branca e total apoio para achar esse assassino e todos os outros que o ajudaram nessa emboscada. Obrigado, coronel Machado, aceite nossos sentimentos pela perda do seu sobrinho.

O coronel se emociona com os pêsames recebidos dos oficiais. Até o general Moisés engoliu sua versão. Ao mesmo tempo em que chorava, Machado também estava satisfeito com a carta branca que recebeu para caçar Afro, como um capitão-do-mato. No fundo, ele também acreditou na mentira que contou. Ele estava convencido que Afro era o responsável pela morte dos militares.

CAPÍTULO 13

O risco de tudo acabar em tragédia não havia sido descartado. Duas semanas depois da operação, de madrugada, Afro foi levado para o sítio de Karl na serra de Triunfo. Ficaria ali até que as coisas melhorassem.

O sítio de Karl na cidade de Triunfo ficava 170 quilômetros da cidade onde estavam, Arco Verde. O lugar era o melhor que acharam para esconder Afro e também para livrar Lourival, Karl e Heidi, do envolvimento com Afro. O único problema seria a assistência médica de Karl, que ficaria muito limitada pela distância. O médico prometera ir todas as vezes que ele precisasse. Karl estava impressionado com a recuperação de Afro. Quando chegou, acreditava que ele só teria mais algumas horas de vida. Agora se recuperava. Isso ele atribuía ao trabalho de Deus.

Mas, agora, Afro estava em Triunfo.

—*—

O velho e corajoso camponês ofereceu o jantar a Afro. Este, com o rosto ainda marcado e um pouco inchado no lugar dos pontos, soltou um sorriso:

– Cadê o médico e a esposa?

– Ficaram em Arco Verde. Mas eles virão visitá-lo amanhã.

– Onde eu estou?

– No sítio de Karl, em Triunfo.

– Meu Deus. Estou muito longe da minha família.

– Você tem família?

– Tenho.

– Qual é o nome deles?

– Minha esposa é Helena e meus filhos são Osvaldo, Carlos e Helena.

– Você se recorda o nome da sua família, então lembrou o seu nome?

– Sim. É Afroníger Carvalho de Oliveira. E o seu?

– Olavo Manuel Ingazeira.

– O que aconteceu comigo?

– Você não se lembra de nada?

– Não. O que foi?

– Do que consegue lembrar?

– Lembro que fui preso na Casa de Detenção em Recife. Fiquei na cela com uns presos. Um deles era um ex-deputado. Acho que foi morto pelos militares. Tinha outros presos, mas não consigo lembrar os nomes, um deles era bem engraçado... Batia com o prato nas grades... Também me recordo... Eu fui levado para um lugar terrível, muito escuro, com muitos corredores... Lá me interrogaram, bateram, torturaram, lembro que apanhei muito, o restante só lembro que acordei num quarto todo branco, no hospital... A primeira pessoa que vi foi o médico alemão. Tinha uma cara mais assustada que a minha. Só disso me lembro. Aconteceu mais alguma coisa?

– Aconteceu.

– O que foi que aconteceu comigo?

– Estávamos pescando no rio Madeira quando, de repente, veio um caminhão em alta velocidade. Não tivemos nem tempo de avisá-los que na ponte havia muitos buracos. O caminhão caiu no rio. Você estava na carroceria, foi jogado no meio do rio. Começou a se afogar. Eu e Lourival pulamos no rio e o tiramos de lá. Os que estavam no caminhão morreram afogados. Quem eram essas pessoas?

– Eu não me lembro de nada disso, não sei o que estava fazendo no caminhão, nem por que estava na carroceria e muito menos quem eram essas pessoas que morreram. Meu Deus, será que eram da minha família?

– Não. Não. Quanto a isso pode ficar despreocupado. Eram homens, não havia mulher nem crianças.

– Tem certeza?

– Certeza absoluta. Você não suspeita quem eram essas pessoas?

– Sim.

– Quem eram? – Eram militares e iam se livrar de mim nesse rio. Mas o destino os levou e me deixou ficar... Ai, que dor! – O que foi? – Senti um aperto no peito. Como se meu coração fosse espremido.

– Vamos mudar de assunto.

– Vamos... E o senhor, me fale do senhor?

– Sou viúvo há dois anos. Tenho cinco filhos, duas mulheres e três homens.

– Vivem nesse sítio?

– Não. Quando cresceram, cansaram da vida na roça e no sertão. Todos foram para São Paulo antes de completar 20 anos. O sertão não segura os jovens. Eles não têm perspectivas aqui.

– É uma pena.

Afro fica sério:

– Por que o senhor fez isto?

– Isto o quê?

– Tirar-me do rio. Não me conhece. Posso ser um criminoso.

– Não parece um criminoso. Parece um sujeito que trabalha duro.

– Por que fez isso?

– Qualquer um faria isso. Por que você acha que fiz isso?

– Não sei. Isso é que eu quero saber. Não me venha dizer que é por causa de Deus, que eu não acredito.

– Foi por divertimento. Meu divertimento é salvar afogados.

Afro riu. Olavo também. Olavo levou o prato para a cozinha. O doente ficou pensativo.

– Não se preocupe com nada. Apenas repouse e use todas as suas energias para curar-se. Fique bom. Você precisa se recuperar logo para voltar para sua mulher e filhos. A propósito, onde você mora?

Afro pensa, pensa, depois de um silêncio inquietante, responde:

– Não lembro. Puxa, não lembro...

– Não se preocupe, com o tempo você vai lembrar de tudo. Descanse.

Afro preocupa-se pelo esquecimento do lugar em que morava.

CAPÍTULO 14

A partir do rio Madeira, Machado começa uma operação para varrer todo o Estado de Pernambuco em busca do "Zumbi", como ele apelidara Afro, era o novo Domingos Jorge Velho. Começa pelos povoados mais próximos. Foi aos hospitais, ambulatórios, lugares em que Afro talvez tivesse sido socorrido. Conta com delegados e policiais das cidades do interior para mandar notícias. Espalha por todo canto que Afro é um criminoso perigoso. Qualquer pessoa que observar o retrato de Afro, mal reproduzido, logo sente que está diante de um canibal, comedor de criancinhas. Apesar de estar longe de Triunfo, o tempo era favorável ao coronel. E sem dúvida ele estava determinado a revistar cada metro quadrado dentro e fora do Estado para achar o causador da morte do sobrinho, sargento Genildo Machado. Na cabeça do coronel, as motivações pessoais e ideológicas se misturavam, uma reforçando a outra. Paranóico, botou na cabeça que Afro era o responsável pela morte de Genildo Machado. Ele acreditava na mentira que inventara.

—✻—

Um mês depois da cirurgia, Afro começou a ter pesadelos constantes, acordava suado e tremendo de frio. Nos sonhos, sentia-se perseguido por um monstro que parecia um hipopótamo, soltando fogo pela boca como um dragão. Todas as noites era a mesma perseguição, o mesmo pavor, a mesma tremedeira e um frio intenso no corpo, nas entranhas, na alma.

Olavo lhe ofereceu mais um cobertor e nada adiantou, acordava apavorado, sentindo muito frio. Três cobertores em cima e continuava sentindo frio. Olavo, preocupado, ligou para Karl, este perguntou se ele estava tendo febre. Não era o caso. Então, disse que não se preocupasse. Com o tempo, o frio passaria.

Um dia, Olavo foi à cidade fazer compras, lá encontrou um cobertor de lã de cordeiro. O preço estava bom, comprou e o deu a Afro. Naquela noite, Afro dormiu e acordou sem pesadelos, sem monstro e sem frio. Sentiu alívio em vez de agonia.

Em uma manhã, Afro que estava com o olhar perdido num pé de murta, chamou Olavo que passava com uns bambus:

– Podemos conversar!

– Sim.

– O que aconteceu?

– Os pesadelos acabaram.

– Graças a Deus.

– Eu achei muito bom e ao mesmo tempo estranho que tivessem acabado.

– Por quê?

– Lembra do monstro do pesadelo?

– Lembro.

– Qual é a sua interpretação do monstro?

– Estive pensando nisso esses dias, mas não quis lhe falar porque você não ia se interessar pelo que concluí.

– Fala.

– Você sonhava com o Leviatã.

– Leviatã? O que é isso?

– O monstro bíblico descrito no final do livro de Jó.

– Jó? Aquele que sofreu muito?

– É – disse Olavo.

– Ele também teve pesadelos com esse monstro?

– Não. Mas você está passando situação muito parecida à de Jó.

Afro fica pensativo e começa associar uma coisa à outra:

– Acredita na Besta, "seu" Olavo?

– Do Apocalipse?

– Não, a do Brasil. Aquele troço diabólico que fica no porão da Casa de Detenção?

– É uma lenda.

– Eu também achava que era... Mas não é... Eu fui, fui... fui torturado na Besta. Também achei que era lenda até conhecê-la pessoalmente. Está vendo essas marcas nos meus punhos?

Olavo olhava sem acreditar.

– Eu fui amarrado e depois pendurado com cordas no centro do monstro. Eu não morri não sei por quê. Acho que sou o único que sobreviveu à Besta.

E era mesmo, por isso Machado queria achá-lo.

– Afro, sua memória está voltando. Agora, quem eram as pessoas que o levaram para o rio?

– Quem são os homens que fizeram isso com você? Você se lembra de alguém?

– Era o coronel... Não, não, vamos parar. Estou sentindo mal. Minha mente está rodando, meu coração está acelerando. Não posso pensar no que me aconteceu. Deixe-me só. Por favor.

– Está bem. Estou aqui. Precisando, estou aqui.

– Tá.

Karl e Heidi vieram ver Afro. Olavo lhe contou a história dos pesadelos, mas Karl não deu muita atenção:

– Esses pesadelos são fruto de tudo que você viveu: a prisão, a tortura, o afogamento, o sentimento de que poderá ser encontrado pelos militares e afastamento da família, tudo isso junto. Vou lhe receitar um remédio. Toma um comprimido depois do café, às oito da manhã e outro depois do jantar, às oito da noite. Esse remédio é controlado. Você sabe o que significa isso?

– É perigoso.

– Sim. Não deve tomar nem um grama a mais do que estou medicando. Pelo seu estado, é fácil viciar nesse remédio. Vai ser só por um tempo até tudo normalizar. Se qualquer coisa diferente acontecer, me liga.

—⁂—

Afro estava muito grato pelo que os dois homens e Heidi faziam por ele. Sentia curiosidade pela vida de Karl, um alemão com sua mulher no meio do agreste pernambucano.

– Diga-me uma coisa, você é médico ou missionário?

– Os dois. Fiz medicina em Berlim e depois fiz Teologia e Missões em Stuttgart, também na Alemanha.

– Por que veio para o nordeste?

– Primeiro, fui para o sul do país onde havia muitos descendentes de alemães. Percebi depois de uns meses que lá havia muitos missionários, enquanto o norte e nordeste quase não tinham missionários. O nordeste era um desafio, lugar muito carente, de pessoas sofridas, vivendo uma miséria semelhante à África, Índia. Gente abandonada pelo governo. Pensei, é lá que vou, é lá que serei útil. Estou aqui desde 1961.

– Qual foi a impressão que você teve quando chegou aqui?

– Foi um susto. O povo é muito pobre, mas ao mesmo tempo muito místico. Muito emotivo. Com tanta miséria, viviam fazendo festas. Como a Alemanha é uma cultura fria e formal, eu não entendia isso. Pensei: meu Deus, o que vou fazer aqui? O povo é miserável e faz festa todo final de semana, o que é isso?

– Como você lidou com isso: um povo místico, muito pobre e festeiro?

– Eu vi aí duas maneiras de entrar em contato com o povo. Entrava pela veia mística, seria um líder conhecido pela pregação e só isso ou entrava pela veia social, e seria conhecido como aquele que dá alimento, remédio e que junta este povo para exigir comida, terra, democracia, educação, dignidade e a verdade do Evangelho.

– Por qual dessas duas veias você optou?

– Decidi pelas duas. Juntei as duas coisas. Se o povo tinha essas duas necessidades, por que iria suprir apenas uma? Decidi pelas duas. Pregar o Evangelho e operar – Karl viu no relógio que já era tarde, virou-se para Afro. – É hora de dormir. Afro, lembre-se que a cura depende da sua força de vontade. Tem tido uma boa recuperação. Mas não passe o dia remoendo suas angústias. Agora volte a repousar e não se preocupe com nada.

– Acha que é fácil?

– Não, mas tente.

– Vou tentar.

– É bom.

CAPÍTULO 15

Machado chega a Arco Verde e sem perder tempo vai direto aos seus informantes que ajudaram, no passado, a acabar com o núcleo das Ligas Camponesas naquela região. Eles estavam velhos e doentes. Pouco auxiliaram. Machado foi ao delegado, a quem expôs o "crime" e a foto de Afro, mas o delegado também pouco pôde fazer. Foi a todos os possíveis lugares onde pudesse encontrar uma pista, até chegar ao hospital de Karl. Quando o coronel chegou à porta do hospital, deu de cara com o médico:

– Bom dia, doutor Karl Schweitzer.

Karl mal pôde parar em pé, pensou o pior: "nos descobriram", começou a suar:

– Bom dia, em que posso ajudá-los?

– Sou o coronel Febrônio César Machado.

– Muito prazer, mas em que posso ajudá-los?

Machado estava acompanhado pelo sargento Getúlio. Karl estava nervoso e muito ansioso:

– Primeiro, vamos sentar em um lugar mais reservado.

Karl levou-os para sua biblioteca e sala de aconselhamento. Os três se acomodaram em cadeiras:

– Reverendo, o senhor é uma pessoa de nossa confiança e nós estamos precisando muito de sua ajuda.

– Por favor, em que posso ajudá-los?

– Há cerca de um mês e pouco aconteceu uma emboscada no rio Madeira, na qual morreram três oficiais. O mentor da emboscada é um comunista negro, alto, de quase dois metros, pesando por volta de 110 quilos. Na emboscada, ele se feriu e pelo jeito precisou de tratamento médico. Veja a foto dele.

O coronel mostra a foto para o missionário, Karl a analisa, com a mente rodando em todas as direções.

– O reverendo por acaso deu alguma assistência médica a esse criminoso comunista, sem saber sua procedência?

Para um prussiano, igual a Karl, mentir para uma autoridade era o mesmo que cometer um pecado. O médico estava a ponto de explodir. Mentir ao coronel era a única maneira de evitar que matassem Afro. Olhava a foto de Afro tenso, com um misto de pena e culpa. Estava a ponto de entregá-lo quando sua esposa apareceu:

– Karl, a mulher de Lourival está com a pressão nas nuvens, preciso de sua ajuda urgente na enfermaria... Desculpem-me os senhores se atrapalhei a conversa, mas o caso é muito urgente... Acho que ela está enfartando, Karl.

Machado, surpreso com a entrada da mulher, deixa Karl atender a paciente.

– Pode ir doutor, nós esperamos, temos todo o tempo necessário. Enquanto isso, conversamos com sua mulher.

O médico sai em disparada em busca da vida de uma ovelha que parte.

– O que desejam os senhores?

– Saber se a senhora viu esse criminoso da foto?

Heidi olha a foto e responde com firmeza.

– Com certeza, nunca vi. Jamais passou por aqui. Se me dão licença, deixei uma mulher enfartando na enfermaria, preciso atendê-la. Depois desse procedimento, estarei à disposição dos senhores.

Na enfermaria, Karl encontra a mulher dormindo, tomando soro na veia. Examina a paciente:

– Ela está bem, por que você disse que ela estava à beira de um enfarte? – pergunta à sua mulher que chega logo em seguida.

– Eu tinha de tirar você de lá antes que fizesse qualquer bobagem.

– Heidi, esses homens são do governo e estão à procura de Afro. Eles disseram que ele matou três militares. Heidi, Afro é um assassino, nós estávamos errados a seu respeito. Ele é muito perigoso.

– Karl, você quer se livrar de um problema seu, desgraçando a vida de outro.

– Ele desgraçou as nossas vidas, ele que se vire com o governo. Eu quero é cair fora.

– Se eles pegarem o Afro, vão pegar "seu" Olavo e aí vamos ver o que é encrenca, porque até o Lourival está envolvido nessa história e do jeito que os conhecemos, nós também ficaremos com parte da culpa.

– Mas, Heidi, você não entende que é pior mentir em uma situação destas?

– Ele não matou ninguém. Você acredita em Olavo ou nesse pessoal que está aí?

– Heidi, essa é nossa única chance de salvarmos nossa pele.

– Afro é uma vítima política desse governo nazista. Se você entregar Afro, eu parto hoje mesmo de volta para a Alemanha, pois não vou ter cara, nem moral para pregar qualquer coisa a essa gente depois disso. Como vou falar em amar o próximo e proteger os oprimidos dos poderosos, se minha atitude é de Judas?

– Vamos voltar que eles estão esperando.

– Karl, pense bem. Muito bem.

O missionário voltou ao gabinete:

– Desculpe a demora.

– Como está a mulher de Lourival?

– Como, coronel?

– A mulher que o doutor saiu para atender.

– Ah! Está bem. Já está dormindo.

– Ótimo. Voltando ao que nos interessa, doutor, essa pessoa que lhe mostrei a foto, lembra de tê-la atendido?

– Coronel, eu não me lembro. Atendo a muitas pessoas e como isso aconteceu há quase dois meses, é quase impossível saber se atendi ou não. Mas tenho quase certeza que não atendi essa pessoa.

– Olhe bem, doutor. Esta foto é antiga, hoje ele deve estar dez anos mais velho. Pode ter chegado aqui muito machucado, talvez em um primeiro exame o senhor não o reconheça. Olhe bem.

A consciência doía, sua formação religiosa o obrigava a entregar Afro, mas, de outro lado, sabia que era o fim dele e quem sabe de Olavo e Lourival, segundo Heidi.

– Não. Com certeza, não atendi essa pessoa em momento algum. Sinto muito não poder ajudá-los. Mais alguma coisa?

– Para nós é suficiente. Vamos embora Getúlio. Passar bem, missionário.

O carro do coronel saiu da cidade e o delegado foi até o médico. Karl suava, a mente pegava fogo por causa da mentira que contara para salvar os amigos. O delegado entrou no gabinete:

– E então, doutor, como foi o interrogatório com o coronel?

– Não houve interrogatório, ele apenas fez algumas perguntas e depois saiu. Foi até simpático.

– Simpático?

– É.

– Milagre.

– Por que milagre, delegado?

– Presta atenção no que vou dizer, doutor. Esse homem é o demo. Eu prefiro enfrentar o demo a enfrentar esse coronel. Ele mata comunista como se mata barata. Quer um conselho, doutor?

– Pra quê?

– Para salvar sua vida e a vida de sua esposa.

– Qual é?

– Fuja para bem longe. Bem longe desse coronel.

– Por quê?

– Eu sei, doutor. Eu vi no domingo quando "seu" Olavo

e Lourival trouxeram o acidentado. Doutor, essa raposa não vai perdoá-lo por ter salvado o subversivo. O mínimo que ele fará, quando descobrir a verdade, é mandar o senhor e sua esposa de volta para a Alemanha em um caixão. Esse homem é da turma dos "duros", e eles mandam no Brasil. Esse homem faz o que quer e passa por cima de tudo como um trator.

– Por que não falou para o coronel que eu conhecia o homem e o tinha ajudado?

– Se eu contasse a ele, hoje Arco Verde perderia um médico, um amigo e sem falar de Dona Heidi e Olavo.

– Acha mesmo que ele teria feito alguma coisa ruim conosco?

– Não tenho a menor sombra de dúvida. Se ele descobrir que vocês ajudaram o subversivo, que eu não tenho nada contra, vocês estão com os dias contados.

– Por que acha que ele faria todo esse mal?

– No acidente, segundo eles, os oficiais foram seqüestrados na rodovia de Caruaru/Serra Pelada. Mas o Lourival disse que o jipão não foi seqüestrado, que caíram no rio porque perderam freio. Deduzi, o que eles iam fazer com um sujeito amarrado na carroceria do jipão? Arquivar no fundo do rio.

– Lourival contou sobre o acidente?

– Contou, mas já dei uma prensa nele dizendo que se ficar se gabando por aí que salvou um subversivo no rio, logo vai virar comida de vermes. Ele me prometeu ficar calado.

– Obrigado, delegado. Por que fez isso por nós?

– Quando precisei do senhor para uma consulta, um remédio, um conselho, o senhor me deu, me recebeu de braços abertos. Esse coronel nunca fez nada por mim, por que entregaria meus amigos para um estranho? Não gosto de comunistas, mas também não gosto de gente que se julga o rei da cela... Tenham muito cuidado. Esse coronel é um homem sanguinário. Fiquem o mais longe possível dele. Não esqueça disso, doutor.

– Obrigado mais uma vez, delegado.

A advertência do delegado cravou no coração do missionário como uma notícia fatal. Ele se lembrou da parte do salmo 23, que diz: "ainda que eu ande no vale das sombras da morte, tu estás comigo".

Contou a conversa a Heidi. Os dois advertiram a Lourival que não contasse a ninguém sobre o acontecido no rio Madeira. Lourival prometeu ficar de bico calado.

Machado continuava sua busca.

CAPÍTULO 16

O estado físico de Afro melhorava, a memória voltava e, aos poucos, começava a lembrar sua vida, seu passado, as coisas boas e as ruins. Essas últimas lembranças eram uma segunda tortura. O remédio de Karl ajudava, mas sua dor ainda era maior que os remédios. Nesse período, Olavo lhe ensinou a fazer cestos de cipó. Ele aprendia rápido. Fabricando cestos, tomando chás, conversando com Olavo, ia se curando como podia.

Um dia, andando pelas matas do sítio, perto do começo das colinas, ouviu um barulho de água, bem baixinho, mas não via água. Curioso saiu procurando. O barulho parecia vir do meio das pedras, chegou até elas e não viu nada, olhou nas outras pedras e nada. Pensou que talvez estivesse ouvindo coisas e que aquilo não passava de imaginação sua, mas o barulhinho de água parecia ser muito real.

Em uma moita de um capim alto, percebeu uma pequena entrada, abriu a moita e então viu de onde vinha o barulho de água. Era uma caverna, e, arrastando-se com muita dificuldade, conseguiu entrar.

Dentro da caverna havia outra, por onde corria um córrego. Assustou-se com a presença de morcegos. Tratou de sair logo, com receio que aparecesse algum bicho mais perigoso. Fora da caverna, notou que o capim escondia completamente a entrada. Voltou para contar o achado a Olavo, que não sabia da existência do lugar.

– É um ótimo esconderijo. Espero que não precise, mas se precisar já sabe onde se esconder.

– Quem são os guerrilheiros, Afro?

– Você acha que sou um guerrilheiro?

– Os militares só matam guerrilheiros. E você era um que acabaria morto, não fosse o acidente com o jipão. Estou errado?

– Eu não sou guerrilheiro. Meu crime foi ser amigo deles. Fui ingênuo em achar que estar na companhia deles não me traria nenhum problema, não foi o que aconteceu. Minha mulher me avisou que isso causaria problemas, ela estava com a razão.

– Quem são seus amigos guerrilheiros?

– A maioria, jovens estudantes. Cheios de paixões e ingenuidade. Eles são como vara agitada ao vento. Vão nas asas da paixão. O professor diz: "Siga Marx", aí ele vira um fanático marxista. Outro diz: "Seja ateu", ele dá uma bicuda na fé. Vem um existencialista e diz: "Faça sexo livre", ele vira um hedonista. Outro diz: "Voe", e eles voam. Então, chegam os militares e dão um tiro e acabam com a avezinha que mal aprendeu a voar.

– Você nunca voou nas asas da guerrilha?

– Nunca. Jamais peguei em armas e participei de qualquer reunião de guerrilheiros. Se você tinha alguma suspeita, então pode apagá-la. Eu nunca fui guerrilheiro.

– Por que o prenderam?

– Quer saber a verdade?

– Quero.

– Porque eles são perversos, perversos, perversos...

Afro falava com muita raiva, e continuava, tentando justificar-se.

– Eu só era amigo de guerrilheiros. Só isso. Mas eles me tomaram como um Lamarca. Eles não tinham o direito de fazer o que fizeram. Olavo, eu nunca fui guerrilheiro.

– Tem ódio por eles?

– Muito ódio. Eles me trataram como um animal. Acabaram com minha vida e sei lá o que fizeram com minha família. Eu lhe digo uma coisa, Olavo... eu espero que eles não tenham feito nada com minha família porque, se eles machucarem minha mulher ou meus filhos, eu faço uma tragédia.

– Calma, Afro, calma. Sua família está bem. Ninguém vai fazer nada a eles. Calma.

– Não sou um animal, se é que eles não sabem... Para mim, o tempo do pelourinho já acabou.

César Machado estava chegando perto.

CAPÍTULO 17

> "Acauã é um pássaro agoureiro."
> Crença no sertão nordestino
> do século 19

Cinco meses depois que Afro foi operado, Olavo começava sua rotina. Levantava às cinco da manhã e trabalhava até escurecer, o seu nome era trabalho. Afro passava o dia fazendo cestos que Olavo vendia na cidade, na feira que acontecia aos sábados.

Um dia, Olavo observou o amigo acompanhando um acauã dando longos vôos nas asas do vento, e de vez em quando soltando seu cantar que chamava atenção: oac, oac, cauã, cauã...

– Que pássaro é este, Olavo?

– É um acauã. Dizem que traz más notícias, que é pássaro agourento. Quando canta insistente, é sinal de que alguma coisa ruim está para acontecer.

– Esse chegou atrasado, que o mal já aconteceu. Coitado, está atrasado vários meses.

– Mas ainda pode vir mais.

– Então, você acredita que ele é pássaro agourento?

– Já vi coisas ruins acontecerem quando o acauã apareceu, mas também já vi acontecer coisas boas. É estranho.

– O quê?

– Toda vez que eu vejo um acauã, me vem um sonho à mente.

– Sonho bom?

– É.

– Qual é o sonho?

– De morar de frente para o mar. Acho que todo mundo que nasceu no sertão sonha ver o mar. Eu já vi. Na juventude, eu saí do sertão com meu irmão só para conhecer o mar. Agora que conheço, quero morar de frente para ele. O mar é como Deus. Grande, silencioso, barulhento, infinito, violento, imprevisível, imutável, misterioso, incontido, generoso. Acho que o homem não é o melhor exemplo de criação à imagem e semelhança de Deus, mas sim o mar. O grande mar! Um dia, eu quero morar de frente para “Deus”.

– Você fala como um beato?

– Ariégua! Vira essa boca para lá.

– Por quê?

– Meu mal é mulher.

– Rá, rá, rá... cristão sem-vergonha.

—✳—

Da varanda da casa do sítio de Karl se via quase todo o vale de frente, principalmente a estrada que serpenteava a serra. No dia seguinte ao aparecimento do acauã, Afro estava olhando o vôo dos pássaros, com a mente flutuando, quando viu um carro.

– É a camionete de Karl, não é, "seu" Olavo?

– É. Surpresa ele vir de manhã e no meio da semana.

Os dois acompanhavam com os olhos o veículo do amigo chegando a casa. De súbito, surge na curva, ao pé da serra, um caminhão GMC verde, vindo atrás. Olavo grita.

– Afro, suma, suma, suma, eles nos acharam. Suma...

Olavo só viu Afro entrar como uma onça pela porta da casa. Karl chega a casa:

– Olavo, a coisa está muito perigosa.

– Karl, olhe para trás.

– Estamos perdidos!

Machado chega com um caminhão, cheio de soldados. Logo que o carro pára, eles vão descendo com seus fuzis. Cercam toda a casa apontando armas para Karl, Heidi e Olavo. Machado chega perto de Karl com um sorriso sagaz:

– Tentando me enganar, não é, doutor?

Machado dá um violento soco no missionário. Mas é Heidi quem reage:

– Por que fez isso, coronel?

– Cala a boca, porca "vermelha". Cala a boca. Não tenho de dar satisfação aos inimigos do governo. Vocês estão em péssimos lençóis!

– Por que, coronel? O que foi que fizemos de errado, qual é o nosso crime?

– O que fazem aqui, em plena quinta-feira de manhã, tão longe de sua paróquia e de seu hospitalzinho de fachada, hein doutor?

– Se o senhor não sabe, "seu" Olavo é membro de nossa igreja. Karl responde com a mão no rosto.

– Mentira. Quer que eu acredite nessa mentira? Vou lhes provar isso.

Grita para a casa toda cercada de soldados:

– Afroníger Carvalho de Oliveira, seu vermelho assassino, saia daí com as mãos para cima, já.

Os amigos e inimigos de Afro esperam que ele saia. Passa um minuto e nada.

– Está querendo me fazer de palhaço?... Vou contar até três, depois vamos entrar e o tirar morto, seu Zumbi de uma figa... Se quiser sair vivo saia agora...1... 2... 3...

Ordena aos soldados:

– Entrem e acabem com ele.

Os soldados entram e todos esperam pelos tiros. Não ouvem nada. Três minutos depois, o sargento Getúlio aparece na janela:

– Coronel, não tem ninguém aqui.

– Tem certeza, sargento?

– Absoluta.

– Coronel, isso é um grande equívoco.

– Equívoco? Eu nunca cometi um equívoco. Eu sempre acerto.

– O que eu quero dizer é que...

– Cala a boca, mulher. Senão vou fechá-la a bala. Calese!

Machado segura Olavo pela camisa:

– Onde você escondeu o Zumbi, velho safado?

– Eu não conheço Zumbi algum, coronel.

– Vermelho pernóstico.

Atinge o nariz de Olavo com socos, que começa a sangrar.

– Pelo amor de Deus, não faça isso coronel.

Heidi implora. Machado parecia possesso, humilha Olavo, empurra a missionária, chuta o médico e ordena a seus homens:

– Revirem este lugar, procurem por todos os cantos e se o acharem, vamos fazer uma cova e enterrar os quatro, aqui mesmo.

Os soldados vão atrás de Afro, enquanto Machado fica na varanda da casa vigiando Karl, Heidi e Olavo. Heidi fez um pedido ao coronel:

– Posso ir a casa pegar um pano para limpar o sangue no nariz do "seu" Olavo.

– Não. Deixa o sangue aí, vamos derramar mais daqui a pouco.

– O senhor é muito cruel, coronel.

– O que disse, senhora?

– Que o senhor não precisava agir com tanta violência.

– Isso aí é um verme, não vale nada. Esse aí fez parte das Ligas Camponesas de Francisco Julião. É um calo para o governo. O governo devia ser mais enérgico com esses inimigos do país.

– É brasileiro como o senhor. É gente boa desta terra abençoada. Deveria ser tratado com mais respeito. São dignos.

– Guarde seus sermões para seus cultos, missionária. Eu não agüento essa lenga-lenga cristã. O governo devia proibir vocês de virem para cá. Por que vocês vêm de tão longe para nos encher o saco?

Os missionários não falam nada.

– Os únicos missionários que prestam são os americanos que pregam contra os comunistas. Por que vocês não fazem como eles?

– Porque somos missionários, não espiões. Não viemos aqui para pregar uma ideologia, viemos compartilhar o Evangelho de Cristo.

– Nós não precisamos de Cristo. Isso que vocês fazem é pura perda de tempo.

Os soldados reviraram todo o sítio. No paiol, derrubaram todas as espigas ajeitadas nos sacos, espalharam as canas empilhadas. Outro grupo procurava perto das pedras. Nas moitas, os soldados davam tiros. Isso deixava os três amigos muito assustados e apreensivos.

Afro escondeu-se na caverna onde passava um riacho. Embrenhou-se na água caverna adentro quando ouviu o barulho dos soldados. Andava dentro da água para despistar os cachorros, caso houvesse. Machado só trouxe um. O cachorro chegou perto da entrada da caverna parou, cheirou, latiu, os soldados ficaram atentos, mas ele saiu para outra direção. A água confundiu o faro do cachorro e salvou Afro.

Na varanda, Olavo tinha limpado o sangue do nariz com as mãos, deixando dois riscos vermelhos no rosto e o olho direito roxo. Eles acreditavam que Afro não escaparia àquela busca minuciosa. A tensão era grande entre eles. Mas a missionária enfrentava o "dragão" com uma coragem notável.

– Coronel, o que a revolução militar pretende?

– O que a senhora quer saber?

– Quais são seus valores? O que vocês querem?

– Respondendo a tudo junto, pretendemos acabar com todos os comunistas, com ingerências externas, isto é de Cuba e União Soviética.

– O que é nação na sua concepção, coronel?

– As riquezas no solo, as empresas do governo, os rios, as matas, as praias, todo o território brasileiro, as nossas instituições, as Forças Armadas. Isto é nação.

– Aí não entram as pessoas?

– Não. Pessoas são coisas relativas. Se estão a favor da gente, nós as defendemos e protegemos. Se nos criticam, fazem oposição querendo entregar o país à União Soviética, então não são parte da nação.

– Só os comunistas não fazem parte dos protegidos dos militares?

– Não. Só os comunistas, não. Qualquer um que faça oposição contra nós. Esses são inimigos da pátria e por conseqüência nossos inimigos, por exemplo, se nós encontrarmos o subversivo criminoso, vocês atestam que são inimigos da pátria. Se protegem subversivos, são iguais a eles. Portanto, serão considerados e tratados como nossos inimigos.

Enquanto isso, Afro entra por um túnel na caverna, aonde a água chega aos ombros, e esticando as mãos podia tocar o teto. O pior do lugar não era a escuridão, mas a água fria. A água estava quase gelada. Sem saber o que acontecia lá fora, com a cabeça a mil, resolveu ficar ali até que tudo se resolvesse. Os soldados reviraram tudo; o cachorro entrou em tocas, achou lagartos, tatus e, graças a Deus, não voltou à entrada da caverna.

Depois de seis horas de exaustiva procura, os soldados voltaram sem nada. Todos foram chegando ao quintal em frente da casa. Ficaram diante de Machado. Getúlio foi o último a chegar:

– E então, sargento?

– Nada, coronel. Nem um fio de cabelo. Por aqui ele não se escondeu. A não ser que tenha virado tatu – Getúlio fala, confiante que Afro nunca havia estado por ali.

– Aqui esse criminoso não passou nem em espírito, coronel. O cachorro revirou tudo. Se tivesse passado por aqui, este cachorro teria encontrado, nada escapa ao seu faro.

A missionária aproveitou a oportunidade.

– Não escondemos ninguém, coronel. Se alguém nos delatou, foi por pura maldade – afirmou Heidi, como se estivesse falando toda a verdade perante um tribunal.

– Essa é a verdade, coronel. Não estivemos com esse homem. Nunca o vimos. Ele não chegou até nós. Eu jamais atendi no meu hospital a uma pessoa com as características desse subversivo.

– Chega, chega.

Machado parece convencido que Afro não estava ali, mas não perde a pose, não reconhece que errou, continua agredindo. Vira-se para os três e fala duro:

– Se descobrir que vocês deram acolhida a esse criminoso, prometo pôr um fim à existência de cada um de vocês. Ouviram bem?

– Sim, senhor – Karl responde como um soldado alemão.

Machado ordena à tropa:

– Vamos embora.

– Graças a Deus, não o acharam, graças a Deus! – exultou Heidi.

– Por que tanto ódio, Karl? – Heidi pergunta, enquanto limpa o sangue no esposo.

– Não sei. Desse jeito eu só vi nazistas. Eles ficam tão possessos pela "causa" que qualquer um que se opõe vira uma barata.

– E Afro? Como ele conseguiu escapar?

– Eu acho que sei – disse Olavo. – Mas vamos dar um tempo até certificarmos que eles estão bem longe.

Duas horas depois, certo de que o coronel devia estar bem longe, Olavo leva Karl até a gruta. Chegam à entrada do lugar. Não acham Afro. Gritam:

– Afrôôô... Afrôôô...

– Pode sair. Está tudo bem...

Olavo e Karl continuam os gritos:

– Afro... Afro...

Afro ouve seu nome bem distante. Não distingue a voz de Olavo, porque onde estava o som se modificava ecoando na caverna. Com medo de que fosse uma armadilha, não respondeu. Ficou quieto.

Olavo e Karl estavam exaustos de procurar e gritar. Karl achava que Afro estava perdido na mata. Olavo não entendia como Afro pôde sumir daquela forma. Quando os dois desistiram da busca, já eram quase seis da tarde. Voltaram para casa. Heidi estava na cozinha preparando o jantar.

– E então?

– Também não o encontramos – respondeu o missionário.

– Será que aconteceu alguma coisa com ele?

– Para mim, ele se escondeu muito bem – disse Olavo.

– Ou está muito longe daqui – acrescentou a mulher.

Cada um, exceto Heidi, se deitou em uma rede da varanda esperando o desaparecido.

—⁕—

Afro vinha devagar, todo sujo de lama. Encontrou os dois amigos nas redes. Subiu na varanda:

– Pelo amor de Deus, Afro, o que aconteceu? – Olavo pergunta.

– Estava na caverna.

– Não ouviu nossos gritos?

– Ouvi... ouvi, mas não dava para distinguir. Fiquei com medo de responder pensando que os militares estavam mandando vocês gritarem para me pegarem.

– Você está uma calamidade. Tire essa roupa e vá tomar um banho – disse Olavo.

– O que foi isso, Olavo?

– O quê?

– Isso na sua testa e no olho?

– Não foi nada, não.

– Deixa eu ver.

Afro, ao ver a roxidão ao redor dos olhos do amigo, enche-se de tão grande ira que comete uma loucura. Vai atrás de Machado. Sai de casa correndo como louco com a coragem de enfrentar um pelotão de fuzilamento.

– Vamos atrás dele! – grita o missionário.

Os três vão para a camionete. Afro, possesso de ira, corre atrás de Machado, que está a quilômetros dali. Seu único desejo era encontrar Machado e ficar a sós com ele e, se possível desarmados, corpo a corpo.

A camionete se aproximava de Afro, que corria muito:

– Puxa, Karl, do jeito que corre, ganharia a corrida de São Silvestre – Olavo brinca, mesmo na dor.

– Está correndo assim por ódio, Olavo, só por ódio.

Karl passa por ele e o manda parar. Mas ele continua.

Afro corria na chuva, suas roupas estavam em trapos. Em uma curva, depois de correr quase um quilômetro, a camionete o ultrapassou. Como nessa curva havia um despenhadeiro, Karl atravessou a camionete na estrada, impedindo-o. Afro parou perto do abismo, achou uma pedra de uns 70 quilos, ergueu-a no alto e foi até à beira do penhasco e gritou:

– Machado, vou pegar você. E quando pegar, vou arrancar seu coração.

Afro joga a pedra no penhasco. Chorava de raiva. Machado não o deixava em paz.

– Ele está com muito ódio – exclamou Karl.

– O salmo 137 foi escrito por alguém com esse sentimento... Pelo menos, ele não desejou mal para os filhos do coronel – comenta Karl.

Afro caminha até a camionete, ajeita-se na carroceria, e voltam para o sítio. Afro estava arrasado pelo que Olavo, Karl e Heidi sofreram por sua causa. Tomou um banho. Sentou à mesa, desabafou:

– Eu queria matar o desgraçado que socou você. Eu não agüento mais apanhar. Meus Deus, pareço um escravo fugitivo. Quando não me batem, batem nos meus amigos. Qual é gente, eu sou de carne e osso, sou gente, não vou deixar que me matem como um rato. Vocês me entendem?

Todos permaneceram em silêncio.

– Eu não sei compreender e perdoar como vocês e não sei se algum dia vou perdoar o que me fizeram. Na verdade, eu não quero nem saber de perdão. Agora eu compreendo claramente: estamos em uma guerra, me consideram inimigo. Sinto muito, mas não posso ficar com o peito aberto dizendo: Matem-me. Ah! não, isso eu não vou fazer, não vou dar meu sangue de graça, não.

– Por causa disso, você vai fazer besteiras, como correr atrás de um caminhão com 20 soldados armados até os dentes?

– Não, Olavo. Foi um erro. Isso eu reconheço. Nesse aspecto, vocês são melhores do que eu.

– Se nos pegarem, vamos virar manchete nos jornais. Espero que coloquem uma foto minha quando eu era mais jovem – Heidi desafoga sua tensão em humor:

– Isso não são horas para graça, Heidi. Estamos diante de nazistas – reclama Karl.

– Já vimos esse filme antes, Karl. Enquanto vivermos, veremos isso. O mundo odeia os bons, que sempre estarão sujeitos a esses brucutus do tacape.

Pela primeira vez, Karl expõe sua angústia.

– O delegado de Arco Verde sabe que ajudamos o Afro...

– Meu Deus!

– Mas calma, "seu" Olavo. Ele não contou nada ao coronel. Se tivesse contado, talvez não estivéssemos vivos agora. É nosso amigo. Mas advertiu sobre o perigo que representa para nós sermos pegos pelo coronel. E pelo que ele fez conosco há pouco, percebo que o delegado está com a razão.

– O que ele sugere?

– Fugir. Fugir para um lugar bem longe daqui e bem longe do coronel... Tivemos sorte agora, mas e da próxima vez? Como estamos todos encrencados, vamos embora daqui e tentar salvar nossas vidas..

– Karl tem razão. É tempo de fugir – diz a mulher.

– Também concordo – Afro aquiesce ao óbvio.

– Então, vamos. – Não vejo outra saída.

– Vamos arrumar as coisas, e sair daqui ainda hoje – disse o missionário, entrando na casa para pegar tudo que iam levar.

CAPÍTULO 18

Os quatro ajeitaram o que poderiam precisar na viagem. Colocaram tudo nas duas camionetes. Arrumaram três caixas de vinhático que Karl tinha no sítio. Na caixa de Heidi, ela colocou roupas, objetos pessoais e alguns livros. Karl, na sua caixa, arrumou seu material médico, se alguém precisasse. Na caixa de Olavo, pôs uma espingarda, um facão, uma Bíblia, sementes e dinheiro. Os pertences de Afro eles colocaram na colcha de pele de cordeiro que Olavo lhe deu. E partiram imediatamente, sem destino, sem despedir do caseiro.

De Triunfo foram na direção de Serra Talhada. Ali, se não houvesse problemas, seguiriam para Cabrobó. Depois de atravessar o São Francisco, seguiriam para Juazeiro na Bahia e dali para um lugar bem longe de Machado.

Na estrada para Petrolina, a camionete de Karl, que ia à frente, parou bruscamente. A outra camionete parou ao lado.

– O que foi?

– No binóculo, Heidi viu uma barreira militar.

– Tem certeza?

– É uma barreira sim, "seu" Olavo. Estão uns dois quilômetros à frente.

– Vamos entrar no mato antes que desconfiem.

Entraram na mata rala para disfarçar. Algumas árvores ajudavam a esconder os carros. Não foram vistos pelos militares. Foi bom que Heidi os tivesse visto a uma boa distância. Quase 20 quilômetros à frente ficavam Juazeiro e Petrolina, divisa de Pernambuco e Bahia. Os homens vão até uma parte da estrada para ver melhor a barreira.

– Estou vendo vários soldados – fala Karl com o binóculo na mão.

– Contei cinco.

– O que você acha, Karl?

– Não sei.

Passa um caminhão na pista.

– Vamos ver se vão parar o caminhão – fala Olavo.

Os três ficam observando o caminhão diminuir a velocidade à medida que chegava na barreira. O caminhão está carregado de abóboras.

– E então, Karl?

– Pararam o caminhão.

– Devem ser homens do coronel.

– Pode ser.

– E agora, "seu" Olavo?

– Vamos pensar num jeito, tudo tem um jeito.

Passa outro carro, de passeio.

– Vamos ver o que fazem com esse – diz o missionário.

Esperam alguns minutos. Também param o carro.

– A situação está ruim – conclui o missionário.

–Vão nos parar e prender. Vamos fazer o que agora?

– Karl, calma.

– Mas você não vê que...

– Calma, Karl! Não é o fim do mundo! Vamos pensar! Pensar! Não adianta desesperar agora.

Afro até agora estava calado.

Passa outro carro. Esperam uns minutos. Surpresa. Deixam passar sem pará-lo. Karl sente-se um pouco mais aliviado.

– Pelo menos um.

Logo em seguida, passa mais um caminhão. Esse também é parado. Observam mais sete ou oito carros, todos são parados. Só um não foi parado, provavelmente algum carro já conhecido. Os três voltam para os carros. Heidi tinha levado as camionetes para baixo de um umbuzeiro enorme. Ali preparava o café, num fogão feito de pedras da região.

– E então?

– Estão parando tudo: caminhão, carro de passeio, tudo. Vão nos parar, com certeza.

– Tivemos sorte que não nos viram. Boa idéia de esconder os carros debaixo dessa árvore, querida – Karl ficou feliz com a idéia da mulher.

– Quantos soldados estão lá?

– Cinco.

– Só?

– Mas eles têm dois carros, um Jeep e um caminhão.

– É pouco. Nossos carros são mais rápidos que os dois. Vamos com tudo.

– Heidi, você está louca! – fala Karl.

– Não sei por quê. Se eles tivessem um Mercedes Benz ou um carro de corrida, tudo bem. Mas eles têm um Jeep e um caminhão. São carros pesados. Essas camionetes correm mais que os carros deles.

– Heidi tem razão. Poderíamos ganhar deles na corrida, mas não nas armas. Se começarem atirar, podem acabar conosco e os carros. Não. Essa não é a melhor maneira. Vamos procurar outro meio.

– Não podíamos fazer um desvio até passar a barreira depois voltarmos para a rodovia.

– O problema é que o desvio pode ser tão arriscado quanto passar pela rodovia, Afro.

– Precisamos de um plano para atravessar a barreira sem ser parado.

Silêncio e angústia.

– Acho que tenho uma idéia. É um plano. Se vocês acharem bom ou ruim, tudo bem...

– Desembucha, Afro – Heidi fala ansiosa.

– É o seguinte: quando servi ao Exército, lembro que uma das coisas terríveis era ficar acordado depois de meia-noite. O sono pesa como um saco de açúcar, principalmente depois das duas da madrugada. Eu acho que de madrugada é o melhor horário para passar.

– Misericórdia, Afro, ainda não são cinco da tarde.

– Como eu disse, "seu" Olavo, é só uma idéia, mas acho melhor passar à noite do que de dia.

– Acho a idéia boa, Afro – diz a missionária. – Devemos esperar até de madrugada, lá pelas três, passar com os carros a mil pela barreira.

– Eles vão começar atirar quando nos virem vindo a toda.

– Não se formos atrás de um caminhão, com as luzes apagadas. Vamos atrás do caminhão conduzidos pelos seus faróis, na hora que mandarem parar o caminhão, aceleramos e passamos a toda pela barreira.

– Ótima idéia. Gostei da idéia de usar o caminhão como escudo – fala Karl.

– Para mim, está bom. O problema vai ser ficar aqui até de madrugada.

– Podemos aproveitar para comer e dormir um pouco, com um ficando de guarda, é claro – sugere Afro.

– Eu fico primeiro – todos ficam surpresos com a disposição da missionária. Depois da surpresa, é o marido que questiona:

– Por que você?

– Primeiro: por que não eu? Segundo, porque às duas você vai estar no volante da camionete e eu quero estar dormindo.

– Você está muito confiante que vai dar certo.

– Karl, minha fé é do tamanho de um grão de mostarda.

– Está bem, se você quer, eu não tenho objeção.

Nenhum dos três homens foi desfavorável à idéia da missionária ficar de guarda enquanto dormiriam. Heidi, apesar do espírito alegre, não deixava de encarar a situação com grande seriedade. Uma mulher que ria da cara do perigo. Admirável.

Comeram no jantar, às 17h30min: arroz, carne seca e banana nanica.

Depois, foram se ajeitar para dormir até às duas. Na rodovia, os carros passavam esporadicamente e havia um intervalo em média de dez minutos entre um carro e outro.

Enquanto os homens dormiam, Heidi ficava de vigia. Ela aproveitou para meditar e falar com Deus no silêncio da noite do sertão.

Heidi acordou Karl e os outros. Rapidamente colocaram os colchões nas carrocerias dos carros e amarraram bem. Agora esperavam, de luzes apagadas, o escudo: um caminhão.

– Eu vou na frente – diz o missionário.

– Karl, não pare por nada. Se parar, estamos mortos.

A preocupação de Olavo era com a consciência de Karl, o missionário movia uma tonelada para desobedecer a uma ordem vinda de uma autoridade. O medo de Olavo é que ele parasse. O fato de Karl ir à frente era um incentivo para que ele não parasse, se mandassem. Se ele parasse, Karl sabia que Olavo bateria na traseira. Diferente dele, o velho era extremamente determinado.

Com os motores ligados, esperavam. Dez minutos, nada. Vinte minutos, nada. Às 2h30 surge o escudo. Vinha embalado. Estava a 90 km por hora, e carregado. As camionetes entraram na pista com as luzes apagadas. O caminhão se distanciou das camionetes por causa da alta velocidade. Karl e Olavo aceleraram com vontade os carros. Encostaram no caminhão, que continuava embalado. Só faltavam 500 metros para a barreira. Um soldado vê o caminhão, mas não vê as camionetes. O caminhão começa a diminuir, as camionetes fazem o mesmo. Os guardas não acordaram com o barulho dos carros. Cem metros, o soldado faz sinal para o caminhão parar, Karl corta o caminhão e acelera até o fundo. As camionetes passam a 100 km por hora pela barreira.

– São eles – gritam os soldados.

Os soldados acordaram, correram na direção do Jeep. Saíram atrás dos carros. As camionetes acenderam os faróis depois da barreira. Estavam a mais de 100 km por hora e se distanciavam mais e mais. Os militares seguiram a pista dos carros que passaram com os faróis apagados. Viam, ao longe, as duas camionetes, que continuavam "embaladas" na rodovia. Os carros militares não tinham como alcançá-las. Depois de cinco quilômetros de perseguição, os militares desistiram, não viam mais as camionetes. Estavam muito longe. O comandante mandou então parar a perseguição.

– O que vamos dizer ao coronel César Machado, tenente?

– Nada. Que eles não passaram por aqui. Se dissermos que nós os perdemos, ele vai nos arrebentar. Vamos ficar calados. Entendeu?

– Sim, senhor.

– O coronel tem razão, esses vermelhos são perigosos mesmo.

CAPÍTULO 19

"Para onde iremos?"

Nada o deixava tão arrasado quanto uma situação como aquela. Ele tinha todos os motivos para acreditar que Afro estava morto, mas o fato de não ver o corpo... Sem o corpo, não ficava em paz. Todos os oficiais que o acompanhavam tinham plena certeza que Afro havia morrido afogado no rio, mas seu corpo não subiu porque deve ter se enroscado em algum toco de madeira no fundo do rio ou enfiado em algum buraco nas margens.

Por volta das duas da tarde, recebeu um telefonema anônimo de um morador de Triunfo:

– É o coronel Machado?

– Sim. Quem está falando e o que manda?

– Digamos que sou um amigo da revolução e um simpatizante do seu trabalho.

– Não estou para filme de espionagem, quem está falando?

– Sou um oficial de Justiça da cidade de Triunfo. Sou informante. Meu nome é...

– ...Muito bem, vai falando o que me interessa.

– O senhor foi enganado pelo casal de missionários, pelo camponês e pelo negro que o senhor procura.

– O quê?

– Isso mesmo. O senhor foi enganado.

– Você tem certeza?

– Absoluta. Ontem, quando vocês partiram, eu vi o negro correndo na estrada, todo sujo de lama como um louco varrido, estava com jeito que queria matar alguém e os seus amigos atrás dele. Eu vi o negro, coronel. Não é ele que o senhor procura?

– É – os olhos de Machado brilhavam como se ele tivesse ganhado um presente. Que notícia maravilhosa.

– Então o miserável está vivo? Vivo!

– Está, e cheio de lama.

– Porco gosta de lama.

– É verdade. – Devem tê-lo escondido debaixo da terra, por isso não o encontramos. Em que direção eles foram?

– Na direção de Arco Verde.

– Ótimo. Muito obrigado, amigo...

– Joaquim dos Reis, seu criado.

– Obrigado Joaquim. Se precisar de alguma coisa, é só me pedir. Saiba que fez uma grande contribuição para o bem do Brasil. Adeus.

Getúlio perto do coronel, esperava notícias.

– Eu não disse que aquela praga estava viva.

– O Zumbi?

– Quem mais? Vocês foram muito incompetentes na varredura. Ele enganou a vocês todos, enfiado na lama. Bando de incompetentes. Vamos para Arco Verde surpreendê-los. Chamem o capitão Herculano para nos ajudar, andem logo.

– Sim, senhor.

– Vamos pegá-los com a mão na massa. Se eles estiverem no hospital, façam com que não saia ninguém vivo, nenhum dos quatro. Acabemos de uma vez por todas com esse pesadelo.

As camionetes de Karl e Olavo estavam perto de Petrolina quando Machado chegou ao hospital em Arco Verde. Mais uma vez, ele sofreu uma insuportável decepção não achando ninguém. Esbravejou, xingou, amaldiçoou e ordenou furioso:

– Queimem essa desgraça.

– Mas coronel, tem doentes aí dentro.

– São comunistas.

– Perdoe-me, coronel, mas são apenas doentes. Eles são inocentes.

– Não me questione, Getúlio. Queimem tudo, deixem as portas abertas. Se eles quiserem se salvar, que saiam, elas ficarão abertas.

Contra a vontade de Getúlio, que achou aquilo um abuso de poder, ele e o tenente Henrique incendiaram o hospital e foram embora para Triunfo atrás do informante.

O incêndio logo no começo foi notado por um dos moradores que viu a fumaça e os gritos de quatro doentes e dois enfermeiros. Os dois enfermeiros dormiam quando tudo começou. Logo, em poucos minutos, a vizinhança apareceu com baldes, vasilhas, tonéis de água para combater o incêndio. Nenhum dos que estavam no hospital morreu queimado, mas um senhor internado por problemas de pressão alta morreu devido ao susto e à fumaça.

Chegando a Triunfo pela manhã, Machado foi procurar Joaquim dos Reis, o oficial de Justiça que o informara erroneamente.

– Não tinha ninguém em Arco Verde, eles nem foram para lá. O que você fez conosco, pamonha?

– Mas eu vi, coronel. Eu vi quando eles tomaram a estrada para Arco Verde.

– Você os seguiu até onde?

– Eu não os segui, mas vi quando tomaram a direção para Arco Verde.

– Você não viu coco nenhum. Até onde você viu, eles poderiam ir para Flores, Iraguaçu, Calumbi, Princesa Isabel, Jatiúca, o lugar menos provável seria Arco Verde.

– Mas o missionário tem um hospital em Arco Verde e era óbvio que, se estivesse fugindo, primeiro iria para lá.

– Estou cercado de miolo de mungunzá. Vamos embora, pois essa viagem me deixou muito aborrecido... Nunca pensei que seria tão difícil pegar um saci.

Machado desabafou com o sargento Getúlio – mas quando o pegar, eu volto com ele para a Besta e dou fim nele como um porco. Escrevam isso. Escrevam isso.

CAPÍTULO 20

"...porque, aonde quer que fores, irei eu
e, onde quer que pousares, ali pousarei eu..."
– (Rute 1.16)

Sentados em uma praça em Juazeiro, Bahia, esperando Olavo e Afro das compras, Karl olhou para a esposa com aquele olhar de quem quer tocar nos fundamentos da existência:

– Sonhei com as savanas africanas, com os elefantes, girafas, rios limpos, tribos que nunca ouviram falar no Evangelho no coração da África. Sonhei em cuidar das feridas dos nativos, sonhei que lhes ensinaria graça, perdão, salvação, fé.

– Também acreditava que sofreria martírio nas mãos de comunistas africanos por causa da sua fé. Que coisa. Estou no Brasil e perseguido pela direita, que diz ser defensora de Deus. Cúmplice de um fugitivo que os militares querem matar, mas não o matam por nossa causa. Meu pesadelo era morrer na boca de leões, não no paredão. Deus, tenha misericórdia de nós! – desabafa o médico.

– Ele cuida de nós, querido. Mas, se Ele nos escolheu para mártires, não devemos nos deprimir, porque nossa morte produzirá boas coisas nas pessoas. Despertaremos a coragem, a fé, a justiça e a liberdade adormecida nos corações das pessoas. Nosso exemplo ajudará a construir um futuro melhor para as novas gerações deste país. Se morrermos, nossa morte não será em vão. Não há nada que mude tão profundamente as pessoas do que a morte dos mártires. A vida dos mártires é o preço que Deus e os santos pagam para sensibilizar um mundo insensível.

– Como consegue ser tão romântica em um momento desses?.

– Sei que você não gosta desse meu lado romântico.

– Sempre gostei. Sempre. Eu é que sou um trambolhão, um ser que só aprendeu a ter disciplina e trabalhar duro. Mas sempre gostei de tudo em você.

– Menos das piadas.

– Eu disfarçava, é que eu sou meio burro para piadas, faço uma força danada para compreender as piadas. Eu queria ter a facilidade de entender e achar graça como Olavo. Eles riem tão gostoso, que quando não acho razão para rir assim fico envergonhado e com inveja.

Um garoto passa pedindo esmola. Karl doa uma moeda. Vê o menino andando em busca de mais esmolas.

– Às vezes, olho para esse povo, para seu sofrimento, sinto pena. Sinto que sou um inútil.

– Mas você já faz, quer dizer fazia bastante pelo povo de Arco Verde.

– Eu gostaria de ajudar mais. Há tanta coisa que eu poderia fazer, mas não consigo fazer nada para auxiliá-los. Isso é porque não consigo me integrar inteiramente a eles.

– Eu não sinto mais essa culpa. Antes tinha. Aí comecei a perceber algumas coisas.

– O que, por exemplo?

– A alma deles é diferente da nossa. Eles conheceram a fé pelo coração, nós conhecemos pela razão. Eles são informais, nós somos formais. Eles são divertidos, nós somos sérios. Eles gostam de formas barrocas, assimétricas, despojadas, nós gostamos de linhas retas, objetivas. A língua deles é romântica, a nossa é lógica. Sou apaixonada por este povo, esta língua, este lugar.

– Estou impressionado com suas observações.

– Tenho de dizer agora, pode ser que não haja tempo de escrever isso em um livro mais tarde... Você é um bom homem, determinado, fiel e sonhador. Você me faz feliz.

– Eu também sou feliz com você.

Beijam-se. Afro e Olavo atrapalham o beijo dos missionários. Eles chegaram com os carros depois de abastecer e calibrar os pneus.

Na praça, decidiram seguir em direção à Chapada Diamantina. Partiram.

Os carros prosseguiram por belas paisagens no entardecer do sertão. À noite, o céu estrelado do sertão resplandecia em uma imensidão de astros brilhantes. Chegando a Lage, hospedaram-se numa pensão. No meio do jantar, Karl perguntou pelo roteiro:

– Para onde vamos, Olavo? – o guia da fuga.

– Para qualquer lugar.

– O melhor lugar para nós é onde não tem gente. Não podemos ficar muito próximos a cidades – disse Karl.

– Quem diria que um dia chegaríamos a esse ponto, para viver, termos de nos afastar das pessoas – observa a missionária.

Antes que o pessimismo tomasse conta do ambiente, Heidi o afastou com o humor.

– "Seu" Olavo, para quem o senhor comprou um saco de farinha e meia tonelada de jabá?

– Para nós. Aproveitei que iríamos para qualquer lugar, sem saber se encontraríamos essas coisas, fiquei prevenido. É difícil viver sem mulher, mas viver sem mulher e jabá é terrível. Agora lembrei que esqueci da manteiga de cabra, rapadura e feijão de corda.

– Aproveita essa cidade e compra – brincou o missionário.

Afro não saía do seu estado melancólico. Dormia e acordava com angústia e tristeza na alma.

Enquanto almoçavam, Olavo explicou os planos.

– Vamos para a Serra do Tombador. Se tudo correr bem, dormiremos lá.

– E depois?

– Depois, vamos seguir em frente até achar um lugar bem longe do coronel.

– Só nos braços de Deus, "seu" Olavo.

Afro continuava melancólico e angustiado. Ele tinha pesadelos todos os dias.

Seguiram a viagem pelas estradas desoladas do sertão de Euclides da Cunha.

Durante o dia, a viagem oferecia um céu sem nuvens, azulzíssimo. Era sol que não tinha fim; caatinga, mandacarus, cactos, terra rachada, serras, árvores retorcidas, umbuzeiros, tatus, periquitos, seriemas, veados. Algumas vezes, paravam para comer umbu e cajus. Em Morro do Chapéu, Karl comprou uma espingarda para caçar e se proteger. No terceiro dia, almoçaram um catito graças a sua espingarda.

O velho Olavo era como uma cobra, no bom sentido. Estava sempre à frente do coronel e dos amigos nos planos. Seus movimentos lentos não indicavam passividade. Na hora do perigo, ficava rápido como uma serpente.

Chegaram à cidade de Wagner, Bahia.

– Onde estamos agora? – pergunta o médico.

– Estamos perto da Terra Prometida ou do céu, porque já andamos no inferno inteiro – disse Heidi, com seu eterno senso de humor.

– Eu não sei, Dona Heidi. Quando saímos, não trouxemos mapa, nem bússola. Mas estamos bem perto.

– Estamos na cidade de Wagner – respondeu o sábio Olavo.

– Eu já estou cansado, "seu" Olavo.

– Todos nós estamos, Afro. Todos nós.

Nessa cidade, Karl ligou para a Missão, explicando o seu desaparecimento. Foi informado que sua casa e a clínica em Arco Verde pegaram fogo. Ficou chocado pelas perdas, mas não surpreso, já esperava isso de Machado.

– Incendiaram nossa casa e a clínica em Arco Verde.

– Quem fez isso?

– Ninguém sabe ou tem medo de saber, mas nós sabemos.

– Machado – disse Afro.

– Já esperava por algo assim, é bem a sua maneira – desabafou Heidi.

– Isso nos mostra o quanto temos de fugir desse homem – esclareceu Karl, e todos expressaram compreender essa verdade. Machado não estava brincando. O trator passaria por cima de quem encontrasse.

– E os seus pacientes, Karl? – Heidi perguntou preocupada com alguns pacientes de doenças crônicas que Karl tratava havia muito tempo.

– A Missão está cuidando de tudo, eles vão ser encaminhados para os médicos da cidade.

– Menos ruim.

Continuaram a viagem.

Decidiram atravessar a Chapada Diamantina. Pegaram a estrada que liga a BR 242 à Chapada Diamantina. Dez quilômetros depois, viram outra estrada do lado direito desta. Olavo freou o carro. Karl parou ao lado.

– O que foi?

– Vamos pegar essa estrada.

– Entrar aí?

– É.

– Mas "seu" Olavo, essa estrada que estamos é que atravessa a Chapada Diamantina, temos de seguir nela.

– Uma coisa me diz para pegarmos essa estrada.

– Mas "seu" Olavo, nós nem sabemos onde essa estrada vai dar... – retruca o missionário.

– Karl, toda estrada leva a algum lugar.

– "Seu" Olavo tem razão, Karl. Vamos pegar essa estrada.

– Tá bom, como dizem, a maioria ganha.

Pegaram a estrada desconhecida. Olavo imaginava que a estrada contornasse as cidades da Chapada Diamantina. Nas cidades, poderiam encontrar alguém que os reconhecesse, viajando por fora delas, evitariam uma surpresa.

Depois de alguns quilômetros, guiavam as camionetes com cuidado naquela estrada, estreita e cheia de buracos.

Durante duas horas de viagem, desde que saíram da estrada principal que daria em Andaraí, uma das cidades da região, não viram mais que seis casas à beira da estrada

No almoço daquele dia acamparam debaixo de um imbuzeiro generoso, que participou com seus frutos para a sobremesa. Depois, seguiram na estrada ladeada de favelas. Desejavam encontrar um rio, um riacho, uma cachoeira depois de dois dias de sol causticante, poeira e suor. Desde que saíram de Triunfo, não tiveram tempo de tomar um banho decente.

Em uma parte da estrada que se dividia em duas, sem discussão pegaram a estrada da direita. Nas encruzilhadas, seguiam sempre a estrada da direita.

O sol a pino não tinha misericórdia, torrava os miolos dos filhos de Deus até as cinco da tarde, quando abrandava. Passaram a tarde naquela estrada desconhecida. Subiram e desceram serras. De novo subiram e de novo desceram. Seguiram em frente. Devido aos buracos, causando solavancos, todos estavam esgotados fisicamente.

Passaram por um bando de cachorros, que entrou no mato atrás de algum catito. A camionete de Olavo quase passou por cima deles. Os cachorros nem notaram a presença das camionetes. Continuaram atrás da caça.

Chegaram a um lugar em que Olavo notou muitas "favelas", um tipo de vegetação comum nessa parte do sertão. Havia muitas "favelas" de um lado e de outro da estrada. Os militares cariocas que vieram do Rio de Janeiro massacrar os miseráveis de Canudos viram muito dessa vegetação. Quando esses militares, das mais baixas patentes, foram aposentados pelos primeiros governos republicanos, receberam os morros cariocas para morar e, nesses morros, encontraram a mesma vegetação que viram no sertão baiano, daí deram nome aos morros do Rio de favelas. Hoje, o nome designa os lugares mais pobres na periferia das grandes cidades brasileiras.

Já podiam ver o sol atrás dos montes. Karl disse a Olavo para achar um lugar para acampar. Todos estavam quase desmaiando de fome e cansaço.

As camionetes subiram um morro e, no alto dele, tiveram uma surpresa: avistaram um vale. Um lugar impressionante. Os carros pararam. Olavo ficou extasiado com o que viu. Os quatro observavam das camionetes. Não sabiam que tinham chegado ao Vale Escol. No meio do vale passava o rio Escol. Do lado de cá do rio, se via uma vegetação rala, mexida pelos homens e pisada pelo gado. Podia-se ver algumas casas, distantes umas das outras. Ao lado das casas, mirradas plantações de feijão e macaxeira (mandioca), coisa pouca, só para a subsistência dos moradores. Na outra margem do rio, na direção dos montes, uma mata de árvores altas, pouco densa, mas bonita, rara de se ver no sertão.

– Naquela mata, depois do rio, é um ótimo lugar para se esconder – disse Olavo.

– É verdade – concordou Karl.

Um lugar desabitado – todos pensaram. Havia abundância de verde e água ali, que não se via facilmente no sertão.

– É esse o lugar! – Olavo foi enfático.

– Como é que é? – Karl não entendeu.

– É um bom lugar, a terra é fértil. Não vi em toda a viagem lugar igual a este.

– Não tem nada aí, "seu" Olavo. Só umas casas de estuque, gente muito pobre, um rio e uma mata.

– É um bom lugar para se esconder, tem terra boa para plantar, e de presente um rio.

Afro olhou o lugar e não ficou maravilhado como Olavo.

– É muito afastado da última cidade que passamos, "seu" Olavo. Acho que andamos mais de 100 quilômetros – Karl queria seguir em frente.

– Esse é o motivo principal por que devemos ficar por aqui. É afastado de tudo, principalmente das cidades. E eles não costumam procurar em lugares pobres e afastados como este.

– Acha mesmo, "seu" Olavo?

– Acho sim, Dona Heidi.

Olavo convenceu-os de que esse era o melhor local para se refugiar. Heidi, mais flexível, foi a primeira que aquiesceu em ficar, depois Karl e, por último, como quem diz "qualquer lugar bom para vocês é bom para mim", Afro também concordou em ficar.

O missionário aceitava as decisões de Olavo baseado em mais de dez anos de amizade. Nesse tempo, adquiriu respeito pela sabedoria e astúcia do camponês que só fizera o antigo curso primário. Heidi via em Olavo mais que uma alma boa e sábia, via coragem e fibra para enfrentar anos de luta constante pela sobrevivência – apesar de que atualmente a colheita dessa luta era um sítio produtivo e uma camionete quase nova. Afro tinha por Olavo uma amizade de filho pelo pai, por tudo que fizera por ele até esse momento. Olavo protegia Afro como se protegesse seu irmão. Essa proteção era para ele uma missão ou uma vingança pela morte do irmão, morto na manifestação no centro de Recife. Era como se quisesse dizer aos militares: meu irmão vocês mataram, mas esse aqui vocês não vão matar.

– Podemos construir ali na mata do outro lado do rio. Creio que deve ter animais, isso é mato de catito, tatu, perdiz, lagarto, no rio tem peixes. Não vamos passar fome.

Na margem do rio, acharam um lugar com três árvores perto uma das outras, e ali amarraram as redes. Karl foi procurar madeira para o fogo, enquanto Afro limpava o lugar onde fariam uma fogueira. No jantar, Heidi se expressou:

– Eu queria um lugar com gente.

– Dona Heidi, não temos escolha, estamos nos escondendo. O lugar não é de todo abandonado. Nós vimos algumas casas.

– Estou brincando, "seu" Olavo.

– Este lugar é o melhor que poderíamos achar, Olavo?

– É sim, Karl. E eu senti que, antes do Natal, nós encontraríamos um lugar para ficar e descansar dessa aflição. Quando vi este lugar do morro, senti no coração que era o lugar. Não tem lugar melhor no sertão, se tiver é pouca coisa. Se quiserem, podemos continuar amanhã cedo.

– Não, não. Eu gostei. Por mim tudo bem, "seu" Olavo. Eu fico – disse Heidi.

– Por mim, também eu fico – disse Afro.

– Vamos tentar – Karl concordou, pouco animado.

Tomaram sopa de vagem, colhida no mato, e jabá.

A noite começava a estender seu manto sobre o vermelho laranja do pôr-do-sol. Um abutre soltou um grito estridente. Afro vê a ave e diz para ela como se ela entendesse:

– Nós não vamos ser sua alimentação, entendeu? Hoje não.

Afro não deixa de manifestar seu pessimismo em relação ao seu futuro, mas os amigos não o recriminaram, compreendiam que na sua alma havia um peso insuportável, uma dor esmagadora causadora de um estado constante de pessimismo diante do futuro.

Depois do jantar Olavo falou:

– Apesar de todos os perigos que corremos, chegamos vivos. Isto é uma dádiva. Mesmo correndo risco na cidade e no sertão, fomos guardados com vida – Olavo cita um trecho do Evangelho: "Bem- aventurados os que têm fome e sede de justiça, pois serão satisfeitos. Bem-aventurados os pacificadores, pois serão chamados filhos de Deus. Bem-aventurados serão vocês, quando, por minha causa os insultarem, perseguirem e falarem falsamente todo mal contra vocês. Alegrem-se..." Amém.

– Amém.

– Amém.

– Amém.

Todos deitaram em suas redes e puderam contemplar o mais belo céu estrelado. Eram tantas estrelas naquela noite de lua cheia que não se sentiram a sós. As estrelas pareciam dizer em multidão: "Nós estamos velando por vocês. Estaremos aqui vigiando".

CAPÍTULO 21

> "Fez ele saber que, na sua opinião, aquele que conseguisse cultivar duas espigas ou dois molhos de capim onde anteriormente só um crescia seria um benfeitor da Humanidade."
> – Swift

Na manhã seguinte, foram acordados por um bando de cachorros, aqueles que viram na estrada no dia anterior caçando e mais quatro homens: Juca, pequeno, rude e muito forte; Pajeú, magro, alto, filho de índio com branco, tinha um ar sereno e um olhar profundo como de um acauã, Justino e Anatole, pequenos, franzinos, homens simples do sertão. Juca foi logo ao assunto:

– O que vocês estão fazendo na minha terra? – disse ríspido Juca, um senhor gordo de uns cinqüenta e poucos anos.

– Calma, senhor. Só acampamos aqui para passar a noite.

Olavo tomou a frente na defesa do grupo.

– Sem minha permissão?

– Não sabíamos que era o dono. Mas logo vamos sair das suas terras.

– Quem são vocês?

– Esse é o Dr. Karl, é médico e missionário, Dona Heidi, sua mulher, é enfermeira, Afroníger e eu, Olavo Manuel, sertanejo como vocês. Não somos bandidos, só viajantes.

– Qual é o destino de vocês?

– Andaraí.

– Mas essa não é a estrada que leva a Andaraí. Vocês estavam na estrada certa e saíram dela. Por quê?

– Na verdade, nosso objetivo era ver terras por essa região.

– Querem comprar terras aqui nesse cafundó?

– Isso mesmo.

– Para fazer o que com a terra?

– Plantar. Sabemos plantar muitas coisas.

– Essa terra só é boa para mandioca, mandacaru e quando temos tempo bom, plantamos milho e feijão.

– Para nós, isso é ótimo.

Aquela palavra fez Juca baixar a guarda. Mudou o tom rude de falar por outro mais ameno. As palavras que tocavam seu coração eram: vender, trocar, fazer negócio e outras semelhantes. Apresentou os seus amigos.

– Esse é Pajeú, nosso *doutor*, nessa terra onde não há médico. Aquele é o nosso irmão Justino e o amigo Anatole. Eu me chamo Juca... Pela cara de vocês, dá para se ver que são gente de bem. Eu só fui agressivo porque de vez em quando aparecem uns bandidos aqui se escondendo da polícia. Aí eles acham que a gente também é bandido e cortam todo mundo no chicote.

– Mas pode ficar despreocupado, nós não somos bandidos.

– Pretendem comprar uma fazenda grande?

– Não, queremos uma propriedade média.

– Que tamanho?

– Vinte alqueires no máximo.

Juca tinha um sangue quente, um temperamento impulsivo e acima de tudo uma *coceira* por barganhas, como um vício:

– Gostaram da terra que estão vendo?

– Sim.

– Quase tudo é meu. Tenho mais de 100 alqueires. Eu vendo uma parte, se quiser.

– Que parte?

– Qual parte vocês têm interesse?

– Uma faixa de dois alqueires do lado de cá do rio e 18 do outro lado do rio em direção dos montes.

– Eu troco.

– Quanto?

– Pela camionete do senhor. – A de Olavo.

– Sua terra não vale um carro desses. Não tem nenhuma benfeitoria. Esse carro vale muito mais.

– É pegar ou largar.

Olavo olhou para Karl. Trocaram uma dúzia de palavras. Enquanto todos os observavam com curiosidade.

Vira-se para Juca:

– Tudo bem, trocamos no carro. Mas queremos uma volta.

– Dinheiro eu não tenho. O que o amigo quer?

– Madeira para construir uma casa.

– Negócio fechado.

Olavo e Juca apertaram as mãos, selando a troca. Juca se desfez de 20 alqueires que praticamente não produziam nada – quem plantava em suas terras eram alguns meeiros: Anatole, Justino e outros. – E ainda ficou com mais de 80 alqueires.

Pajeú, que a tudo observava em silêncio, vivia de negócios de ervas medicinais e garrafadas, que vendia nas cidades da região de Chapada Diamantina.

Juca mandou que seus cachorros subissem na camionete. Deu um grito para Baronesa, a líder do bando, ela subiu na camionete e os outros a seguiram. Eram um bando de doze. Cachorros normais, viviam no mato, sem *pedigree*, mas eram grandes caçadores. Muitas vezes eles trouxeram o jantar para a casa de Juca, um tatu, um caititu, um lagarto, até um veado campeiro já tinham trazido. Baronesa já passava dos dez anos e era mãe de quase todos do bando.

Juca disse que tinha feito um ótimo negócio. Pegou a camionete e a levou para casa. Repetia novamente que havia feito um bom negócio. Justino falou que o melhor negócio era o médico ficar no Vale. Pajeú estava desconfiado, era um presente muito bom para ser verdade, pensava. Sabia que eram pessoas de muitos talentos querendo ficar naqueles *cafundós*? Por que em Escol? Suspeitava que se tratava de estrangeiros em busca de pedras preciosas, Olavo e Afro eram apenas ajudantes. Mas nunca ouvira falar que naquela terra tinha pedras preciosas, ouro ou prata. Pajeú estava de olho neles.

Quando Juca apareceu em casa com a camionete, sua mulher e seus oito filhos receberam o carro com festa. Disse à mulher que havia dado uma "manta" num velho. De fato, naquelas bandas, terra não valia nada, ninguém daria uma F-100 por aquela terra sem valor, só beleza. Olavo e Heidi foram os que mais gostaram do lugar e das pessoas; Afro e Karl tinham apenas um fraco sentimento de simpatia.

CAPÍTULO 22

Os moradores chamavam o lugar de Vale Escol, nome herdado da época do cangaço, pois ali havia sido terra de refúgio dos cangaceiros. O pai de Juca, capitão Oribe, foi o responsável pelo fim dos cangaceiros. Os 200 alqueires que tinha foi a recompensa que o governo deu ao capitão por acabar com um bando de cangaceiros do lugar. Juca nunca teve inclinação para a terra, gostava mesmo era de caçar, criar abelhas Jandaíra, um rebanho de cabras, porcos e barganhar. Adorava esse tipo de comércio.

Vale Escol, como chamavam o local, estava tão abandonado que no dia do Natal, não teve festa, parecia um dia como os outros. O lugar não tinha igreja, mas todos os moradores eram religiosos, carregavam nos ombros e coração uma religião de fatalismos e culpas. O maior símbolo religioso deles era uma enorme cruz plantada no meio do quintal de Juca. Vale Escol não tinha escola. Exceto Pajeú, ninguém ali sabia ler, escrever, fazer conta. Era uma terra esquecida, para o governo ela nem existia. À noite, luz, só a que vinha de fogueiras, velas e lampiões. Essa era a realidade do vale nos últimos dias de 1970.

—✳—

Karl, Afro, Olavo vão com Juca e Justino conhecer a propriedade do outro lado do rio. Atravessam o rio, em uma canoa. Juca vai na frente como um trator, de facão na mão, abrindo caminho nos lugares de mato alto.

– Tem muitos animais aqui? – pergunta o missionário.

– Oxe, jurubeba, se tem. Catito, tatu, mocó, veado, lebre, porco-do-mato, jacu, perdiz e muitas outras caças finas, doutor.

– Eu só cozinho com a banha de catito. Não existe carne melhor.

– Oxe, "seu" Juca. Eu discordo. Uma perdiz temperada com alho, sal e raiz de capim-limão assada no fogo é um banquete de reis.

Juca e Justino discutem sobre a melhor carne de caça.

– Aqui vocês só comem caça?

– Não. Também comemos macaxeira, jerimum e feijão-de-corda. A carne de caça acompanha o costumeiro.

– E as galinhas e cabras? – perguntou Olavo a "seu" Justino.

– Galinha a gente só come no domingo. E as cabras serve para o leite das crianças. Aqui o que mais tem é criança. De vez em quando, a gente come um cabrito.

– Ou um carneiro – completa Juca.

– Seu Juca faz uma iguaria com estômago de carneiro que quem for piedoso da risca do santo, não come.

– Por quê? – perguntou Karl.

– É feito de sangue, doutor – responde Juca.

– O senhor, sendo médico, comeria?

– Com fome, como até bicho de pau podre.

– "Seu" Juca, esse é dos nossos.

Passam o dia inteiro percorrendo as terras. A maior parte era plana, um canto dela dava em uma pedra onde Justino afirmava haver piscina de águas naturais. Mas ficava num lugar de difícil acesso.

Olavo gostava do que via. Estava satisfeito de trocar o carro por aquela terra. Agora eles só tinham o carro de Karl.

Chegando ao acampamento, Karl encontrou Heidi conversando com Pajeú, e não gostou. Depois do jantar, Karl chamou a atenção dela:

– O que você estava conversando com aquele homem?

– Ele estava falando das drogas do sertão que curam muitas doenças. Por quê?

– Aquele homem é um feiticeiro. Você não percebeu?

– Não. E, mesmo que fosse, não deixaria de conversar com ele.

– Já viu o olhar dele?

– Já, é normal.

– Parece uma águia. Ele anda desconfiado de nós.

– Que implicância, Karl. Você nem o conhece e já está fazendo mal juízo. Está cismado com ele. Não faça má idéia de quem você apenas acabou de conhecer. Se você suspeita que ele venha nos fazer mal é ele que tem mais motivos de estar pensando a mesma coisa. Afinal, nós somos os de fora.

– Mesmo assim, é bom evitar falar com ele.

O missionário tinha razão da desconfiança de Pajeú e do grupo, Karl era de quem o índio alto mais desconfiava.

No café da tarde, enquanto comiam jerimum com café embaixo da árvore, conversaram sobre o melhor lugar para construir a casa.

– Onde vamos construir essa casa? O que você acha Heidi? – pergunta o missionário.

– Eu acho que perto do rio é um bom lugar. Podemos puxar água mais facilmente.

– Dona Heidi, me perdoe discordar.

– Fale, "seu" Olavo.

– Acho que o melhor local para construirmos a casa é do outro lado do rio, ali onde tem aquelas árvores. O lugar é mais escondido e em uma emergência podemos fugir pelos fundos.

– Não tinha pensado nisso. "Seu" Olavo tem razão. Do outro lado é mais seguro. Eu não vi o lugar, mas eu concordo que seja lá.

– Vamos lá ver o local.

Depois do café, os quatro foram até o outro lado do rio conhecer o lugar que "seu" Olavo falou.

O lugar ficava entre vários imbuzeiros e salgueiros. Era um bom local para construir uma casa. Todos concordaram, daí passaram a calcular o que precisariam, quanto gastariam, os materiais. Estava claro que usariam qualquer material que encontrassem no local.

Quando decidiram que a forma da casa seria redonda, porque ajudaria na vigilância, fuga e ventilação, chegaram os vizinhos. Comentaram que resolveram construir a casa naquele local. Construir a casa do outro lado do rio e afastada das outras casas foi algo que os novos vizinhos estranharam. Mas a terra era deles agora, que construíssem onde quisessem, Juca comentou.

—⁕—

Pajeú chamou Karl à parte e os dois foram para um lugar mais afastado do grupo. Juca saiu com Olavo e Afro foi procurar madeira na mata.

– O que aconteceu, "seu" Pajeú?

– Preocupa-me a presença de um casal de missionários, com um camponês politizado e um negro alto, forte, mas doente da alma. Quem são vocês e por que estão aqui?

– O senhor é um observador experiente.

– A vida nos ensina a desconfiar daquilo que não acontece dentro do normal.

– Se pensa que viemos aqui para fazer alguma maldade, está enganado, somos do bem.

– Disso eu quase tenho certeza, o que quero saber é por que gente tão habilitada resolve comprar terra e construir uma casa no meio deste fim de mundo? Fale, qual a razão de estarem fugindo?

O missionário percebeu que Pajeú era muito esperto, e resolveu contar a verdade, mesmo que isso implicasse na expulsão dali nesse mesmo dia.

– Senhor Pajeú, nós somos pessoas sofridas, vivíamos em paz em Pernambuco, até uns meses atrás. Eu tenho um hospital e uma igreja em Arco Verde. Mas um dia Olavo me trouxe o Afro quase morto ao hospital. Eu o operei, graças a Deus, ele se salvou. Mas daí fiquei sabendo que Afro era um comunista procurado pelos militares.

– Por quê? O que ele fez?

– *Eles* foram dar fim à vida dele por envolvimento com a subversão. Queriam jogá-lo no rio Madeira. Mas aconteceu um acidente, o caminhão perdeu o freio e caiu no rio. No acidente morreram três oficiais militares, afogaram-se. Os militares acusam Afro de terem matado esses oficiais, mas "seu" Olavo presenciou tudo e disse que Afro não tentou matar ninguém. O que aconteceu foi um acidente mesmo.

– Mas por que não disseram isso para os militares?

– Por que, antes do acidente, Afro foi torturado por eles e levado ao rio para ser morto. Descobrimos que ele foi pego por engano. O governo está perseguindo um inocente e agora nós também. Essa é a razão por que estamos fugindo com ele. Pode acreditar, eu não sou de mentir... E o senhor tem direito de crer em nós ou no governo.

– Que governo? Nós nem sabemos que temos um governo. Ele nunca apareceu por aqui. Isso tudo que está vendo, é terra de abandono. Não tem nada além de vinte poucas famílias que lutam para sobreviver, nesse lugar abandonado por Deus e pelo governo. Aqui não tem médico, escola, repartição, nada, nem igreja temos...

– O que o senhor me diz depois de ouvir minha história?

– Quer saber?

– Claro. Isso é muito importante para nós.

– Bem-vindo.

– O quê?

– Bem-vindo... Sejam muito bem-vindos a nosso meio. Agora vamos procurar madeira.

Pajeú tinha mais de 60 anos, passou sua vida vendendo ervas e garrafadas nas cidades às margens do São Francisco. Sua postura política era de esquerda, era de oposição a um governo que esqueceu sua região, que dominava com mão de ferro qualquer movimento social que surgisse. Conhecia a história de Canudos e tinha outra versão da que é ensinada nos livros de história.

Karl colocou a mão sobre o ombro de Pajeú e lhe disse:

– Muito obrigado. Pensei que fôssemos ter de continuar essa viagem sem rumo.

– Vocês não apareceram aqui por nada.

—✳—

Construíram a casa a uns 200 metros do rio, em um lugar cercado de árvores altas, no meio da mata. Fizeram uma casa redonda, com varanda ao redor de toda a casa, coberta com folhas de babaçu, para proteger do sol. Levaram um mês trabalhando duro para construir a casa. Os moradores reagiram com estranheza à forma arredondada da casa e com tantas janelas. Só Pajeú sabia que aquele tipo de casa ajudava a vigiar quem chegava e empreender uma fuga rápida pelas janelas. Chegando a casa, via-se a sala de estar. Ao lado, ficava o quarto de Heidi e Karl, depois a cozinha, casa de ferramentas, banheiro e o quarto de Olavo e Afro, fechando o círculo da casa.

A construção consumiu quase todo o dinheiro que tinham e os mantimentos estavam acabando.

Olavo, com seu espírito prático, abriu sua caixa, pegou três tantos de semente e plantou feijão, milho e jerimum.

Na última ida a Lençóis, Karl comprou uma bomba para levar água do rio a casa.

Quando acabou a comida que trouxeram, passaram meses comendo sopa de palmas, feijão de corda, frutas do mato, macaxeira e caça. Olavo sempre trazia uma paca, um catito, teiú, jacupemba, perdiz, o que achasse nas matas. Afro tornou-se amigo de Pajeú, e, na ausência dos remédios de Karl, tomava os remédios que Pajeú lhe arrumava. Karl não se opunha à medicina de ervas de Pajeú. Com tantos anos no sertão, Heidi sabia que muitas dessas ervas tinham grande eficiência no tratamento de certas doenças, mas algumas necessitavam dos remédios alopáticos de Karl.

CAPÍTULO 23

As pessoas no vale viviam com pouco, havia tanta miséria que Karl levou um choque nos primeiros meses, quando tomou contato com a realidade. Ele se lembrou de Triunfo. No seu sítio, as pessoas eram pobres, mas comiam bem, se vestiam, as crianças estudavam. Dentro da pobreza do sertão, seus empregados de Triunfo viviam muito bem. As crianças do lugar eram as maiores vítimas; além de não estudarem, muitas tinham problemas de saúde. Na primeira semana, Karl medicou a todas elas. Fez o que pôde com os poucos remédios que trouxe na maleta. Disse a Olavo que quando fossem à cidade, comprariam alguns remédios.

A casa ficou pronta em um mês. Nesse tempo, tiveram noites mal dormidas nas redes. Olavo plantou vários pés de maracujá ao redor da casa. Os pés subiram pela parte externa da casa e cobriram todo o telhado em seis meses. Olavo viu a exuberância das folhas.

– Essa terra é muito boa. Olha como os frutos são grandes.

– Impressionante. É uma pena que essa fruta nos seja de tão pouco proveito aqui.

– É verdade.

—✳—

Quatro meses depois de perder a oportunidade de agarrar Afro no sítio de Karl em Triunfo, Machado não desanimara, estava em Belém. Alguém tinha visto uma pessoa parecida com Afro na capital do Pará. Ele vasculhava tudo e todos os lugares. Verificava cada pista. Em Recife, na Casa de Detenção, naquela semana morreria o último preso da cela, Luiz Berger.

A Besta esperava ansiosamente por Afro.

—✳—

Meses depois, já familiarizados com o povo do lugar, uma depressão abateu os homens, nem Olavo, o mais otimista, escapou. A vida ficara muito monótona. Não havia o que fazer. Karl não tinha igreja, nem hospital; nem para escrever no seu diário, tinha ânimo. Afro não levantava da rede, ficava o dia inteiro deitado, olhando o céu, pensando na morte que rondava a todos na figura de Machado; vivia angustiado e com freqüência sofrendo pesadelos. Heidi tornou-se amiga de algumas mulheres do lugar, todas as tardes saía para conversar com elas. Heidi não agüentou ver aqueles homens tão abatidos.

Em um domingo pela manhã, encontrou os três sentados em redes na varanda com pensamentos fixos nas serras, perdidos em melancolia. Ela não perdeu tempo:

– Vocês sabem quantas famílias existem neste lugar que chamam de Vale Escol?

Ninguém responde.

– Vou lhes dizer. Há 25. Sabem quantas crianças?

– Heidi, poupe-nos. Não estamos passando bem – reagiu Karl.

– Há 55 crianças, fora os adolescentes. Todos são analfabetos. Neste lugar, o único que sabe ler é Pajeú.

– Heidi, o que você quer? – o missionário não estava interessado naquele assunto.

– Somos os únicos que podemos fazer alguma coisa por eles, Karl.

– Heidi, não podemos nos misturar com eles, pois corremos o risco de comprometê-los no nosso problema. Sabe por que moramos desse lado do rio e quase no meio da mata?

– Sei. Mas e daí?

– Temos de ficar aqui, isolados, até que as coisas melhorem, até que...

– ...Até que o mundo melhore, até que o céu chegue, até que Elias desça em uma carruagem e nos salve...

– Heidi, não fale assim. Não estamos aqui porque queremos, estamos aqui por causa de Machado...

Heidi explodiu:

– Mande ele descascar batatas, Karl.

– Heidi?!

– É isso mesmo. Veja o que esta mulher escreveu. As pessoas dizem que ela é a mais sabida daqui.

– O que é isso?

– É o nome dela.

– Aí só tem uma cruz torta com um pé.

– É o nome dela, Karl.

– O nome dela é o quê: T?

– Não, é Terezinha. Ela disse que aí está escrito Terezinha.

– Mas só tem uma letra.

– Pois é... Por isso estou indo agora ajudar esse povo. Vou ajudá-los, vou lhes ensinar tudo que eu sei, vou lhes dar o que tenho. Eu não vou ficar aqui escondida esperando a morte chegar. Se vocês quiserem, vocês têm motivos, podem ficar, eu não, eu vou.

Heidi estava determinada. Saiu da casa sob os protestos do marido, não deu atenção, andou firme na direção da casa de Juca. Tinha começado uma classe de alfabetização no quintal da casa. A mulher de Juca arrumou o lugar e as crianças estavam curiosas para saber o que aquela mulher queria conversar com elas. Além dos filhos de Juca, vieram muitas crianças vizinhas.

—✳—

Quando Heidi chegou em casa para o almoço, encontrou Olavo fazendo um guisado de perdiz, Karl estava mexendo no carro e Afro cortando lenha para o fogão. Pela expressão, Karl mostrou-se contrariado com a criação da classe de alfabetização; não era contra o projeto, mas com o envolvimento com o povo que viria por meio de um projeto de alfabetização do vale. Temia, que, se fosse encontrado pelos militares ali, o povo sofresse prejuízos por se envolver com "inimigos do governo".

À tardezinha, eles conversavam na varanda, sob um pôr-do-sol que emoldurava os montes da Chapada Diamantina:

– Eu não acho boa a sua idéia de se envolver com essas pessoas.

– Eu não vou ficar aqui em casa escondida como um bicho, Karl.

– Heidi, você não vê o risco que eles correm na nossa companhia?

– E daí? Se eles nos encontrarem, vão nos pegar, não este povo. Não vai acontecer nada a eles.

– Como você sabe?

– Intuição.

– Intuição?

– Karl, eu já disse. Eu não vou parar o que comecei. Vou alfabetizar esse povo. Só não vou ficar escondida nessa casa com medo do mundo lá fora. Eu não vou ficar escondida dentro desta casa. Entendeu, Karl?

– Heidi, você precisa parar.

– Não, não insista mais comigo nesse assunto. Deixe-me fazer esse trabalho em paz.

Depois dessa conversa, Karl nunca mais tocou no assunto com Heidi. Com o tempo, mudaram as aulas para seis dias por semana, de segunda a sábado. Karl, vendo o empenho da mulher, ajudava-a a atravessar o rio no barco, mas não se envolvia com as pessoas do vale.

Aos poucos, Heidi começou a envolver o marido, quando apareciam alunos doentes, Karl atendia, porém falava o suficiente e evitava conversas. Sua reserva estava no fato que se

Machado aparecesse, o povo do lugar não sofreria represálias por se aliar a "inimigos" da pátria.

Mas isso não acontecia com Olavo. Ele conversava muito com Justino e sua viola. Justino era um cantador do sertão.

Afro viu no trabalho de Heidi, o mesmo de Helena, sua esposa, e sentiu-se impelido a ajudar Heidi no que precisasse. Aos poucos, de maneira inevitável, eles começaram a aproximar-se e a integrar-se na microcomunidade do Vale Escol. Essa aproximação foi muito proveitosa para os dois lados. Com o tempo, Karl, o mais resistente, percebia isso. A comunidade precisava dos seus dons. O médico alemão estava se convertendo ao coração daquela gente, abandonada havia séculos pelo governo.

—⁂—

Em Belém, capital do Pará, Machado, frustrado por quase sete meses de buscas infrutíferas, desabafou.

– Como fui burro, Getúlio. Aqueles vermelhos (Afro e seus amigos) me enganaram, não só a mim e a você, mas a todo o Exército. Perdemos a chance de acabar com eles... Sabe, Getúlio, eles são os piores de todos os subversivos que já enfrentamos. Eles escapam das suas mãos, mentem com a maior cara-de-pau e ainda dizem que são cristãos. Como pode isso? Se fossem cristãos, não esconderiam um criminoso como esse Zumbi. Eles são piores do que toda a esquerda junta... É uma questão de honra pegá-los e fazer deles um exemplo. Um exemplo, ouviu? Eu prometo a você que não vou dar descanso aos meus olhos enquanto não encontrar esses bandidos. E, quando encontrá-los, vou cobrar com juros todo esse aborrecimento que estão me dando.

A caçada prosseguia com Machado mais furioso. O tempo, em vez de diminuir, aumentava a ira do coronel Febrônio César Machado.

CAPÍTULO 24

O fantasma da Besta voltou a assombrar os sonhos de Afro. Os pesadelos atormentavam sua alma, tirando-lhe totalmente a paz. Karl, na falta de psicotrópicos, lhe recomendou 12 horas diárias de trabalho duro e com ajuda de Pajeú receitou vários chás de folhas e raízes calmantes. Paliativo para um problema tão grande.

Olavo fez uma barganha com Juca, que lhe deu uma cabra em troca de jerimuns, plantio que Olavo dominava como ninguém. Afro recebeu a cabra de Olavo:

– Não precisamos de cabras, precisamos de cavalos, bois, trator, para lavrar a terra, "seu" Olavo.

– Acha que não sei disso. Hoje à tarde eu e Juca vamos a Lençóis comprar um cavalo.

Depois do almoço, Olavo saiu com Juca com a F-100 cheia de jerimuns e feijão, à tarde voltou com um cavalo.

– O nome dele é Dourado. Com ele vamos plantar cinco hectares de abóboras, milho e feijão.

– Ele vai morrer de tanto trabalhar.

Os homens do lugar se ofereceram para preparar o campo. Juca chamou Justino que chamou Bibiano, que chamou Zé Antônio, que chamou Anatole. Pajeú não participou do mutirão porque foi para Chapada vender suas garrafadas.

Olavo, Afro e Karl começaram o serviço às cinco da manhã, demarcaram um hectare e reviraram a terra. Às cinco e meia chegou Justino:

– Oxe, jurubeba, vocês já começaram arretados... Onde está minha estrovenga (foice)?

– Ali, debaixo do angico – respondeu Olavo.

– Só paro quando perder o fôlego.

– Chamei o Bibiano e ele disse que vinha às seis.

– Deve estar chegando.

Os quatro voltaram ao silêncio do trabalho, silêncio cortado pelas cantorias de Justino:

O violão toca, toca
A rabeca chia, chia
Quando eu converso com a mãe
O sentido tá na fia.
Minha mãe me deu uma surra

Por uma moda que eu tinha
Comendo com o rei na mesa
Piscando o óio pra rainha

Quatro coisas neste mundo,
O homem deve sabê:

Trabaiá, bebê cachaça,
Furtá moça e sabê lê. Viu?

Os outros riam das músicas de Justino que não parava de trabalhar para cantar. Ele estava inspirado. Nesse momento, vem chegando Zé Antônio. Chegou calado, Justino o recebeu com um trocadilho:

Arrenego do diabo
E desconjuro do demônio
Quando eu espero o Bibiano
Me chega Zé Antônio.

– Cadê o Bibiano, Zé?

– Estava tirando leite de cabra quando passei por ele, mas mandou dizer que já tá vindo o mais rápido que puder.

Zé Antônio tomou lugar com Afro. A terra e o mato ralo do outro lado do rio começavam a sentir as enxadas, estrovengas e arado.

Oito horas da manhã, embalados pela cantoria de Justino, todos derramavam seu suor para preparar a terra.

Uma semana depois, a terra estava pronta, esperaram um dia de chuva e semearam milho, jerimuns e feijão. Os moradores do lugar nunca tinham visto uma plantação tão grande. Foi um exemplo para deixarem de plantar só o suficiente. Uma rocinha, como falavam. Inspirados no exemplo de Olavo, começaram a trabalhar mais. Juca, que não plantava nada, resolveu plantar milho e feijão; Justino, que já tinha uma pequena plantação de feijão, sentiu-se motivado a aumentar sua lavoura e plantou também feijão de corda. Bibiano e Zé Antônio plantaram milho ao lado das antigas plantações de mandioca. Hiloio, Anatole, quase todos fizeram o mesmo.

Um mês depois, as sementes se tornaram em uma lavoura verde que cobria cinco hectares. Heidi tinha na sua caixa de livros um livro de auto-suficiência. Era um livro em inglês. Usando a criatividade, adaptou técnicas de agricultura com alfabetização e, com a turma, começou uma lavoura de girassóis, com sementes doadas por "seu" Olavo.

A missionária sonhava com o campo de girassóis maduros para serem usados em aula de desenho. Tudo que estivesse à mão, que fosse útil ao aprendizado e crescimento dos alunos, Heidi empregaria. Um dia, os alunos sugeriram que ela usasse numa aula uma das músicas que Justino cantava. Heidi gostou muito da idéia:

– É uma ótima idéia, mas qual música dele vamos escrever no quadro?

– A do acauã, professora – sugeriu Josué, um dos filhos de Juca.

– Essa é boa mesmo, eu gosto dela – concordou Isabel, uma das filhas de Justino.

– Isabel, você sabe a letra toda?

– Sei sim, professora.

– Então vai falando que eu vou escrever no quadro.

Gavião mandô preguntá
Se acauã queria casá
Acauã responde a gavião:
Gavião não tem casa pra morá

Chorava, acauã chorava
Dizia, acauã dizia
Não caso com gavião.

Debaixo das asas trago
A casa pra nóis morá
Tem quarto, tem cozinha, acauã
Tem rede pra balançá

Chorava, acauã chorava
Dizia, acauã dizia
Não caso com gavião

Mandei comprá um vestido
O covado a cinco mil réis
Só me falta os argolão
Vestido barriga lisa
Que arrasta a barra no chão

Chorava, acauã chorava
Dizia, acauã dizia
Não caso com gavião

Chorava, acauã chorava
Dizia, acauã dizia
Com gavião não quero me casá
Chorava, acauã chorava.

– Isabel, o gavião se livrou de encrenca, ao não se casar com a donzela acauã? – pergunta a professora.

– Sim professor, porque acauã é uma ave de rapina agourenta, que só traz desgraça e morte.

Heidi ficou chocada com a resposta.

– Como assim, Isabel? Explique.

– É sim, professora, todo mundo fala que o acauã, quando aparece, é que alguma coisa ruim está para acontecer – disse a menina.

– No dia que meu irmãozinho morreu, um acauã apareceu no quintal de casa dando aqueles oac, oac, rrurrurrurru... – falou uma das filhas de Juca.

– É verdade professora, esse pássaro é assombrado mesmo – disse Bepi, filho de Hiloio.

– É ave do demo – Isabel sentencia.

– Puxa, vocês já estão me assustando. Quer dizer que quando um acauã aparece...

– ...é aviso de morte, professora – Isabel não deixou dúvidas.

—*—

Com freqüência, Justino reclamava de reumatismo, tinha dias que não conseguia nem levantar. A seu pedido, Karl foi até sua casa levar um remédio. Na casa de Justino, na cozinha, Dona Áurea reclamava das suas lutas para sobreviver naquela terra abandonada pelo mundo. Reclamava da terra de onde só tiravam o suficiente para comer. Karl procurou fazê-la ver por outro ângulo.

– Essa terra é boa. Eu conheço uma terra boa quando a vejo. Em poucos lugares desse sertão vi plantas com tanta vida. Isso é bênção especial de Deus. Acredita nisso?

– Quero acreditar, doutor. Mas meu desejo mesmo é ir para Salvador, lá na cidade grande a gente tem mais chance.

– Às vezes, é melhor morar em uma casa modesta no campo do que num barraco sem conforto algum numa favela em Salvador.

– Acha mesmo isso, doutor Karl?

– Com toda certeza, acho. A cidade é muito boa para pessoas formadas, estudadas. Ir para lá sem saber ler e escrever é padecer muito.

– Mas Dona Heidi está ensinando nossos filhos a ler, escrever, para ser alguém na vida. Queremos que eles tenham uma vida melhor.

– Vocês também podem aprender a ler e escrever.

– Que é isso, doutor? nós não nascemos para saber. Nascemos para ter uma vida de mula.

– Por favor, não diga uma coisa dessas!

– Mas essa é a nossa sina. Está escrito nas estrelas.

– Qual estrela, Dona Áurea?

– O senhor está zombando, é?

– Não. Por quê?

– O senhor sabe que nosso destino já vem escrito nas estrelas.

– A partir de hoje, Dona Áurea, Deus vai apagar tudo de ruim que escreveram sobre vocês em qualquer estrela. Vamos começar uma classe de alfabetização de adultos. Todo mundo deste lugar, em um ano, se quiser, vai aprender a ler e escrever. A senhora vai ser a primeira aluna.

– Eu?

– Esse luxo eu deixo para meus filhos.

– Nada disso. Ler e escrever não é luxo, é necessidade. Luxo é morar numa mansão.

– Se vai ser bom para nós, eu quero aprender...

– Vai ser muito bom.

A realidade da miséria e a infelicidade da mulher de Justino fizeram com que o missionário entrasse fundo na vida daquela comunidade.

Karl pediu a Olavo que, quando fosse à cidade, comprasse vermífugos, antibióticos, filtros, álcool e outros remédios para as crianças e adultos. Em uma semana, formou uma classe de alfabetização de adultos, em que o método utilizado era o que Paulo Freire usou nas Ligas Camponesas no interior de Pernambuco na década de 1960. Olavo, que fez parte das Ligas Camponesas, aprendeu a ler nessa época, com esse método.

O que impressionava em Escol era que quase todos se consideravam cristãos, exceto Pajeú, mas não havia uma Bíblia entre eles, também, para que Bíblia, se só Pajeú sabia ler? Na fuga, a única Bíblia que trouxeram foi a que estava na caixa de sementes que Olavo carregava desde que saiu de Arco Verde.

Olavo também ajudava Karl no trabalho de alfabetização. Ensinou-os a escrever: facão, bota, gibão, cabra, imbu, estrovenga, favela, mandacaru, abelha, Baronesa. Baronesa com "b" maiúsculo, não era um peixe era a cachorra mais querida do lugar. Dia de felicidade foi quando aprenderam a escrever seus nomes. Ficavam olhando para as letras como se elas fossem parte de seus corpos, como uma perna, que nunca tinham visto desde que nasceram.

CAPÍTULO 25

Era raro o dia que Afro acordava sem que se lembrasse de um pesadelo da noite anterior. Nos seus sonhos, a Besta parecia viva. Ela o caçava espiritualmente, o oprimia. Nos seus sonhos, sempre aparecia tentando destruí-lo. Sua luta não tinha fim.

—✻—

O domínio da leitura operou uma mudança radical na vida dos moradores do Vale Escol. Eles agora poderiam fazer coisas antes nunca pensadas, como ir à cidade e comprar um livro para ler sem que alguém os humilhasse, chamando-os de ignorantes. A Bíblia foi o primeiro livro que compraram, afinal, foi nela que aprenderam a ler. Além de cultura, a

Bíblia proporcionou uma mentalidade progressista, devido à maneira como Karl lhes explicava os textos. Desfazendo os mitos daqueles textos apocalípticos tão mal interpretados, Karl deu-lhes um sentido mais existencial que respondeu aos anseios, as angústias da vida do sertão.

As mulheres, em uma tarde de sábado, conversavam numa roda enquanto os homens tomavam banho no rio com as crianças maiores. Mergulhavam e subiam no barco. Falavam sobre a revolução que acontecia naquele lugar que não estava no mapa do governo:

– Será que esse negócio que eles estão fazendo vai dar em alguma coisa? – questionou Juca.

– Oxe, jurubeba, claro que sim, compadre – responde convicto Justino.

– O que não funciona é essa desgraça que vivemos. Esse maldito regime que quer nos pisar no pescoço até matar – Pajeú desabafa. Isso aqui vai dar certo e eu vejo no futuro um lugar onde seus filhos e os meus viverão melhor. Eu acredito nisso.

– Sem a ajuda do governo? – questionou Hiloio, que era muito suscetível aos discursos políticos das ratazanas.

– Com a ajuda do governo ou sem ele vamos fazer esse lugar prosperar – falou Pajeú. – O Brasil não existe onde começa o sertão – completa. – Todos nos olham curiosos. O sertão é um Estado independente dentro dos Estados brasileiros. Aqui não é o Estado da Bahia, aqui é o sertão. Rajadas, Ouricuri não são de Pernambuco, são cidades do sertão. Aqui eles não trazem água, investimentos, saneamentos, mas vêm com a força, com armas. Querem destruir o que começa a dar certo. Foi o que fizeram com Canudos.

O calado sertanejo Zé Antônio falou o que pensava desse assunto:

– Dizem que somos o resto do Brasil, uma raça que não tem futuro, fraca.

– Somos bravos e fortes, Zé Antônio, rudes mas bravos e fortes, sem cultura, mas bravos e fortes, sem objetivos, mas bravos e fortes, é o que somos – disse Pajeú, e acrescentou. – E, quando todos nós soubermos ler e escrever, vamos deixar de ser rudes e animais desgarrados como eles pensam.

—✳—

– A lavoura de flores de Dona Heidi e seus alunos está uma beleza. É uma pena que não serve para nada.

– Que é isso, "seu" Juca, serve para remédio, serve para fazer óleo.

– Óleo?! Óleo de fazer arroz, feijão, jabá?

– É.

– Essa é boa, "seu" Olavo. Difice de acreditar. Como vai tirar óleo de flô? – questionou Justino.

– Ela e os alunos maiores estão montando uma prensa de madeira para fazer o óleo.

– É mais fácil matar um porco e tirar a banha, dá menos trabalho – conclui o incrédulo Juca.

CAPÍTULO 26

Em uma segunda-feira cedo, Karl e Olavo foram até Vitória da Conquista, na Bahia. Karl foi ao banco tirar dinheiro da sua poupança para comprar remédios, cadernos e livros. Poderia ir a um banco mais próximo, mas precisava evitar dar pistas ao coronel sobre o seu paradeiro. Vitória da Conquista era bem longe de Vale Escol.

No banco, Karl teve uma surpresa na sua conta. Seus mantenedores na Alemanha tinham depositado uma quantia de dinheiro que dava para fazer algumas melhorias no vale.

– Mandaram muito dinheiro para nós – disse para o seu amigo.

– Quem?

– Uns amigos ricos da Alemanha. Eu tinha dito que estava querendo ampliar o hospital em Arco Verde antes de tudo isso nos acontecer, e eles mandaram, já está na minha conta há algum tempo.

– O que pretende fazer?

– Enviar o dinheiro para o hospital em Arco Verde.

– Esse dinheiro foi doado por amigos da sua missão?

– Como assim?

– É dinheiro da sua missão ou foi você que pediu aos seus amigos?

– É dinheiro de amigos.

– Será que eles ficariam chateados se esse dinheiro fosse investido em Vale Escol?

Karl pensa.

– Não estou querendo que você faça nada contra a sua consciência Karl, mas o Escol tem mais necessidade desse dinheiro do que Arco Verde. Lá eles têm a missão, prefeitura, têm hospital, têm igreja, Vale Escol, ao contrário, não tem nada disso. Se é um dinheiro para ajudar pessoas, esse dinheiro vai ser muito bem empregado em Vale Escol. Mas a decisão compete a você. Se existir determinação de que esse dinheiro seja usado em Arco Verde, então não pense no que falei, mande-o já para lá.

Karl telefonou para o missionário que o substituía em Arco Verde. Depois do telefonema, disse para Olavo.

– Vamos investir o dinheiro no Vale Escol.

– Maravilha!

Em uma loja de ferragens da cidade, Olavo comprou algumas ferramentas. Karl olhava um motor para bombeamento de água. Depois de algumas perguntas técnicas sobre o motor, comprou-o. Na loja, Karl viu um anúncio de venda: "Vende-se caminhão Chevrolet, bom estado".

Karl conversou com o dono da loja e o dono do caminhão. Foram ver o caminhão.

– Recebi este caminhão de uma dívida. É um caminhão novo.

– E o motor?

– É praticamente novo. Mandei o mecânico olhar. Está novo mesmo. Se quiser, pode levá-lo a qualquer oficina.

Quando olharam a carroceria, havia uma quantidade enorme de mudas de videira.

– E essas mudas de videira?

– Mandei buscar de um gaúcho que tem uma fazenda em Juazeiro para uma cultura na minha propriedade. Quero ver no que vai dar, mas é só um divertimento. Se comprar, mando tirar.

O missionário observa as mudas na carroceria. Lembra da sua infância quando morou numa vinícola da família. Ele sabia tanto a técnica do cultivo de uvas quanto a arte de fazer vinhos.

– Se eu comprar os caminhões, quero as mudas.

Olavo e o dono das ferragens olharam surpresos para ele.

– Mas o senhor vai fazer o que com as videiras?

– Cultivar. Na Alemanha, morei um tempo com um tio que tinha vinícola.

– Karl... – diz Olavo.

– Deixa comigo, "seu" Olavo – vira-se para o homem. Quanto quer pelo caminhão, o motor e as mudas?

– Aí tem duas mil mudas mais ou menos.

– Bote o preço!

Os dois homens eram práticos. Dez minutos depois, Karl tinha comprado o caminhão, o motor e as mudas.

Assim que os documentos foram acertados, Karl voltou para o vale no caminhão e Olavo na camionete levava o motor de bombeamento d'água. Olavo via o caminhão pelo retrovisor e repetia para si: "Loucura, loucura, loucura".

Às dez da noite chegaram a Chapada Diamantina. Dormiram ali.

No dia seguinte, quando viram o caminhão com as mudas, as crianças fizeram uma festa, qualquer novidade era motivo de festa no vale.

Heidi, quando soube dos planos do marido de fazer uma lavoura de uvas, ficou incomodada.

– Karl, que maluquice. Esta terra não serve para uma cultura tão delicada.

– Já vi que você não entende nada de vinhedos.

– O que você vai fazer com as uvas? Fazer vinho?

– Quem sabe.

– Que bicho mordeu você?

– Sei lá. Talvez a vida.

Quando Karl chegou à cozinha para tomar café, disse:

– Agora só falta você me chamar de doido, Afro.

– Eu gostei da idéia, pode contar comigo. Sinto que vai dar certo.

– Que bom, pelo menos um.

O missionário apresentou o projeto aos seus alunos que concordaram imediatamente com o plano. O plantio era para começar de imediato. As mudas não poderiam ficar muito tempo nas sacolas.

Escolheram o lugar do plantio, depois do rio entre as terras de Juca e Pajeú, prepararam o solo, plantaram as mudinhas. Não foi um trabalho fácil, mas foi alegre. Agora Karl tinha de se preocupar com as estacas e os varais para as vinhas se ajeitarem. Uvas e girassóis, quem acreditaria nisso, naquele lugar?

Naquele dia, fizeram um festim. À noite, juntaram-se em volta da fogueira, sob um luar esplendoroso para cantar, conversar e comer milho assado, queijo de cabra na brasa. A viola de Justino, a sanfona de Bibiano e a flauta de Juca alegraram o festim. Foi Justino quem cantou uma música que exprimia o desejo na alma do sertanejo na sua luta diária e centenária:

– Mandei fazer um linforme
Bem feito com perfeição
Mode botá na cidade
No dia da enleição
E o qual admiro
A toda população
O chapéu de arroz-doce
Forrado de tapioca
As fitas de alfenim
E as fivelas de paçoca
A camisa de nata
E os botão de pipoca

A ceroula de soro
E a calça de coalhada
O cinturão de manteiga
E o broche de carne assada
O sapato de pirão
E as biqueiras de cocada
As meias de mingau

E os véus de gergelim
As aspas de pão-de-ló
E o anelão de bolim
As fitas de gordura
E as luvas de toucim

O colete de banana
O fraque de carne frita
O lenço de farinha puba
E o lecre de cambica
O colarinho de bolacha
E a gravata de tripa
O relógio de queijo
A chave de rapadura
A caçuleta de doce
E o trancelim de gordura
Quem tem um linforme deste
Pode julgar-se com fartura.

A letra diz tudo. Tudo que passa em suas vidas. Tudo que vivem durante anos sem fim do passado sertanejo.

—✳—

Vale Escol estava sendo construído em um clima de solidariedade, alegria e verdade. Tinham motivos de sobra para viver infelizes, mas resolveram mudar suas vidas a partir dos poucos recursos que dispunham.

Karl olhava as crianças de Justino e via o milagre. Com uma dieta alternativa que incluía folhas de mandioca, casca de ovos, queijo de cabra, ervas, alho, feijão, as crianças estavam ficando fortes, bem diferentes das crianças magrelas, barrigudas-envermeadas e apáticas da época quando chegaram.

Estavam transformando o vale. O deserto florescia. Florescia também o interior das pessoas. Construíam uma comunidade progressista e abençoada, voltada para o bem-estar de todos.

As colheitas de jerimum, milho e feijão de 1973 foram mais que o dobro comparando à primeira colheita que tiveram desde que chegaram ali, no final de 1970. As chuvas tinham sido favoráveis. Depois de vender a produção nas cidades próximas, apuraram um dinheiro que daria para comprar a madeira para fazer uma escola. Assim, sairiam da varanda da casa de Juca. Com o dinheiro da colheita e uma oferta de Karl, compraram o material e, num mutirão, construíram uma escola que também funcionava como centro comunitário.

—⁕—

O governo continuava mandando chumbo grosso na esquerda. O "milagre brasileiro" da década de 70 pagava as despesas da ditadura. Machado continuava na busca do "Zumbi" e de seus amigos comunistas. Não conseguia entender como ele sumira no ar. Foi até o Ceará, onde prenderam um negro que poderia ser Afro, e não era; o pobre coitado levou uma surra de graça. Por intermédio de informes revirou Pernambuco, foi ao Pará, Maranhão, Goiás, Paraíba, Alagoas, Sergipe e Rio Grande do Norte. Não achou nada. Ele ficava extremamente irritado quando uma missão fracassava, e geralmente alguém próximo pagava. Ele não imaginava que Afro estava escondido em um canto da Chapada Diamantina.

Afro lutava contra profundas angústias causadas pela falta de notícias e presença de sua família. Uma manhã, estava no parreiral observando a floração das uvas e uma depressão o abateu diante da beleza daquela cena:

– O que foi, meu amigo?

– É a saudade da família, Dona Heidi, eu não agüento mais tanta saudade.

– Mas você não pode voltar para o Recife, eles ainda estão atrás de você. Seria um risco muito grande para você e sua família voltar nesse momento.

– Até quando tenho de esperar?. Até quando vou ficar aqui neste exílio forçado?

– Se você quiser ir para Recife, pode, mas não convém. Se Machado o pegar, será o seu fim.

– Mas até quando vou ficar com esse gosto amargo de "espere" na boca?

– Não sei. Mas uma hora ele vai acabar.

CAPÍTULO 27

1974 foi um ano de escassez democrática no país, mas de fartura em Vale Escol. Fizeram três colheitas de feijão, duas de jerimum, três de girassol, uma de mandioca, uma de uva, a maior de todas. Com o trabalho de alfabetização dos missionários, a maioria dos membros da comunidade acima de dez anos aprendeu a ler e escrever. Heidi agora lhes ensinava matemática e português e Karl lhes ensinava ciências, higiene e técnicas agrícolas, com Olavo.

Agora que eles sabiam ler, Karl reuniu a comunidade e lhes propôs a criação de um conselho comunitário e que houvesse um presidente eleito por um mandato de dois anos, eles nunca ouviram falar em mandato e "presidente", eles só sabiam do presidente do Brasil. Além do presidente, elegeriam um secretário para anotar as resoluções. Podia ser eleito qualquer membro a partir de 14 anos. Foi eleito como presidente: Olavo; secretário: Isabel, filha de Justino, com 17 anos. Ela recebeu um caderno em que registrava as decisões da comunidade reunida em assembléia. Isabel era uma das melhores alunas de Heidi, a que estava sempre com a missionária, e ajudava a levar os materiais para as aulas.

Na primeira reunião, decidiram construir um campo de futebol, um armazém comunitário, um ambulatório, abertura de fossas em todas as casas para evitar que o esgoto fosse para o rio; um sistema de compostagem de adubo, aproveitando todo o resto de comida das casas, palhas, papel, estrume de animais e vacinas para os cachorros da "raiva". Quase todos esses projetos foram idéias de Karl. Principalmente a vacinação dos cachorros. Vacinar os cachorros teve certa resistência das pessoas, porque nunca tinham visto cachorro sendo vacinado contra alguma doença. Foi Pajeú quem mostrou a importância da vacinação. Havia aproximadamente, por essa época, uns 30 cachorros no vale, a maioria de Juca. Baronesa a líder, como o pai, era ótima caçadora. Um dia, ela apareceu com um "tatu-bola". Baronesa sempre trouxe tatus para Juca, mas jamais havia trazido um "tatu-bola".

Também foi criado, na reunião do mês seguinte, uma comissão para resolver os problemas que surgiam entre as pessoas da comunidade. Escolheram Karl, Dona Noca, Pajeú, Áurea, Heidi e Juca. Hiloio, Bibiano e Zé Antônio eram conhecidos por seus problemas com o álcool, brigas com os vizinhos e agressões aos filhos e mulheres. Karl, Olavo, Juca e Pajeú foram até eles para conversar e ajudálos nesses problemas. Expuseram o problema do álcool na comunidade e na vida deles e se prontificaram a auxiliá-los. Só Zé Antônio, com seu temperamento difícil não quis ajuda, achava que o problema era só dele e de mais ninguém. Ele não chegava a ser um homem violento, como Hiloio e Bibiano, mas muitas vezes era encontrado caído na beira do rio, às margens da estrada, todo sujo. Quando viu seus companheiros de pinga recusando o convite para tomar "umas", percebeu que aquilo era coisa de Olavo, Karl, Juca e Pajeú. Ficou um bom tempo sem falar com eles, mas depois começou a voltar a falar quando percebeu que eles estavam fazendo o certo. Tempos depois, confessou a Olavo que precisava largar a pinga. Mas ela o ajudava a esquecer muitas dores e tristezas. Como podia viver sem ela?

Olavo resolveu ajudá-lo com sua amizade, com conselhos e depois de algum tempo já se podia perceber os resultados: bebia menos, não era mais encontrado caído pelas estradas e aceitou o conselho de Olavo: começou uma lavoura de maracujá.

CAPÍTULO 28

A tortura é como dependência química, depois que se fica dependente dela para resolver os problemas, é quase impossível largar. O pau-de-arara, o choque elétrico continuavam imperando Brasil adentro. A tortura devia ser colocada à exposição pública. A verdade nua e crua dos porões precisava ser exibida nas praças. O povo tinha de ver o que se faz com gente nas masmorras. A Besta deveria ser descoberta.

Enquanto o tacape da Besta governava na política, na cultura, na religião; enquanto uma pequena burguesia rural governava o interior do Nordeste; enquanto impostores biônicos governavam os Estados do país, no Vale Escol isso não acontecia. Experimentavam no trabalho, na vida comunitária, nas assembléias, nas celebrações, a liberdade.

Liberdade conquistada. Aí a Besta não governava, exceto nos pesadelos de Afro.

—*—

Justino não conseguiu se levantar num dos dias mais difíceis para ele. Era o reumatismo, não podia mover os dedos das mãos e pés, sentia dores por todo o corpo. Havia anos que sofria com aquela doença, mas nesse dia amanheceu travado, sem mexer nada. A mulher mandou chamar Karl e Pajeú.

O médico examinou-o, concluiu que tinha de fazer exames num hospital, o caso exigia tratamento e remédios que ali ele não possuía.

– Será que eu posso usar meus remédios?

– Pajeú, o problema dele é muito sério, sinceramente não creio que suas garrafadas curem essa doença. Mas se Justino concordar...

– Eu quero.

Pajeú colocou Justino sobre o cavalo e o levou mata adentro. Andaram entre mandacarus, imbuzeiros, árvores desfolhadas. Durante duas horas, andaram na mata. Adiante deles, nas escarpas da Chapada, havia um pé de vinhático muito alto, num dos galhos uma casa de abelhas. Ali estava o que Pajeú queria:

– Ali está o remédio.

– É marimbondo, vai me matar, Pajeú – falou Justino assustado.

– Não, é abelha.

– O que o senhor vai fazer? Se essa casa cair aqui perto, tô morto, eu não agüento correr. Tô entrevado.

– Fica tranqüilo, Justino. Confie.

Pajeú, com um grande pedaço de pau, fustigou a caixa de abelha. Uma parte da colméia caiu no chão. Justino tentou afastar-se delas como pôde, com seu corpo entrevado. Mas não conseguia se mover, tamanha a dor.

Pajeú, com coragem e perícia, como o senhor da colméia, enfiou a mão no meio das abelhas procurando uma em especial. As abelhas tomaram seu braço, mas ele não se incomodou com o enxame de abelhas cobrindo seu braço. Justino via as abelhas cheio de pavor:

– Vem cá, Justino.

– Oxe, jurubeba. Como? Acho que era melhor tomar os remédios do doutor.

– Você quer ou não quer se curar?

– É o meu sonho, Pajeú.

– Então me dê o braço.

O medroso Justino deu o braço com medo e receio.

Pajeú tinha uma abelha grande, muito maior que as outras. Colocou-a no braço de Justino, que a viu com ar de pavor:

– É muito grande Pajeú. Vai me matar.

– Deixa de ser frouxo, homem. Firma esse braço, não mexe.

A abelha subiu no braço de Justino arrastando a calda larga com ferrão, passou pelo ombro, subiu no pescoço e ali cravou seus ferrões. Em 30 segundos, ficou pendurada no pescoço com o ferrão encravado. Depois caiu no chão, sem os ferrões, morta.

– Oxe, jurubeba, a bicha morreu, Pajeú.

– Morreu para você viver.

– Coitada da bichinha!

Voltaram para o vale. Justino estava do mesmo jeito, só um pouco mais inchado e sentindo certa moleza. Garantiu não ter sentido nada mais que uma picadinha de agulha.

Todos queriam saber o que tinha acontecido.

– Pajeú me levou no mato para levar uma ferrada de abelha gigante.

Karl olhou desconfiado para o garrafeiro:

– Vai ter febre, vai inchar um pouco, mas, se amanhã cedo continuar entrevado, pode levar para Salvador – disse para o missionário.

A febre chegou à meia-noite, e foi bem alta. Justino não conseguiu dormir. Tomou um antitérmico receitado por Karl. Só no fim da madrugada pegou no sono.

Acordou bem de manhã, antes da luz da aurora. Dormiu sem fechar as mãos. Acordou, olhou as mãos, abriu e fechou, não sentia mais nada. Até a febre foi embora.

– "Seu" Pajeú, estou curado – gritou para o velho que ia para o açude.

Karl ouviu, foi verificar, constatou a cura:

– Uma picada de abelha, difícil de acreditar.

– Estou curado, missionário?

– Está. Curado mesmo.

Karl olhou para Pajeú e disse:

– Essa vou anotar, é um achado.

Karl saiu para a casa redonda buscar o caderninho em que registrava a história e as curas de Pajeú com sua medicina natural.

Justino nunca mais teve recaídas. Dessa cura em diante, o ceticismo da medicina européia de Karl baixou a guarda para a medicina do sertão de Pajeú.

Karl se interessou em estudar as ervas, garrafadas, infusos, emplastos e outras técnicas de cura de Pajeú. Começou a escrever um livro sobre essas ervas e outros tratamentos de Pajeú, numa terra sem médicos.

—⁂—

No vale, começaram a comer melhor, vestir melhor; outras famílias, fugindo da fome, encontraram o vale e foram recebidas para trabalhar. O conselho sabia que a vida delas era difícil e só com muito trabalho venceriam o fantasma da fome e da pobreza, assim instituíram uma norma: "quem não trabalha, não come". Ninguém viveria às custas dos outros. Se alguém ficasse doente ou tivesse problemas, não seria obrigado a trabalhar. Mas a vadiagem era condenada. Em Vale Escol, não podiam se dar ao luxo de ficar de braços cruzados à espera de almoço grátis.

No Natal de 1975, o conselho comprou mais um motor para ajudar nos terrenos irrigados. Karl, Heidi, Pajeú Afro e Olavo elaboraram um projeto de irrigação que levaria água a todo plantio. A água devia chegar a todos os lugares sem desperdício. Karl entrou com sua experiência alemã de fazer projetos práticos e funcionais, Olavo sugeriu a construção de barreiras de argila em alguns lugares para manter a água dentro da área irrigada. Começaram uma obra que exigiria meses de trabalho duro. Com o lucro esperado, tinham planos de ampliar em mais dez hectares a área de plantio.

O trabalho das pessoas nas lavouras era sistemático e orientado. Karl contribuiu com muitas coisas para o lugar, uma delas foi a disciplina. Os resultados, depois de três anos e meio, apareciam diante de seus olhos. As pessoas do Vale Escol, os mais velhos, choravam quando viam toda aquela riqueza verde. O povo estava empolgado com a vida.

—✳—

No final do ano, a comunidade se preparava para mais uma colheita de uvas. Quando Karl plantou aquele vinhedo, Olavo duvidava que daria certo, mas as dúvidas soçobraram quando ele viu os primeiros cachinhos de uvas, dia a dia, crescendo, até virarem enormes cachos de uvas.

Os balaios de uvas encheram os olhos e alegraram a alma de todos da comunidade. Nunca imaginaram ver, ali no sertão, fruta tão bonita, tão nobre, tão doce. Na primeira vez que Justino colheu um cacho de uvas, ele chorou. Era como se experimentasse um milagre. À noite, fizeram uma festa para agradecer a Deus aquela bela colheita.

A terra rica e abençoada do sertão, com trabalho duro, produzia frutos à base de "cem por um".

Algumas famílias de retirantes chegavam à procura de trabalho. Elas eram levadas até o conselho comunitário e depois de entrevistadas, eram colocadas em algum lugar. A maioria delas foi colocada nas terras de Karl e Olavo, os salários eram dados por meio de colheitas, o que ganhavam podiam vender no armazém da comunidade ou nas cidades próximas. A maioria dos retirantes ficaria satisfeita em trabalhar só para comer. Saíram de suas vilas fugindo da fome. Chegando ao Vale Escol, lhes custava crer em toda aquela prosperidade diante deles. Era comum ouvir entre os que chegavam coisas do tipo:

– Queria que nossa comunidade recebesse gente como vocês, aí a gente nunca ia precisar fugir de lá.

Além da comida, recebiam tratamento médico, escola para os filhos, remédios e apoio espiritual.

Olhando as mudanças – rápidas – que aconteciam em Vale Escol, desde que chegaram, Heidi comentou à mesa com Olavo e Afro:

– Se eu e Karl viéssemos para esse lugar, sem o risco da perseguição, numa situação normal, tudo isso que fizemos, não construiríamos em menos de sete anos. Aqui, um mês passou como se transcorresse um ano. Geralmente, mudanças como estas não ocorrem tão rápido em comunidades estagnadas durante tantos anos.

– Foi por isso que essas mudanças aconteceram tão rápido, o povo estava cansado de esperar – disse Afro.

CAPÍTULO 29

O coronel Febrônio Machado encerrou mais um ano amargurado, não tinha sinais das sombras dos quatro fugitivos. Foi aconselhado pelo sargento Getúlio, seu 'mão direita', para esquecer os fugitivos:

– Depois de todo esse tempo de buscas sem sucesso, acho que o melhor é esquecer esses homens, coronel.

– Eles mataram três soldados. Não posso esquecê-los, sargento.

– Eles devem ter evaporado.

– Criminosos não evaporam nem somem, simplesmente se escondem. Estão entocados em algum lugar deste país. Eles nos vêem, mas nós não os vemos. Só que um dia eles vão ter de sair da toca. Aí nós... Tchap! Os pegamos. Nesse dia, vamos fazer uma prestação de contas minuciosa, ponto por ponto... Sargento, tenho certeza. Uma certeza clara como o sol. Eu vou encontrar esses bandidos. Oh! sim, vou encontrá-los. Pode crer. Eu vou encontrá-los...

O ódio de Machado não havia diminuído um milímetro desde o dia que seu sobrinho morrera no rio Madeira. O seu coração tinha o tempero ideal para preservar esse sentimento.

—*—

De abril de 1973 a abril de 1975 foram dias abençoados por abundantes chuvas e colheitas. As chuvas ajudavam muito além da irrigação em toda área cultivada. A partir de maio daquele ano, não choveu mais em Vale Escol. O ano de 1976 começou sem chuvas. Não choveu até julho, isso não afetou a lavoura por causa da irrigação, mas prejudicou o rio. O nível da água diminuiu bastante.

As colheitas que a cada ano eram maiores, teve a de 1976 menor que a do ano anterior. E no começo de 1977, o rio, cada semana, encolhia mais. Antes que a situação se tornasse um problema insolúvel, Juca desabafou:

– Essa é a razão por que eu nunca acreditei muito nessa terra, na hora que você precisa dela molhada ela aparece seca. O rio está dando pé. Já vivi estiagem aqui que o rio seca e as crianças podem brincar no leito do rio.

– Sério mesmo, "seu" Juca?

– Pode escrever, doutor, do jeito que as águas estão baixando rápido, logo, logo as crianças vão brincar com as pedras no leito do rio. O caminho é fazer açudes para não perder tudo. Ninguém sabe até quando essa seca vai durar.

Karl olhou para Pajeú preocupado:

– Juca tem razão, Karl, esse rio pode secar se a estiagem continuar, já vi esse rio sem água, não é nem um pouco agradável de se ver.

– Eu pensei que agora poderíamos descansar, então aparece mais essa.

– Descansar nesta terra, doutor? Descansar aqui só quando enchem os nossos olhos de terra. Aqui não é terra de descanso, não. É terra de luta e dor.

– Então, vamos fazer o que interessa. Já vencemos muitas lutas, vamos enfrentar e vencer mais essa.

– Essa vai ser difícil.

– Difícil, seu Juca, é quando não existe remédio, não é esse o nosso caso.

A comunidade se reuniu e foi apresentado o problema: no futuro poderiam perder tudo se o rio secasse. Eles dependiam mais do rio que das chuvas. A comunidade decidiu construir um açude, largo e fundo, nas palavras de Karl.

O lugar escolhido ficava entre as terras de Olavo e Juca. A área foi demarcada e, a partir daí, todos começaram uma luta pesada contra a natureza e o tempo. Dia e noite trabalharam cavando a terra.

Em maio, terminaram o primeiro açude; em junho, iniciaram o segundo. As bordas dos açudes tinham quase dois metros de altura para evitar que crianças e animais caíssem nos poços.

Em dezembro de 1977, já se contava um ano e sete meses de estio; nesse período, não caiu uma gota de água no vale.

Duas enormes mangueiras foram colocadas ligando os motores de irrigação até os açudes. Justino, vendo a grandeza da obra, disse para o missionário:

– Com esses açudes, podemos passar a eternidade sem chuvas.

– Quem dera, Justino. Meu temor é se não chover logo.

– Oxe, doutor. Aqui tem água para dar e vender para todo o sertão.

– Não tem não, Justino. Para nós, a água dos açudes não acaba em 50 anos, mas nossas lavouras são muito grandes, exigem muita água, e os açudes não têm condições de suprir as lavouras por muito tempo. As lavouras precisam da água do rio, e o rio dá sinal de querer secar de vez.

As previsões de Karl assustaram Justino e a toda comunidade. Todos têm na carne o sofrimento por secas passadas. Todos também são orientados a construírem poços em seus quintais. A comunidade trabalha neles.

Naquele ano, caiu a produção de todas as colheitas; teriam perdido tudo se não tivessem irrigado. As chuvas esperadas não vieram. O conselho determinou que racionassem comida. A esperança era de que chovesse em 1978. Todos sonhavam com chuvas.

Em 1978, a situação foi pior que em 1977, começou com um calor intenso, até Afro resistia trabalhar naquele sol. O rio baixou tanto que as crianças o atravessavam a pé, molhando só o calcanhar. A profecia de Juca não estava longe de se cumprir quando disse que as crianças passariam pelo leito do rio a pé sem molhar a sola dos pés.

Esperavam um mês de janeiro com chuvas, mas até a primeira quinzena passou a céu azul seco. No dia 20 de março, o rio Escol, que antes tinha uma profundidade de dois metros e meio em épocas normais, secou. Em seu leito, as crianças brincavam ao entardecer. A palavra de Juca se cumpriu.

Agora, eram mais de dois anos sem chuvas. A comunidade receava que a água do açude acabasse também, se isso acontecesse todas as lavouras estariam perdidas. E a maioria dos moradores teria de se mudar para outro lugar.

Durante os dias mais quentes, a comunidade entrava debaixo do parreiral e ali se deitava nas valetas úmidas para refrescar, não era só as plantas que necessitavam de refrigério, mas seus corpos também, cansados pelo racionamento e escassez dessa insubstituível substância da vida – a água.

CAPÍTULO 30

Todas as tardes, Afro saía no meio da terra assolada para um passeio. Ele olhava para aquele chão rachado, seco, sem água e pensava "é igual à minha alma, minha vida. Seca cheia de dores, assolada pelo sofrimento, pela angústia, pelas ameaças dos homens de armas". Sentia-se um bicho indefeso, que tem de se esconder para sobreviver. Numa das vezes, andou com seu amigo Pajeú no meio da terra rachada:

– A gente vive ou sobrevive nesse lugar, Pajeú?

– Sobrevive. Há centenas de anos que estamos sobrevivendo neste sertão e neste país. Todos os dias essa nação da seca acorda angustiada, querendo saber como vai conseguir sobreviver mais um dia, mais uma semana, um mês, um ano, a vida toda.

– Vida louca, Pajeú... Que vida é esta que a gente não tem paz?

– Logo, logo você estará bom. Teve sorte de encontrar gente que os maus não são dignos de lhes dirigir a palavra. Nunca pensei que um dia fosse encontrar uma mulher igual a Dona Heidi, educadora de primeira. "Seu" Olavo é um santo de verdade, e o doutor Karl nem se pode falar. Muitas crianças estão vivas hoje por causa dele. Se não fossem vocês, talvez só Juca estivesse aqui no meio desta seca. Vocês nos deram esse jardim vivo no meio desta terra morta.

– Acha que vamos vencer?

– Esta seca?

– A seca, tudo.

– Acho. Talvez eu não vença, mas meus filhos vencerão. Para mim, o mais importante é vencer cada dia. Esta é a grande vitória, vencer cada dia.

Desde o final de 1977 que a água da lavoura vinha apenas dos açudes, e o volume de água teve de ser controlado. Juca esperava que a chuva chegasse até abril, nesse mês aguardava que viessem abundantes chuvas, mas os dias secos não lhe davam esperança. Caminhavam para quase três anos sem chuvas. Algumas famílias pensavam em se mandar para a capital, como estavam fazendo milhares e milhares de sertanejos de outras regiões do sertão baiano. O velho fantasma da fome voltava a assombrar.

As matas nos fundos da casa de Heidi se despiram do seu verde havia tempo, tudo secava. Exceto a lavoura, que recebia água irrigada. Aquele tempo assustava até mesmo pessoas resistentes e acostumadas a secas como Olavo, Juca e Pajeú.

– Eu não quero assustar não, doutor, mas essa seca veio muito feroz desta vez – Juca falou para Karl com uma expressão enrugada de preocupação.

– Tudo que pudemos fazer, nós já fizemos, "seu" Juca. Só nos resta vigiar a lavoura e orar. Com as lavouras irrigadas, teremos uma boa colheita; não igual a de 1974, 1975, mas colheremos o suficiente para não passar fome por uns dois anos. Se piorar, vamos irrigar apenas a área do parreiral, das plantações de milho e feijão.

– Quanto tempo o senhor acha que esses açudes agüentam?

– Não sei. Sinceramente, espero que em julho caia um dilúvio.

– Julho não está longe.

– Os poços deveriam ser mais fundos. Mas vamos confiar que eles agüentem. O problema é a evaporação. Até dos canais irrigados a água evapora com rapidez.

– Vamos cobrir os canais.

– Não podemos. Eles têm de ficar abertos para evitar que os bichos façam ninhos, animais morram dentro deles e contaminem a água. Não podemos cobri-los.

Julho chegou e não veio o dilúvio que Karl esperava. As crianças, na parte da manhã, brincavam de pique correndo pela ponte atravessando o rio por cima e por baixo. As árvores na mata secaram. A terra, salvo a parte irrigada, rachou. O povo permaneceu no lugar porque havia comida e os líderes insistiam que ficassem.

Chegou setembro, e tudo que recebeu água floriu. Parecia uma pintura surrealista, no meio de tanto amarelo-seco, no meio do vale, aquele verde vivo. Essa visão era o que segurava o povo ali.

O calor era quase insuportável. Duas das casas menos quentes eram a de Juca e de Karl, que deixaram pés de maracujá crescerem sobre a casa. Os maracujás serviram como proteção térmica.

Naquele ano, fizeram todas as colheitas e essas foram menores que as outras. Os açudes continuaram irrigando a plantação, o nível da água caiu muito, tiveram de limitar a área de irrigação. Escolheram as culturas que mais deram retorno financeiro. Naquele ano, ganharam mais dinheiro com as uvas. Uvas, feijão e milho foram as escolhidas, o restante ficou com as sobras.

CAPÍTULO 31

"1979: Anistia e Jubileu."

Nesses anos de seca, ocorreu um endividamento em toda a comunidade. Quando Olavo e seus amigos chegaram ao Vale Escol, havia no lugar uma centena de almas. Quase sete anos depois, o número aumentara para 288 pessoas. A população multiplicou. Muitos vieram fugindo da seca, chegaram sem nada. Ali, foram bem recebidos, e uma boa parte das pessoas trabalhava nas terras de Juca, Olavo, Pajeú, Zé Antônio. Foram os novos moradores que acabaram se endividando, isso por vários motivos: necessidades, mas principalmente por falta de administração. As dívidas não eram saldadas. Deviam tanto ao armazém comunitário quanto a pessoas: dois dos maiores credores eram Olavo e Juca.

Dos 160 alqueires de Juca, agora ele tinha apenas 40. Cento e vinte alqueires foram transformados em lotes de dois alqueires. Olavo, dos 40 alqueires, agora só tinha seis. O restante vendeu. Quase 100% das famílias deviam ao comércio. Juca estava bastante nervoso. Karl percebeu que aquela situação poderia se tornar insuportável no futuro.

Reuniram-se em assembléia. A primeira, de janeiro de 1979. Essa foi a primeira assembléia que Karl e Olavo exerceram sua influência de forma direta. Karl propôs o ano do Jubileu que era um ano de perdão de todas as dívidas. Nesse ano, todas as dívidas seriam zeradas. Incluía terras, gado, cabras, tudo, até galinhas. O problema de Juca foi resolvido antes da assembléia, tanto que na assembléia ele foi o primeiro a votar a favor da lei. Karl, Olavo e Pajeú juntaram dinheiro e compraram as terras dos devedores de Juca, com o consentimento – mais que bem-vindo deles. Juca tornou-se o homem mais rico da região. No dia oito de janeiro, quando a lei do Jubileu entrou em vigor, todos os endividados receberam títulos de propriedade, feitos e validados pelo conselho. Na lei do Jubileu, de sete em sete anos haveria uma anistia de dívidas. O interesse não era o de passar a mão na irresponsabilidade das pessoas, mas criar um sistema de justiça e paz social. Se as dívidas fossem perdoadas de tempos em tempos, ocorreria menos conflitos, mortes e crimes. O ano do Jubileu foi um ano de alegria. Apesar da seca que feria até os ossos, 1979 foi um ano em que todos comeram e beberam, e se fartaram, e viveram em paz.

—✳—

Um dia, Afro levantou arrastando, como se tivesse uma faca cravada na sua alma. Heidi estava na cozinha, ele sentou à mesa, dali viu o sol inclemente pisando a terra e os trabalhadores nas plantações.

– O que foi Afro?

– Dona Heidi, será que eu vou conseguir vencer.

– Por que isso agora, Afro?

– Sinto-me acabado. Não tenho mais onde arrumar forças. Responda-me. Será que vou conseguir vencer?

– Se Deus não abrir o mar Vermelho, então é porque Ele quer que você ande sobre as águas.

Afro nunca esqueceu disso, dessas palavras de Heidi veio-lhe força, um bem que ele nunca esquecerá.

A seca continuava esfomeada e esfomeando.

—✳—

Chegou abril de 1979, as chuvas de março não vieram fechar o verão.

Na família de Justino, todos davam como certo sua ida para Salvador. Vale Escol dormia. No silêncio da madrugada, ouviu-se um grito forte de gavião:

– Oac... oac... cauã... cauã... oac... oac... cauã... cauã.

O canto deixou Justino apavorado. Justino confessou todos os seus pecados, entregou sua alma, se o canto do pássaro fosse anúncio de sua morte.

Às seis da manhã, todos estavam em pé, o canto se repetiu:

– Oac... oac... cauã... cauã... oac... oac... cauã... cauã.

O som transformou o lamento em pavor. Secou-se a lágrima da seca, entrou o medo da morte.

– É acauã! – gritou Justino.

– É acauã? – perguntou surpreso, Karl.

– Ele traz agouro, ele traz maldição, estamos perdidos. É o mensageiro da morte – deu ênfase à morte. – Veio nos dizer que a nossa morte está próxima. Não tem motivo maior que esse para nos dizer que é melhor ir embora antes do pior.

O povo entrou em pânico. No imaginário do povo, Acauã traz más notícias, é um anjo da morte, e vindo naquele contexto de seca aguda, o povo desesperou. Pajeú explicou a Karl o comportamento estranho do povo.

– É popular que acauã é uma ave de agouro, mensageira de maus presságios, eles interpretam seu canto como um aviso de morte.

Muitos moradores foram para as suas casas arrumar as coisas para ir embora, antes do apocalipse. Quando Olavo soube disso, falou:

– Eu quero falar a todos.

O povo todo foi reunido no salão comunitário. No salão estava o maior alvoroço, Olavo pediu silêncio. Todos se calaram. Apesar do pouco tempo no Vale Refúgio, Olavo tinha autoridade e respeito absoluto no vale.

– Meus amigos, faz quase 60 anos que vivo no sertão. Sofri e sofro os males de quem vive nessa região. Os sofrimentos deveriam nos ensinar uma lição e, no entanto, aprendemos outra.

Já devíamos saber que não somos frouxos. E se o que temos é essa terra, esses animais, esse clima e o que está à nossa volta, então vamos trabalhar em cima do que temos.

Chega de superstições. Chega desse pavor estúpido por causa do canto de um pássaro. Em vez de nos apavorarmos como se o pássaro fosse feito pelo diabo vamos apreciar a beleza do canto desse pássaro que Deus fez. O diabo não criou o acauã, mas sim Deus... Chega de cabeça baixa, chega de passividade, chega de murmuração.

Sejamos fortes, vamos alimentar a esperança, não o desespero. Quero trazer à memória o que me pode dar esperança. Todo dia quando acordo também acordo a esperança no meu coração.

Vamos encher nossas mentes com chuvas, com água, com leite, com frutas, com sonhos da caatinga florescendo, com o verde, com a vida. Amanhã vamos criar o dia dos nossos sonhos. Vamos sonhar, vamos passar o dia enchendo nossas mentes de sonhos. Vamos andar, trabalhar, cantar, tudo inundado de sonhos. Não devemos interpretar o canto de um pássaro como prenúncio da morte; ao contrário, pode ser prenúncio de vida. Vamos trazer à memória apenas o que nos pode dar esperança. Chega de pesadelos. Vamos sonhar.

O discurso exageradamente positivo de Olavo produziu entusiasmo no meio do povo.

Todos enfrentaram o calor do dia com o coração cheio de esperança. O dia acabou. Na cama, cada um sonhou com alguma coisa boa. Olavo sonhou com seu sítio produzindo com fartura; Justino sonhou com um rebanho de cabras; Karl sonhou com uma adega; Heidi, com o fim da perseguição e da ditadura; Afro sonhou em poder encontrar sua mulher e seus filhos. Todos sonhavam com pão, terra, leite, animais, água – o ponto em comum de todos. Naquela noite, se repetiu o canto do acauã:

– Oac... oac... cauã... cauã... oac... oac... cauã... cauã.

Na terceira noite, depois de um dia ensolarado, abafado, de trabalho duro nas plantações, de grande esgotamento físico, o acauã repetiu novamente o seu canto:

– Oac... oac... cauã... cauã... – e em seguida –...prec... prec... trumbum.

– O que foi isso, Justino? – perguntou a mulher.

– Sei não. Parece o fim do mundo – ao ouvir "o fim do mundo" os filhos de Justino começaram a chorar.

– Prec... trumbum.

– Trovões e relâmpagos, Olavo.

– São as chuvas.

– Pelo jeito, vai ser um aguaceiro.

Trovejou mais uma hora e em seguida as casas foram batizadas com chuvas. Uma chuva forte, pesada, fria, de arrepiar a pele. Começou de madrugada e seguiu dia afora. Todos das janelas das casas observavam o dilúvio. Ninguém saiu de casa. Da varanda da casa redonda, os quatro amigos tomaram café observando o espetáculo das águas.

A água já cobria as pedras e a areia do leito do rio.

Às nove horas, a chuva continuava forte. Afro não resistiu, pulou na chuva e correu no meio do terreiro, depois abriu os braços e pulou no meio das videiras, passou pela ponte, correu no meio do milharal, pulou nos canais de irrigação, escorregou na lama. Sua alma seca, árida, vazia e ressequida se saciava naquela chuva assim como o solo do sertão depois de dois anos e nove meses de sol.

Os adolescentes seguiram Afro, depois as crianças, e então os adultos. Todos festejavam a chuva. Correram por todo lado nas lavouras, pareciam loucos, mas felizes. Foram para o campinho. Lá, fizeram uma partida de futebol tipo "todo mundo contra todo mundo", gente correndo atrás da bola, gente caindo na lama, gente com a cara suja, gente rindo a valer.

As folhas das plantas receberam tanta água que encorpavam, brilhavam de tão verdes. A água tomou conta das valetas de irrigação que desembocavam no rio. O rio seco, recebendo toda a água dos montes, de todo lado, começou a encher.

Choveu o dia todo e entrou a noite adentro. A chuva caiu nas casas de Escol e embalou o sonho dos seus moradores. Os açudes transbordaram. O rio transbordou.

Aquela chuva era um penhor do dilúvio que viria sobre o sertão – também foi o prenúncio da volta da democracia, com o fim do Ato Institucional número 5 – o AI-5.

As colheitas daquele ano prometiam abundância como nunca havia sido vista.

O Vale Escol não era a ressurreição de Canudos, mas possuía algumas semelhanças. O misticismo que leva ao fanatismo e a alienação foi, com o tempo, sendo abandonado. Os responsáveis por mudanças na comunidade eram Pajeú, Olavo e os missionários. Estes últimos incutiram uma mentalidade progressista e técnica. Talvez porque tenham sido eles que erradicaram o analfabetismo do lugar. Assim, eles conseguiram também ajudar na erradicação da mentalidade colonial que encontraram ali.

O casal estava decidido, e já havia dito a Olavo, que quando eles morressem, que queriam ser enterrados no cemitério do Vale Escol. Amavam mais aquele lugar que a Alemanha e Arco Verde.

No Vale Escol, muitos erros aconteciam, acertos, problemas, intrigas, mesmo assim, caminhava-se em paz, com alegria e todo dia eles aprendiam a semear o amor. Tratavam os estranhos com respeito e aqueles que discordavam de alguma decisão do conselho comunitário não recebiam o xeque-mate comum da época: "Brasil, ame-o ou deixe-o". No Vale Escol, eram, ao contrário, chamados para conversar e entender por que tinham tomado uma decisão. Os discordantes eram respeitados, e mais que isso, aceitos.

CAPÍTULO 32

Com o dinheiro das colheitas do ano anterior, a comunidade conheceu uma prosperidade que nunca havia imaginado antes. Aumentaram o viveiro de mudas, plantaram mais cinco hectares de parreiral – aproveitando as chuvas torrenciais que caíram em, fizeram uma rústica vinícola baseados em um modelo alemão do século 18.

O lugar tomava uma aparência nova com influência européia e sertaneja. Com o dinheiro das outras colheitas, Karl pôde melhorar as instalações do pequeno ambulatório do lugar. Era bonito ver o vale do alto do morro, na chegada. O parreiral ao lado do rio proporcionava um belo quadro, emoldurado pela mata e os montes ao fundo. Era difícil acreditar que tudo aquilo fora construído em menos de dez anos e em circunstâncias tão difíceis para seus mentores.

Talvez tenham sido as circunstâncias difíceis que possibilitaram um desenvolvimento tão rápido.

—✳—

Em uma de suas viagens pelas cidades para vender seus produtos, Pajeú comprou uma revista com uma reportagem que tratava da anistia do governo aos presos políticos.

Foi com a revista até a casa redonda. Os quatro estavam na mesa jantando.

– Agora vocês não precisam mais fugir – disse Pajeú. Poderão voltar para as suas casas em paz.

A princípio não entenderam.

– Nosso lar é aqui Pajeú – disse Karl. Não há razão para voltar a Arco Verde, o missionário que nos sucedeu está fazendo um bom trabalho lá. Deus nos quer aqui.

– Não é isso, doutor. Não quero que vão embora. Olhem isto – mostra a revista com a reportagem da anistia.

Karl e Heidi, depois que leram, ficaram olhando para Afro.

– Isso significa que vocês não podem mais ser perseguidos por Machado.

– Até que enfim, acabou – disse Karl. Mas nós decidimos que vamos ficar até quando Deus quiser.

– Eu também vou ficar. Vou até Arco Verde para vender o sítio. Depois volto de uma vez para cá. E você, Afro? – perguntou Olavo.

– Eu acho que meu lugar é aqui.

Olavo discordou:

– Não, não. Eu, Karl e Heidi temos razões para ficar, você não, Afro. Aqui não é seu lugar. Você tem de ir para a sua família.

– Eu não quero voltar.

– Antes você queria voltar, mas não podia, porque corria risco. Agora que você pode, não quer. Está com medo?

– Não. Apenas estou bem aqui.

– Está com medo?

– Você sabe. Você sabe que levei muito tempo tendo pesadelos com a Besta. Eu não vou voltar para ela. Vocês não podem me obrigar a voltar aos pesadelos.

– Você tem razão. Ninguém vai obrigá-lo a voltar. Mas para ficar e deixar tudo para trás... você precisa responder a uma pergunta que nunca fez.

– Que pergunta?

– Você não ama mais Helena e seus filhos, Afro?

– Isso é um problema meu, Olavo.

Afro saiu da casa com sua cabeça a mil. Sua alma estava partida com a pergunta cruel de Olavo. Andou pela mata, passou a mão pelo mato com um misto de alegria e medo, alívio e aflição. Ele tinha se acostumado à sua dor ali. Recife significava não só alegria, mas também os terríveis pesadelos da Besta.

Heidi critica Olavo:

– "Seu" Olavo, o senhor foi muito duro.

– Eu concordo.

Afro passou a tarde inteira na mata. Andava e chorava e, em alguns momentos, vomitava toda sua dor que, durante esses anos, era sublimada por dez a 14 horas de trabalho por dia. Falava para os mandacarus, para os catulés, a dor de sua alma. Em Recife, estava seu amor e seu pesadelo. Vale Escol representava uma vida de segurança. No sertão, a segurança; na cidade, o perigo. Durante essa meditação dolorosa, Afro se viu frente a frente com todos os seus medos. Quando escureceu, voltou.

Olavo o encontrou chegando a casa de Karl.

– Afro!

– Fala, Olavo.

– Eu quero pedir desculpas; eu não devia ter falado tão duro com você. Saiba que o que você decidir eu vou apoiá-lo. Desculpe a maneira como falei, eu não deve...

– Decidi que vou voltar para Recife.

– Mas você não queria vol...

– Não queria, mas agora quero voltar. Você tem razão. Eu amo Helena, eu amo meus filhos. Eu não posso viver o restante da vida nesse refúgio.

– É verdade.

– O dia chegou, Olavo.

Justino vai chegando perto dos dois.

– Amanhã estarei partindo, Justino.

– Oxe, jurubeba, então vai nos deixar?

– Vou, mas volto outra vez.

– Vivo?

– Como assim?

– Vivo, inteiro.

– Se eu ficar pensando nisso, eu fico aqui para sempre.

– Então fica. Precisamos de você aqui. Vai ser uma perda sua partida. E "seu" Olavo?

– Olavo vai ficar.

– Eu vou.

– Você vai, "seu" Olavo?

– Vou, quero conhecer Dona Helena e seus filhos. Depois eu volto.

– Obrigado, Olavo.

Despediram-se. O vale todo foi se despedir dos seus amigos. Houve choro de todo lado, mas o tempo de Afro já tinha chegado. A camionete sumiu depois do monte que escondia o vale.

Viajaram todo o dia debaixo de uma chuva que não tinha fim. À tarde, chegaram ao Juazeiro.

No segundo dia, chegando a Vitória de Santo Antão, em Pernambuco, Afro ficou silencioso, e só respondia com sim, não e meneios da cabeça às perguntas de Olavo:

– Fica calmo.

– Como você quer que eu me sinta, Olavo?

– De qualquer jeito, menos nervoso.

– Estou de volta à toca do dragão.

– O dragão acabou, morreu. Isso é passado.

– Não acredito que aquele monstro desistiu de mim. Não sei o que vou encontrar. Só tenho uma escolha.

– Afro, eu já disse isso antes, vou dizer de novo. Eu estou com você. Até se você for ao inferno, eu vou junto. Não estou falando isso igual a Pedro, antes que o galo cante três vezes.

—✳—

Uns dez quilômetros antes de entrar na avenida Caxangá, na capital pernambucana, Afro começou a sentir falta de ar, as mãos e os pés suavam frio, o coração estava acelerado.

– O que foi, Afro?

– Estou passando mal.

– O que você está sentindo?

– Falta de ar, palpitações, suor, meu coração está acelerado.

– Calma, Afro.

– Acha que é fácil. Estou de volta à Besta.

– Não, você está voltando para a sua família. Calma. Tome este remédio que Karl receitou.

Tomou o calmante. Afro ficou em silêncio. Aos poucos, se recuperava, enquanto o carro avançava no perímetro urbano do Recife. Estava um silêncio em que muitos fatos, lembranças, falavam dentro de si. Afro olhava a paisagem e sentimentos contrários se atracavam na sua alma.

CAPÍTULO 33

A camionete seguia para o bairro em que Afro morava. Ele procurava as mudanças que ocorreram na cidade nos anos de ausência. Concluía que pouca coisa havia mudado. Recife tem vocação de resistência às mudanças. Ali, o tempo corre e a cidade fica sentada diante do mar, vendo as pessoas, a vida, a história, vendo tudo passar.

Chegando perto do bairro da Madalena, Afro lembra que alguns quilômetros à frente está a Casa de Detenção e ele não tem condições psicológicas e físicas de passar em frente ao lugar em que ficou preso.

– Pega a Mascarenhas de Morais.

– Não, vamos passar pelo centro.

– Eu infarto se passar.

Seguem na direção do bairro de Afogados.

Começa a chover quando chegam à praia de Boa Viagem. Afro sente a mesma falta de ar, o mesmo que sentiu quando estavam chegando ao Recife.

– Falta de ar de novo?

– É.

– Logo que abraçar Dona Helena, essa falta de ar acaba. Só não vai morrer antes de chegar. Falta muito?

– É ali. Naquela esquina. É lá que eu moro.

Param próximo a casa.

– Vamos.

– Espere, Olavo.

– O que foi?

– A casa está muito diferente. Foi reformada.

– Em sete anos, muita coisa muda.

Sai da casa um homem com um tambor de lixo.

– Um homem saiu da minha casa. Quem é aquele sujeito? Será que minha mulher casou com outro?

– Não se precipite.

– Vou resolver isso agora!

Antes de o homem entrar na casa, Afro corre até ele.

– Boa noite – fala para o homem.

– Boa noite.

– Aqui mora Helena?

– Morou seis anos atrás.

– Essa casa é sua?

– É. Comprei da Dona Helena.

– Onde ela está morando?

– Não sei. Quem é o senhor?

– Eu? – assustou-se.

– É.

– So... Sou um amigo de infância dela e do seu marido.

– O tal Afroníger.

– É.

– Coitado.

– Coitado. O que houve com ele?

– Não soube o que aconteceu?

– Não. Faz tempo que não o vejo.

– Morreu.

– Morreu?

– É. O pessoal fala que ele foi preso e morreu na Casa de Detenção. Dizem que se matou na cadeia. Uns dizem a boca pequena que foram os militares que o mataram. Era um homem muito querido aqui, pelo que as pessoas falam dele.

Uma comoção revira o íntimo de Afro.

– Sabe onde estão morando sua mulher e os filhos?

– Com certeza, sei não. Por que você não conversa com o "seu" Zé Carlos. Ele sabe mais que eu.

– Onde ele mora?

– Ali, naquela casa da esquina. Ele deve estar lá consertando redes, pois a luz da varanda está acesa. Desde que se aposentou, vive no mar.

– Obrigado.

– De nada. Boa noite.

Enquanto Afro caminhava em direção à casa do velho amigo, na sua alma as emoções borbulhavam. Olavo segue o amigo, percebe que ele está muito emocionado. Ele chega à casa do velho amigo. Zé Carlos está de costas consertando uma enorme rede espalhada pela varanda.

– "Seu" Zé Carlos?

– Sim, eu mesmo – respondeu o homem, sem virar para ver quem falava.

– Sou eu... o Afro.

O velho pára o serviço. Aos poucos, vai virando a cabeça; olha para Afro de frente, fica muito assustado, surpreso, perplexo:

– Meu Deus... meu Deus, meu Deus, que mundo é este?... Que é isto? Jesus Cristo! Nunca vi isso... Não é possível que você esteja vivo. Estou sem entender. Isto é um milagre ou eu estou sonhando?

– Sou eu mesmo. Eu estou vivo "seu" Zé Carlos. Pode acreditar.

– Mulher, vem cá rápido.

A mulher vem correndo da cozinha.

– Que foi, homem? Tá passando mal?

– Olha quem está aqui!

– Quem é ? ...Jesus Cristo seja louvado. Meu filho...

Os três se abraçam. Afro e seu Zé engolem as lágrimas, que mesmo forçadas descem encorpadas. A mulher chora em bicas. Seu Zé limpou o rosto envergonhado e surpreso:

– Você tá vivo.

– O pessoal da cadeia disse que você fugiu. Depois disseram que você foi morto na luta armada. O que aconteceu? Onde você esteve esses anos todos?

– Antes de falar. Onde estão Helena e as crianças?

"Seu" Zé silencia.

– Fala, por favor, "seu" Zé.

– Assim que você sumiu, eles vieram atrás de Helena. Estiveram aqui umas três vezes para interrogá-la. Depois disso, ela foi embora com seus filhos.

– Para onde? Onde?

– Para Mato Grosso.

– Em que cidade, "seu" Zé?

– O lugar, eu não sei. A única coisa que mandou para nós foi um cartão-postal. Disse que estava bem com os meninos. Pediu que guardássemos segredo sobre o lugar. Mas no cartão ela rasurou o nome da cidade. Só tem uma paisagem.

– Onde está o cartão?

– Pega lá o cartão, mulher.

A mulher o guardara dentro da Bíblia.

– Aqui está o cartão.

Afro olha a foto de uma enorme cachoeira.

– Há quanto tempo recebeu este cartão?

– Uns seis anos. Depois disso, ela não me escreveu mais.

Afro senta em um banco. Coloca a mão no queixo. Abaixa a cabeça. Fixa os olhos na foto da cachoeira.

– Onde é isso?

– Não se abale, filho. Ela está bem.

– Seis anos sem notícias, quem pode garantir que eles estejam bem?

– Eu sinto – diz a mulher.

Olavo não agüenta mais esperar. Chega no meio da conversa. "Seu" Zé se cala:

– O que o senhor quer?

– Ele é amigo, "seu" Zé.

Afro apresenta Olavo ao casal.

– E então, o que aconteceu?

– Helena se mudou para o Mato Grosso há seis anos com as crianças.

– Mato Grosso! Tão longe!... Em que lugar?

– Não deixou endereço. Só o que temos é este postal.

Olavo examina o cartão.

– Não colocou o nome da cidade. Ela não mandou o cartão sem envelope, aqui não tô vendo o selo.

– Ela mandou dentro de um envelope de papelão. Mas sem remetente.

– Ela não queria que ninguém a identificasse – Olavo deduz. Para fugir para tão longe, ela deve ter ficado muito assustada.

– Uns dois anos depois, em um telefonema que ela deu para nós, Dona Helena disse que estava trabalhando numa escola que formava técnicos agrícolas, e que ficava a um quilômetro da cachoeira do postal.

– Só isso?

– Só, Afro. Ela não queria que ninguém a encontrasse... Disse que seus filhos prosseguiam os estudos. Todos estavam bem e queriam continuar assim. Mas é só isso que sabemos de sua família.

Um silêncio tenso se fez por alguns minutos, enquanto Afro olhava o postal. Ele explode:

– Que inferno, Olavo! Parece que não tem fim esse troço. O sofrimento não acaba mais. Sinto-me uma tragédia ambulante.

O desabafo de Afro tinha causa, suas angústias aumentaram. Ele limpava as lágrimas de uma alma que era pura dor. Sentia-se abandonado num poço de melancolia. Se alguém o chamasse para beber até morrer, ele aceitaria o convite no mesmo momento.

– A vida é dura, amigo. Mas vamos vencer.

– Vencer o quê, Olavo? Vencer o quê? Só se matar todos aqueles miseráveis que fizeram isso comigo. É dessa vitória que está falando?

– Não é pela violência que vencemos a luta. É pela fé. Tenha fé, Afro. Você vai sair desta. Vai reencontrar sua família e a vida que deseja levar. Agora sabemos que Helena e as crianças estão em Mato Grosso. Estão bem! Você não vê a luz no fim do túnel?

– Eu não consigo ver nada.

– No vale das sombras da morte, não podemos ter a mesma visão do topo da montanha.

Naquela noite, dormiram na casa de “seu” Zé. Na manhã seguinte, decidiram procurar Osvaldo, o advogado. Afro estava sem documentos, não conseguiria viajar para o Mato Grosso sem documentos.

CAPÍTULO 34

Foram até o escritório da OAB de Pernambuco.

– Queremos saber onde podemos encontrar um advogado – Afro falou para uma moça.

– Aqui tem vários.

– Queremos falar com um específico.

– Quem?

– Osvaldo Nabuco Filho.

– Doutor Osvaldo Nabuco, professor da Faculdade de Direito?

– Não sabia que era professor?

– Ele é também juiz.

– Juiz?

– Foi o que falei. Ele é meu professor.

– Onde podemos encontrá-lo?

– Acho que agora ele deve estar na faculdade... Espere um momento, vou ligar para lá.

A estudante liga para a faculdade, informam que o juiz está na sua sala. Passam o telefone da sala.

– Qual é o nome do senhor?

– Afroníger Carvalho de Oliveira. Sou um grande amigo dele.

O telefone da sala toca:

– Doutor Osvaldo?

– Sim.

– É Ana Maria, sua aluna.

– Olá Ana. Tudo bem?

– Tudo. Estou aqui com dois senhores, um deles precisa falar com o senhor, disse que é um velho amigo.

– Quem é?

– Afroníger Carvalho de Oliveira.

– Quem?

– Afroníger Carvalho de Olive...

– ...eu ouvi. Passa o telefone para ele, por favor.

– Doutor Osvaldo.

– Que doutor, Afro. Somos a mesma coisa de 20 anos atrás. Meu amigo, o que aconteceu?

– Preciso falar com você em particular.

– Que tal almoçar comigo hoje em Boa Viagem?

– Tudo bem.

– Na minha casa. Pede a Ana para anotar meu endereço. Até lá, meu amigo.

A moça anota o endereço do professor.

O juiz abraçou seu amigo Afro com afeto poucas vezes manifestado em sua vida. Geralmente estampava uma postura sóbria e séria; mas, nos seus livros, com sua família e meia dúzia de amigos, se revelava uma pessoa com emoções, afeto.

– Olhe para mim, barrigudo que nem um porco, e você, Afro se vê que não mudou nada.

– Mudei muito. Mudei muito. É que a aparência não demonstra.

– Quantos anos faz que não nos vemos?

– Acho que uns oito.

– É por aí.

– Este é "seu" Olavo. O homem responsável por eu estar vivo.

– Prazer. Quando Afro diz isso, ele não exagera.

– Pela primeira vez ele está exagerando, doutor.

Chega a mulher do juiz:

– Como vai, Dona Erly?

– Bem, Afro. Faz muito tempo, não é?

– Muito tempo.

– Como estão Helena e as crianças?

– Não sei. É uma longa história.

– Vamos almoçar, depois a gente conversa sobre essa longa história.

Depois de uma deliciosa peixada, os três homens foram para uma sala reservada com livros nas estantes em todos os lados das paredes. Osvaldo sentou numa cadeira de mogno, confortável, acendeu um charuto, diante de Afro e Olavo.

– O que aconteceu de grave nesses últimos anos, meu amigo?

– O que aconteceu é uma história dramática e traumática.

– Por favor, Afro. Fala o que aconteceu?

Afro conta toda a história: a prisão, as torturas, a tentativa de assassinato, o afogamento, o salvamento, Olavo, Karl, Heidi, as fugas, Vale Escol. No final, o juiz estava estupefato.

– Que loucura, Afro!

– Desde 1970 tenho pesadelos com as torturas sofridas na Besta. É terrível dormir sabendo que você pode acordar pendurado nela.

– Afro, eu achava que essa história da Besta era mais lenda, folclore.

– Eu também achava. Estava errado. Se dúvida, vá ao porão da Casa de Detenção.

– O que você quer que eu faça? – perguntou o juiz a Afro.

– Quero justiça. Quero que me proteja de que me prendam novamente. Quero paz.

– De antemão posso lhe assegurar que algumas coisas mudaram. A anistia serve para todos que cometeram crimes políticos.

– Mas eu não cometi crime algum, eles é que cometeram.

– Eu sei, eu sei. Pode saber que tem em mim todo apoio que precisar, seja ele jurídico, financeiro, o que precisar. Como sou juiz, não posso advogar, mas tenho alguém que vai lhe dar toda assistência. Já conversou com o general Moisés?

– Não e nem quero.

– Por quê?

– Depois de tudo que aconteceu comigo, não confio neles. Trataram-me igual a um animal.

– Que é isso Afro? O general Moisés não é da linha dura. É gente igual à gente.

– Não creio. Quero distância deles. Quanto mais longe melhor.

– Tudo bem. Vocês podem ficar por aqui esta noite. Amanhã...

–...Não, Osvaldo eu vou atrás de minha família. Hoje mesmo.

– Mas você não disse que eles estão em Mato Grosso.

– Sim, o que é que tem.

– Você não tem documentos. Como vai viajar por meio Brasil sem documentos, homem?

– Passei sete anos sem qualquer documento.

– Mas você não é nenhum fantasma. Você precisa de documentos. Vou providenciar isso hoje mesmo.

– Tudo bem.

CAPÍTULO 35

Depois de muitos anos, o general Moisés revê o amigo juiz num restaurante no centro de Recife. Pediram um vinho antes do prato: Frango ao tucupi. Comida paraense.

– Como vai, excelência?

– Não brinca, general. Para o senhor sempre serei um soldado raso.

– Se tivesse seguido a carreira militar, hoje seria meu superior.

– Se fosse honesto comigo, seria poeta.

– Já escreveu um livro de poesias, não é?

– Escrevi três. Sou tão ruim poeta que o senhor não foi a nenhum dos lançamentos.

– Foi questão de absoluta falta de tempo.

– Sou um poeta fracassado, mesmo.

– Mas não é sobre poemas a razão desse almoço. Osvaldo, pelo convite, depois de tantos anos, sem contato, imagino que seja algo sério. O que é?

– Afroníger.

– Afroníger. Então ele está vivo?

– Está.

– Você falou com ele?

– Falei.

– Qual é a situação dele?

– Você sabe. Ele entrou para a guerrilha, para a VAR-Palmares, matou três oficiais. Mas a anistia perdoou todos os crimes anteriores a 1979. O crime dele está anistiado. Ele lhe contou dos crimes covardes que cometeu?

– Ele contou dos crimes que fizeram com ele.

– Isso é piada. Então ele não lhe contou a história direito. Anos atrás, ele e seus companheiros de subversão fizeram uma emboscada no rio Madeira. Foi uma coisa bárbara, segundo o que relataram. Jogaram o carro no rio com os três oficiais, vivos. Se era para matar, por que não mataram antes os três? Isso foi uma covardia inominável.

– E os três estavam passeando no rio Madeira?

– Como assim?

– O que os três estariam fazendo no meio do sertão? No rio Madeira?

– Eles foram levados para lá. Pelos próprios pés e mãos... É difícil para o senhor acreditar que esses oficiais estavam indo para o rio desovar nosso amigo?.

– Que loucura, Osvaldo. Ele disse isso?

– Disse mais: ele foi torturado na tal Besta de Cedro pelo coronel Febrônio Machado.

– Ele disse isso?

– Disse. Ele tem as marcas. Eu vi. Estão no corpo e na alma. Ele foi torturado na Besta de Cedro. Ela existe mesmo ou é lenda?

– É conversa dele. A história da Besta de Cedro é a seguinte: realmente ela existiu, mas isso foi há mais de 300 anos. Esse troço foi feito na época da invasão dos holandeses. Os cupins já comeram tudo. Madeira nenhuma resiste a tanto tempo. Ele está com conversa fiada.

– O que é essa Besta?

– É, não. Era. Não sei direito. Era um móvel, um tribunal eclesiástico, sei lá, uma máquina de tortura criada pela Inquisição. Segundo a história, foi usada para torturar e muita gente morreu ali. Mas quando o mosteiro, em que ela foi construída, passou para o Estado no século passado, ela foi destruída. Isso aconteceu há mais de 100 anos... Ele inventou essa história de que foi torturado na Besta, que é uma lenda. Não acredite nele. Ao contrário, tome cuidado com ele. Pelo que fiquei sabendo dele, virou uma pessoa pernóstica.

– General, eu sempre admirei o senhor e se sou seu amigo é por conta dessa admiração.

– Obrigado. Mas qual é a armadilha? Não beija para depois crucificar.

Os dois riem.

– O senhor é um homem inteligente.

– Você está me saindo pior que Judas. Esfaqueia logo.

– Gostaria de conversar com o Afro frente a frente?

– Quero não. Não tenho nada para falar com ele. Ele escolheu ser assim, deixe como está.

– Mas pela amizade que o senhor teve naquele tempo. Isso não conta?

– Não conta porque o que ele fez foi grave demais. Contaria se ele não tivesse feito o que fez.

– O senhor acredita no que falaram que ele fez?

– Como eu posso duvidar? Tudo provado por gente de extrema seriedade. Não adianta, Osvaldo. Não, não, não. Ele não merece... Vamos pôr uma pedra nesse assunto?

– Se o senhor deseja.

– É melhor assim. Vamos esquecer esse assunto. Fale-me de você. Soube que está quase se tornando desembargador?

– É verdade.

—✳—

– Conversei com o general Moisés, nosso amigo, agora há pouco.

– Sobre mim?

– Foi.

– E o que ele disse?

– Que apesar da anistia, eles não querem vê-lo nem de costas.

– Nem eu quero vê-los... Mas, como assim? – Afro reagiu irado.

– Eles afirmam que você matou três oficiais em uma emboscada no rio Madeira.

– Aqueles malditos arruinaram minha vida e ainda por cima me chamam de criminoso. Eu sou torturado e ainda sou o criminoso?

– Pode acreditar no que lhe falamos doutor, aquilo foi um acidente. Eu vi, o Lourival viu. Eles teriam matado

Afro se o carro não tivesse caído no rio. Afro não fez nada – disse Olavo.

– Como planejei uma emboscada, se nem pensar direito eu podia de tanta pancada e chute que levei na cabeça? Estou a cada dia me convencendo que eles só sabem o diálogo de surdo, só falam, não ouvem... Gozado, depois de tudo ainda sou o culpado. Dá vontade de fazer uma besteira.

– Calma Afro.

– Que calma, Olavo!

– É calma mesmo, Afro. Nós sabemos que estamos com a verdade. A verdade prevalece pela justiça, não pela violência – vira-se para Osvaldo. Não se escandalize por falar assim, é que ele está misturando a frustração de não ter encontrado a família com isso que falou.

– Eu entendo, "seu" Olavo. Fique tranqüilo.

– Estão comendo minha carne dia a dia, faz muito tempo. Há sete anos que eles não me deixam ter paz. Eu estou cansado disso. Chega de grilhões. Eu não sou escravo nem gado para ser tratado a ferro quente.

– Afro, o melhor para você é ir embora para sempre de Pernambuco. Ache sua família e vá viver o restante de seus dias distante daqui. Esse país é muito grande e há muitos lugares onde você pode viver longe desses problemas.

– Mas eu nunca vou viver em paz sabendo que sou culpado de um crime que jamais cometi. A ausência de justiça, verdade e liberdade, transformará minha vida num tormento.

– Infelizmente, não tem outro jeito. Essa nação não tem uma história de liberdade, verdade e justiça. É triste ouvir isso da boca de um juiz, mas é um fato.

– Essa é a razão por que a Besta ainda impera na Casa de Detenção. É ela quem domina com todo seu poder de fazer imperar a mentira, a injustiça e a ditadura... Somos uma nação torturada...

Afro desabafa toda sua dor de brasileiro, negro e nordestino.

– Chega. Estou cansado. Vamos embora, "seu" Olavo. Dane-se tudo, vamos achar minha família em Mato Grosso. Está tudo na camionete?

– Está.

– De jeito nenhum que vocês vão de carro.

– A pé não dá, Osvaldo.

– Eu comprei essas passagens para os dois até Cuiabá.

– Não precisa, Osvaldo.

– Afro, para que servem os amigos?

Afro pega o envelope.

– Pode deixar que eu tomo conta da camionete. Acho melhor se apressarem, pois o avião sai daqui a duas horas.

– Obrigado, Osvaldo.

– Não fiz nada demais.

– Adeus.

– Adeus, amigo, até um dia, quem sabe.

– Se Deus quiser, vou visitá-lo em Mato Grosso. Adeus, "seu" Olavo, foi um imenso prazer conhecê-lo.

– O prazer foi meu, doutor – o juiz abraça Olavo.

CAPÍTULO 36

No porão onde habitava o ser mais tenebroso da história brasileira, há um homem a sós com esse "ser". Conversa com ele, a quem trata de deusa da chuva, quando alguém era levado para ver a deusa fazer chover, era para ser torturado. Foi Febrônio Machado quem criou essa frase, que acabou se espalhando nos subterrâneos da repressão. Machado falava com a Besta como um adorador conversa com seu deus. Não sentia remorso algum ou culpa com o sangue de centenas de pessoas que foram sacrificadas no assoalho da Besta, andava sobre o assoalho de sangue como um sacerdote pisava no lugar de sacrifícios nos cultos primitivos. Murmurava com a Besta às vezes como um confidente, outras vezes como um ser superior:

– Eu estou em falta com você... Um que passou por aqui ainda vive. O Zumbi. Tenho até vergonha de confessar, mas ele ainda vive... Há anos que procuro aquele vermelho e não o encontro. Ele é um espinho agarrado no meu pé, que não me deixa pisar direito. Onde está aquele comunista?... Prometo quando encontrá-lo trazê-lo aqui e fazê-lo prostrar-se nesse assoalho sagrado. Vou sacrificá-lo aqui... Ele não pode ser o único que sobreviveu a ti, querida deusa. Ele não vai ser o único. Não vou deixar. Garanto... Os tempos estão mudando... e mudando para pior. Lá se vão os bons tempos, quando tudo estava sob meu controle. Agora, estão entregando o país para os loucos, paranóicos... Devemos estar chegando ao fim do mundo... Como podem deixar que gente perversa, paranóica tenha liberdade? Vou ter de lutar muito para que este país não caia no caos vermelho... E o pior é que tem gente do nosso meio que concorda em entregar o poder a esses civis incompetentes, imaturos e fracos... Mas não vamos nos preocupar, podemos deixar os meninos brincarem, é o recreio deles. Por enquanto, podem brincar. Brinquem muito!... Porque logo voltaremos às aulas. Há 325 anos que dominamos este país. Somos os guardiões desta nação e donos da república.

Com ela, desabafava tudo que não tinha coragem de falar a amigo algum. Tinha pela Besta um respeito religioso, que herdou como um inquisidor de três séculos atrás. A Besta, com todas aquelas marcas, símbolos, o deixava fascinado.

CAPÍTULO 37

O avião chega quase à meia-noite ao aeroporto de Várzea Grande, município vizinho de Cuiabá. O único endereço que Olavo e Afro trazem era um cartão-postal com a foto de uma cachoeira. Não imaginavam a distância, nem a direção daquela cachoeira, mas sabiam que Helena morava próximo a ela.

Desceram do avião.

Olavo esperava a pouca bagagem enquanto Afro ia até o guichê de passagens.

– Por favor, essa cachoeira do postal você conhece?

– Deixe ver – o homem olha. Conheço. É o Véu de Noiva, na Chapada.

– Onde fica a Chapada? É longe daqui?

– Está a 50 quilômetros daqui. Você está de carro?

– Não. Por quê?

– Então vão ter de ir de ônibus, e a essa hora não tem mais ônibus. Deve ter um às sete da manhã. Depois, tem de hora em hora. Quando você pegar o ônibus, informe ao motorista que quer ficar no ponto do Véu de Noiva.

Olavo chega com as malas em um carrinho.

– E então?

– Ele disse que o lugar fica a uns 50 quilômetros daqui, mas o primeiro ônibus só sai às sete da manhã.

– O que você decide?

– Eu queria ir agora.

– O senhor não vai achar nada lá a essas horas, e é um lugar perigoso para andar à noite, tem penhasco. Se escorregar, adeus. É melhor dormirem aqui e pegar o ônibus das sete horas.

– Ele tem razão, Afro.

– Tudo bem.

– Próximo à rodoviária tem uns hotéis – sugere o homem do guichê de informações.

– Obrigado, vamos fazer isso.

Mesmo muito cansado, Afro não dormiu direito devido a sua ansiedade em encontrar de uma vez por todas a sua família.

—✳—

Acordaram às 7h30min, tomaram café apressado, atravessaram a rodovia que separava o hotel da rodoviária. Afro andava muito rápido. Chegando à rodoviária, pegaram o ônibus das oito para Chapada.

– Hoje é o dia que esperei quase sete anos.

A ansiedade de Afro aumentava cada vez mais à medida que se aproximavam de Chapada. Em uma das curvas, Afro não resistiu e acabou vomitando da janela do ônibus, foi a tensão emocional causada pela ansiedade do encontro.

O motorista os deixou na beirada da pista dizendo que era só seguir reto que encontrariam a cachoeira.

– Será que eles estão aqui ou em outro lugar muito distante, Olavo?

– Calma, Afro. Calma, calma...

– Não dá para ter calma, Olavo.

– Dá sim, você não nasceu com essa ansiedade. Já vomitou no ônibus tudo por causa dela. Fique calmo.

– Eu não entendo você me pedindo calma depois de tudo que vi.

– Que barulho é este?

Na frente deles, surge a maior cachoeira que eles já viram na vida:

– Oxente! – exclamou Olavo.

– Mas o que é isso?

A cachoeira despejava um "mundo" de água, que precipitava de uma altura de 86 metros até as pedras embaixo. Os dois nordestinos ficaram impressionados com a cachoeira Véu de Noiva. Olavo aproveitou para espetar Afro:

– Essa água cai todos os dias há milhares de anos, sem qualquer ansiedade. Nada dessa beleza toda foi feito apressadamente, de uma hora para outra, tudo foi feito com calma e serenidade, dia a dia, há milhares de anos. Assim também devemos ser.

– Eu quero ver logo a minha família.

– Então corra porque você está andando muito devagar para o meu gosto.

– Não enche, Olavo.

– É isso mesmo, corre. Vai, corre.

– Vou correr é para aquele homem do quiosque.

Afro vai até um quiosque que vendia bebidas, biscoitos, lembranças, camisas e outras coisas para turistas. Pergunta:

– Existe alguma escola por perto?

– Tem a Escola de Buriti.

– Forma técnicos agrícola?.

– Isso mesmo.

– Achamos, Olavo – vira-se para o quiosqueiro. – Como eu chego lá?

– O senhor pega esta trilha ao lado da cachoeira, mais na frente vão encontrar outra cachoeira, menor que esta. Aí, continuam na trilha. Quando acabar, estarão na rodovia, atravessem e continuem pela estrada até chegar à entrada da escola, ali vocês se informam sobre quem procuram.

– Ótimo. Obrigado.

Eles pegam a trilha que margeia a cachoeira, o dia está claro e quente, sopra um ar frio, Olavo fica encantado:

– Que beleza de lugar!

Afro não responde. Andam rápido, ouvem gritos de crianças brincando e barulho de água caindo. O barulho é da *Cachoeirinha* – a cachoeira menor que o homem falou. Os dois aparecem no alto da cachoeira. Chegam até o muro de proteção da cachoeira. De repente, uma voz, lá embaixo, no meio de muitas crianças, grita:

– Afro!

É Helena. Ela reconhece o marido. Afro a vê sentada na cabana do restaurante da Cachoeirinha – nome turístico do lugar. E não pode abraçá-la por estar no alto da cachoeira.

– Nós temos de dar a volta – fala Olavo, olhando para a queda de água da cachoeira.

Mas Afro atravessa o muro de proteção, chega até a beirada:

– Afro! Cuidado! Isto aqui é alto. Deve ter uns dez metros. Não vai pular.

Ele pula no meio da cachoeira. Helena, vestida entra na água, Osvaldo corre atrás da mãe. Afro afunda uns quatro metros. No mergulho, subitamente, vem a lembrança do acidente no rio Madeira, quando quase se afogou no rio. Sobe desesperado para a superfície no meio de um mundo de espumas. Na superfície, Helena o agarra-o pelo braço, puxa-o até onde dá pé e o abraça.

– Eu não acredito, não acredito. Meu Deus...Você... mas me disseram que você estava morto.

– Estava morto, mas revivi contra a vontade deles.

– Como?

– É uma longa história. Abraça-me forte.

– Eu o amo.

Os dois se abraçam e choram, Osvaldo vem para junto deles e abraça o pai. Os três ficam mais de dez minutos abraçados dentro da água. Os alunos de Helena olham sem entender nada. Quando saem da água, Olavo chega perto do casal:

– Helena, estou vivo hoje por causa de Deus e deste homem, "seu" Olavo. Esta é minha esposa, "seu" Olavo.

– Eu sei, só mesmo pela Dona Helena que você faria uma loucura de pular lá de cima. São mais de dez metros, sabia?.

– Mas pulei no lugar mais fundo, e na hora não me contive. Não vi caminho para descer e agi pelo impulso.

– Ainda bem que eu não estava na cachoeira Véu de Noiva, lá são mais de 80 metros.

– Eu não seria tão louco.

– Cadê os seus outros filhos, Afro? – pergunta Olavo.

– Eles foram com colegas para outra cachoeira – responde Helena.

– Perto daqui? – quis saber o pai.

– Não, para chegar lá é preciso ir de carro.

– Foram sozinhos?

– Não, vários professores foram com eles, não se preocupe. Nossos filhos são responsáveis, só Osvaldo é que é um pouco impulsivo.

O caçula não fala nada. Está agarrado ao pai desde que saiu da água.

– Eu me lembro de como ele era alvoroçado, vivia implicando com a irmã.

– É porque ela é chata. Antigamente ela era menos chata. Agora é muito mais.

– E você, o que você faz aqui?

– Essas crianças são alunas e nós viemos passar o dia aqui na Cachoeirinha. À tarde, voltaremos para a escola.

– Que horas Carlos e Rosa voltarão?

– A cachoeira é longe. Eles saíram de casa às seis, devem estar chegando lá agora. Só vão voltar às cinco.

– Cinco?! Que horas esses meninos vão chegar em casa?

– Sete.

– Lá não é perigoso?

– É, mas tem várias pessoas vigiando.

– Afro, depois do almoço eu volto para Recife – diz Olavo.

– Mas tem de ser hoje? – pergunta Afro.

– Nada disso, "seu" Olavo, primeiro o senhor vai conhecer nossos filhos – acrescenta Helena.

– É isso mesmo, Olavo, primeiro você vai conhecer meus filhos, depois vai ficar conosco uma semana e então, se quiser, pode voltar.

– Eu não quero incomodar.

– Não é incômodo algum, "seu" Olavo. Faço minha as palavras do Afro, vai ser um prazer o senhor ficar conosco.

– Fique, amigo.

– Eu fico. Estou curioso para ver como é que é a tal galinhada desse restaurante.

– O senhor vai gostar – diz a mulher.

Helena apresenta Afro e Olavo a seu alunos. As crianças logo fazem amizade com eles. Na hora do almoço, vem a tão esperada galinhada da Cachoeirinha. Olavo adora. Depois, de sobremesa, comem compotas de caju. Olavo diz que em nada elas perdem para as compotas nordestinas.

O casal parte. No caminho, Afro conta tudo o que aconteceu. Helena fica maravilhada com Heidi, Karl e Olavo. Segundo Afro, são pessoas tão especiais que parecem nem existir. Passam a tarde conversando a sós em sua casa. Sua mulher conta que não deseja nunca mais voltar para Recife; eles estão vivendo bem ali, ninguém os incomoda.

– Eu, hein! Mamãe endoidou.

– Por que, Rosa?

– Tá vindo abraçada com um homem.

Carlos, o mais velho, reconhece o homem.

– Aquele homem é nosso pai, Rosa.

– Mas ele não estava morto? – pergunta a menina.

– É ele mesmo! – Carlos reafirma o que falou e dispara na direção do pai gritando.

– Paiê... Paiê...

Carlos vem na frente gritando, Rosa atrás:

– Carlinhos, meu filho.

– Paiê... Você tá vivo, paiê... – Carlos vem gritando.

– Tô, filho, tô vivo, filho... – Vê a filha. – Abraça-me, filha.

– Não estou nem acreditando direito, pai. Mamãe falou...

– Esquece o que sua mãe falou. O importante é que estou aqui agora.

– Você está linda, filha. Como está bonita.

– Rosa tem namorado, pai – diz Osvaldo.

– Mentira, pai.

– Não é, Carlos? – Osvaldo continuava o mesmo implicante da irmã.

– Vamos para casa agora – ordena Helena.

Os meninos estavam com as roupas sujas, era impossível fazer um piquenique na cachoeira Independência e voltar com a roupa limpa.

Osvaldo não parava de falar desde que reencontrou o pai pela manhã.

– E como foi o passeio na cachoeira Independência?

– Foi bom.

– Muito bem, agora todo mundo pro banheiro. Carlos e Osvaldo primeiro.

– Sempre eles primeiro né, mãe?

– Por que todos eles não tomam banho juntos, Helena?

– Afro tentava retomar sua posição de pai.

– Porque Rosa não é mais criança. Já é mocinha... Não reparou?.

– Mas ela é uma menina.

– Rosa está com 14 anos, querido. Você não reparou que ela já é uma moça?.

– Minha filha já...

– Já.

– Coitadinha.

– Afro, nossos filhos agora são adolescentes.

– Que coisa, né... Perdi quase sete anos da vida de meus filhos.

– Você não vai se deprimir por isso, né?

– Não. Já me deprimi demais. Basta. Agora quero é viver.

Olavo chega à porta, as crianças o estranham. Carlos fala que tem um pedinte lá fora. Dona Helena manda Olavo entrar e apresenta o amigo do pai aos filhos.

À tarde, Olavo saiu para conhecer a escola e ficou conhecendo uma viúva – Dona Ana. A mulher ficou viúva quase na mesma época que Olavo. À noite, o pessoal da escola ofereceu um jantar para Afro e Olavo. Nem um pouco bobo, Olavo conversou até tarde com a professora. Chegou a casa de Afro às três da manhã, dormiu no quarto de hóspedes.

– Pai, que bom que o senhor está aqui. – Carlos, o mais tímido, comenta no café da manhã.

– Eu também concordo, filho.

– Papai está chorão, mamãe! – observa o impulsivo Osvaldo.

– Por que fala isso, Osvaldo?

– Ele não era assim.

– Vamos comer, menino – ordena a mãe.

– Mãe, a senhora disse que ele tinha morrido.

– Cala a boca, Osvaldo!

– Deixa ele, Carlos. Eu vou contar tudo filho. Tudo que você quiser saber.

—※—

Olavo ficou em Chapada por quase um mês, Afro sabia que ele havia se encantado com o lugar, porém, mais do que as belezas de Chapada, ele tinha gostado de Ana, a viúva e a melhor amiga de Helena.

O relacionamento deles ficou tão forte que todos os dias Olavo ia à casa de Dona Ana. Em pouco tempo, Olavo e Ana decidiram juntar suas solidões. Casaram no fim do mês de fevereiro – haviam se conhecido no final de janeiro. O novo casal partiu para o Vale Escol nos primeiros dias de março de 1980. Olavo tinha renovado a aparência uns dez anos, Ana também. Quando eles partiram de Chapada, Helena comentou:

– Que abuso desse seu amigo. Vem aqui, fica hospedado em nossa casa e no final rouba minha melhor amiga.

– Que é isso, Helena?

– Estou brincando. Levou minha amiga, mas me trouxe você. Troca muito justa.

– Vou sentir falta de Olavo.

– Nós vamos sentir. O que ele fez por você é algo raro neste mundo. Pessoas assim, quando morressem, tinham de ficar expostas num memorial e em uma lápide de ouro escrever: sejam como elas. Espero que sejam muito felizes juntos.

– Vão ser, com certeza. Vão ser.

CAPÍTULO 38

Afro decidiu que passaria o restante de sua vida, com sua família, em Chapada dos Guimarães. Chapada significava refúgio e um recomeço. Recife: seu pior pesadelo. Recife, nunca mais.

A vida ali era boa, o clima agradável. Ele conseguiu um emprego na escola, expandiu a horta, construiu uma oficina de marcenaria no quintal. Todos os dias tomava banho de cachoeira, recebia o carinho dos filhos e da mulher, isto era o prêmio por tantos anos no "deserto" da dor. Agora, Afro só queria alegria.

Mas ele não conseguia se esconder dos pesadelos com a Besta de Cedro. Sonhava estar sendo morto sob tortura. Era como uma perseguição. A Besta estava sempre a espreitá-lo quando dormia. Aquilo parecia não ter fim. Nessas noites de tormento, sentia uma raiva profunda, um desejo visceral de destruí-la até não sobrar um graveto. Havia algo inexplicável em relação à Besta, uma coisa maligna, que ligava a Besta a seus pesadelos tormentosos. Era sobrenatural.

Uma noite, acordou assustado, suado, agitado. Helena acordou com ele:

– O que foi?

– Ela.

– A Besta de novo... Pelo céu!

– Helena!

– Quê?... Fala!

– ...Eu vou a Recife.

– Para quê?

– Levar uma bomba, entrar na Casa de Detenção e explodir a Besta.

– Está louco, homem. Antes de você entrar lá estará morto. O melhor que tem a fazer é esquecer.

– Mas eu não consigo.

– Esquece, Afro. Esquece... Amanhã iremos a um médico na cidade, ele ajudará você a conviver com esses pesadelos. Mas tira da cabeça essa idéia maluca, já sofremos muito com essa desgraça. Vou fazer um chá para acalmá-lo e vamos voltar a dormir.

—✳—

Um informante do coronel reconheceu Karl e Heidi no mercado em Petrolina, não perdeu tempo, ligou para Machado.

– Você tem certeza que são eles?

– Absoluta, eles foram até uma farmácia e depois, num armazém de conhecidos, fiquei sabendo que eles moram em Vale Escol.

– Onde é isso?

– É um lugarejo em Chapada Diamantina. Não é um lugar fácil de achar.

– Você sabe onde é?

– Fui lá uma vez, num treinamento. É um ótimo local para quem deseja se esconder para o resto da vida. É bem afastado de tudo. Eles escolheram muito bem um lugar para se esconder do coronel. Fiquei sabendo que eles criaram uma comunidade próspera lá, estão produzindo uvas. Nas minhas mãos tem uma caixa delas e, coronel, são bem doces... Eles fizeram um milagre naquele lugar, pelo que fui informado. O "Zumbi" vive lá com os missionários e o velho Olavo.

– Vou precisar de você.

– Estou à sua disposição, coronel.

– Ótimo. Amanhã nos encontramos aí.

—✳—

O coronel Machado chamou o sargento Getúlio, o capitão Eli e o tenente Herculano para dar-lhes a boa nova.

– Senhores, nós os achamos.

– Como, senhor? – indagou Getúlio.

– Encontramos o Zumbi e os outros subversivos. Arrumem dois jipes, um caminhão com nossos melhores homens, os mais bem preparados. Temos uma missão no sertão da Bahia. Quero sair hoje às três da tarde.

– Sim, senhor – disse o tenente.

– Em que lugar eles estão? – quis saber o eterno "mão direita" de Machado.

– Na Chapada Diamantina... Amanhã vamos acabar de vez com o último foco da guerrilha no Nordeste e trazer aqueles comunistas da Chapada até Recife como os assírios faziam com seus inimigos.

– Mas, coronel, e a anistia?

– Eu quero saber droga alguma de anistia! Eu não tenho nada a ver com ela. Ela que se dane!

– Vamos chegar atirando?

– Não. Vamos prender os quatro. Mas, se eles reagirem ou impedirem que os levemos, a ordem é atirar até tudo que for vivo cair no chão.

– Coronel, isso vai dar problema, vai dar barulho...

– O problema é meu, sargento. Apenas cumpra as minhas ordens. Isso vai ser uma lição para eles aprenderem a não fazer o coronel Machado de bobo.

CAPÍTULO 39

Em Vale Escol, as pessoas trabalhavam em paz antes da manhã do Dia D. Começava a época de colheita das uvas. Havia festas nessas noites. Os celeiros e as despensas das casas da vila estavam cheios.

Na manhãzinha do dia da República, o acauã fendeu o céu do Vale Escol, com seu grito estridente. Pousou sobre a árvore mais alta da mata depois dos parreirais. De lá, cantou, como nunca cantara antes. Um canto constante, freqüente, desesperado, diferente.

Ninguém se importou muito com esse canto. Como era feriado, uma parte das pessoas foi com Olavo e sua mulher, Ana, para o Poço Encantado, um lugar turístico, distante 30 quilômetros do vale. Muitos moradores não foram.

Na roça, Justino cantava suas músicas, feliz com a vida. Karl ficou porque queria adiantar o serviço de construção da adega. A construção era no meio da mata. Ali as árvores altas diminuíam o calor. Era toda feita de tijolos e pedras grandes, no mesmo estilo que Karl havia visto na Alemanha.

Pajeú e Juca estavam procurando colméias de abelhas jandaíra nas árvores para a criação de Juca. Pajeú fazia remédios com a cera e o mel dessas abelhas.

Os militares encontraram o caminho do vale. Agora era uma questão de horas a chegada ao vale. No rastro dos dois caminhões e do jipe não ficava só poeira, o mato à beira do caminho secava.

O coronel fez sinal para que o motorista do caminhão chegasse perto do seu jipe.

– Vamos parar a certa distância para avaliar o lugar. Não queremos ter surpresa alguma.

– Sim, senhor.

Os carros continuaram o seu caminho, levantando o solo abandonado da Chapada.

No meio do parreiral, Karl e Pajeú conversavam sobre a colheita, totalmente indiferentes ao perigo que se aproximava.

– Creio que na próxima semana podemos começar a colher.

– Pelos frutos, se vê que estão bons para a colheita... Por que o gavião está agitado assim, Pajeú?

– Não sei. Deve ter acontecido algo a algum filhote.

– Eu nunca o vi cantar tão agitado.

Os dois continuaram a conversar e fazer planos, indiferentes ao perigo que se aproximava.

Quando os três veículos chegaram ao morro que dava vista para todo o vale, o sargento Getúlio exclamou diante da beleza das lavouras e do imenso parreiral.

– Que coisa mais linda, coronel. Nunca vi coisa igual.

– Não se iluda. Por fora bela viola, mas por dentro só gente imprestável. Muito bem, vamos planejar a operação. Vocês já sabem o que fazer se houver reação. Repito: não tenham piedade. Qualquer mudança de planos, obedeçam ao que eu disser literalmente, sem pestanejar. Entenderam?

Todos responderam afirmativo. Imediatamente, os homens de Machado estudam a área, calculam o número de pessoas, tudo. No vale, a tranqüilidade da manhã não esperava qualquer surpresa desagradável.

– Vamos – ordena Machado.

Os caminhões descem ao vale.

– Quem são, Pajeú?

– Arriégua... são militares!

O missionário se esconde. Heidi está no campo de girassóis com algumas mulheres. Pajeú sai ao encontro dos carros:

– Bom dia. – Pajeú cumprimenta o coronel.

– Bom dia. Qual é o seu nome, velho?

– Pajeú.

– O nome de nascimento, jegue.

– João Pereira de Albuquerque. Posso saber do que se trata essa visita.

– Soubemos que aqui vivem quatro criminosos e que vocês estão escondendo-os.

– Não escondemos criminosos em nosso meio.

– Não seja idiota, seu índio velho fedorento.

– Eu sou mais velho que o senhor. O senhor poderia dar mais o respeito.

– Respeito é o que o senhor quer, não é. Então, toma.

Dá um tapa no rosto de Pajeú. Os soldados gostam, mas Getúlio não aprova.

– Preste atenção aqui, Pajeú, quero aqui os quatro criminosos: o casal de missionários, o negro Afroníger e o velho chamado Olavo. Agora. Entendeu?

– Sim.

– Tenente, vá com ele buscar os missionários – ordena ao tenente Henrique.

Pajeú teme pela prisão de Dona Heidi e Karl. Sabe, pelo tapa que levou, que os militares não estão para brincadeiras, qualquer reação resultaria em morte. Não tem possibilidade de avisar Dona Heidi para fugir, Karl se escondeu no meio do parreiral.

Aos poucos, os outros soldados, mandados pelo coronel, vão encontrando os moradores e ordenando.

– Todo mundo para o centro da vila, rápido. Correndo.

– O que está acontecendo, Pajeú?

– Os militares, Justino. Os militares estão aí.

– Vá rápido você também – o tenente grita para Justino.

Esse finge ir para o arraial e entra na plantação de girassóis. Sabia que tinha de avisar Dona Heidi.

Pajeú dá uma enorme volta nas lavouras antes de chegar ao lugar em que Heidi estava com as mulheres.

– Cadê os outros, velho?

– Estão ali no campo de milho, depois do curral dos bois.

– Por lá não era mais perto?

– Era.

O oficial lhe dá uma coronhada:

– Não tente gracinhas, seu verme. Levante e vamos logo onde está todo mundo.

Pajeú se levanta, com o sangue escorrendo pelo nariz. O plano não funciona e os soldados encontram Heidi antes que Justino pudesse avisá-la. Levam Heidi e todo mundo para o centro da vila.

Justino fica escondido no milharal. Dali podia ver o coronel Machado. Próximo a ele, estão sua mulher e dois de seus filhos. Os soldados colocaram Pajeú e Heidi na frente do coronel. Karl foi encontrado e arrastado pelos braços. O sangue corria em sua face. Heidi, Karl, Pajeú e a maioria dos moradores são colocados frente a frente com o coronel. Este encara Karl com uma postura fria e rígida. Pergunta, pronto para explodir:

– Qual é seu nome mesmo, patife?

– Karl Schweitzer.

– Karl Schweitzer coisa nenhuma. É Karl Marx – e lhe desfere um tapa no rosto.

– Marx! – Grita o coronel bem alto.

Mais um tapa. Karl cai.

– Marx, safado.

Outro tapa.

– Marxistas safados. Encontrei vocês, canalhas. Finalmente encontrei vocês, bandidos. Enganaram, mentiram, pensaram que se safariam. Se lascaram.

– E a lei da Anistia. Como fica? – grita Heidi.

– Ela serve para limpar o seu banheiro, comunista.

O momento fica muito tenso. Cheirava à desgraça. Machado vira-se para Heidi.

– Finalmente nos encontramos, missionária de araque. Parece uma santa por fora, por dentro não passa de uma comunista sanguinária. Mentirosa, enganadora. A mentira tem pernas curtas, sete anos de mentira... A sua Bíblia diz que o diabo é o pai da mentira e vocês são seus filhos:

– Diz também que ele é assassino e nós nunca matamos ninguém. Se mentimos, foi para salvar uma vida, não matá-la.

Machado chega em Heidi e dá-lhe um tapa.

– Cala a boca.

Karl e Pajeú não agüentam e partem para cima do coronel. São contidos a coronhadas de fuzis pelos oficiais.

A situação fica tensa. Crianças agarram-se às saias e pernas de seus pais. Todos estão com muito medo.

– Fugiram de mim há anos, mas... agora vocês são meus. Estão aqui, na palma da minha mão.

– O que está acontecendo aqui, senhor? – questiona Pajeú.

– Não se faça de débil, velhaco. Acaso você é o único que não sabe que esta mulher, seu marido, e os fugitivos Afroníger e Olavo são comunistas?

– Existe aqui um engano, coronel? – argumenta Heidi. – Nós nunca fomos comunistas, apenas somos missionários, somos cristãos, viemos aqui para ajudar este povo. O que fizemos foram obras de misericórdia, protegendo alguém que precisava de nós, de nossos dons e nosso amor. Nós nunca fomos contra o governo.

O coronel lhe dá um soco no rosto.

– Já disse para calar a boca.

O soco deixa todos escandalizados. Justino no mato viu o segundo soco e desembainhou a peixeira. Uma ira subiu-lhe ao rosto, vendo a covardia que faziam com seus amigos, seus nervos estavam em estado de explosão. Machado, paranóico, possesso, continuou.

– Escutem todos. Se não aparecer aqui em dez minutos o Zumbi Afroníger e o velho Olavo, os amantes dessa vaca alemã, vou pôr fogo em tudo aqui, e eu não estou brincando. Eu não brinco nunca... Começou a contar.

Karl sentiu a responsabilidade de evitar uma tragédia, havia ali muitas crianças e mulheres, dirigiu-se ao coronel:

– Senhor. Faz tempo que essas pessoas estiveram entre nós. Afro e Olavo hoje não estão, eles se foram para nunca mais voltar.

O coronel perdeu a calma, foi com o fuzil na direção de Karl, bateu com a coronha em seu rosto, Karl caiu no chão, ficou estendido no solo. Juca, que estava próximo, não agüentou, perdeu a calma e saiu para cima dando uma rasteira no coronel, jogou-o ao chão, caiu em cima dele desferiu-lhe um soco na cara. Um dos soldados aproximou-se e deu um tiro de fuzil em Juca. Um tiro certeiro, no coração. O coronel desvencilhou-se do corpo. Sacou a arma e a descarregou no corpo de Juca.

Então, foi a vez de Justino, que explodiu com a morte do amigo. Ele saiu do meio do milharal com sua peixeira brandindo no ar. Ao chegar próximo ao coronel, foi abatido a tiros, como um animal. Ainda vivo, baleado, continuou a andar, caiu e foi fuzilado pelas costas. Heidi e Pajeú correram para cima dos soldados gritando "assassinos, assassinos,

assassinos". Receberam rajadas de metralhadora, foram abatidos como aves. Heidi caiu primeiro, Pajeú foi alvejado com mais de 50 tiros aos pés do coronel. Pajeú levantou a cabeça e ainda conseguiu forças para dizer ao coronel: "Quem com ferro fere, com ferro será ferido. Filho de Belial". E morreu. Karl perdeu o seu conhecido controle, foi com fúria em direção ao coronel, mas foi jogado no chão e furado com fuzis por vários soldados. Quebraram-lhe os braços e feriram todo o seu corpo, mas não o mataram.

– Este Karl Marx vamos levar. Algemem-no!...

Jogam água no rosto de Karl, que volta a si. O coronel não está satisfeito, quatro líderes do lugar estão mortos. Machado, com as mãos prontas para derramar mais sangue, fala ao povo como se fossem um bando de cangaceiros sem lei, como se esse povo fosse aquele de Canudos:

– Já dei tempo demais. Mas eu sou justo. Eu sou justo. Vou dar uma colher de chá, vou contar até sete para me trazerem aqui o negro e o velho. Onde estão o negro e o velho? Minha paciência está se esgotando.

– Eles não estão aqui, eu juro, coronel.

– Cala a boca, missionário de araque... Se eles não aparecerem até eu contar sete, vou pôr fogo em tudo aqui. Sete!

– Por favor, coronel, tenha misericórdia. Eles não estão aqui. Não faça nada a este lugar. Este povo construiu tudo isso com muito suor e sangue.

– Seis!

– Coronel, se existe um pouco de piedade e bondade no seu coração, não faça isso a esse povo.

– Peguem a gasolina.

– Coronel, eu imploro: não faça isso. Por favor, pelos céus! não faça isso.

– Cinco! – a contagem é firme e determinada. – Só faltam quatro.

Karl se ajoelha junto aos pés do coronel.

– Eu imploro. Humilho-me para pedir que não faça isso.

– Cadê os fugitivos? Eu quero o Zumbi e o velho. Onde estão eles?

– Eles não estão aqui. Eles não estão aqui.

– Para onde eles foram? Onde?

– Não sabemos. Não sabemos.

– Um. Chega! Derrubem, destruam e ponham fogo em tudo.

O povo se desespera, implora:

– Não, por favor, coronel, não.

– Não faça isso.

Miraram suas armas para o parreiral e abriram fogo. As metralhadoras varreram os parreirais, derrubando gente, gado e cachos de uvas. Os cachos derramavam seu suco, seu sangue. Foram destruindo parte a parte. Jogaram granadas nas casas, sem saber se havia crianças. Deram coronhadas nos que entraram na frente. As pessoas não agüentavam ver suas vidas sendo destruídas e fugiram desesperadas das rajadas de metralhadora. O paranóico Machado gritava no meio dos tiros:

– Acabem com esses comunistas. Arrasem com tudo.

Nem os pés de uvas foram perdoados. Os soldados entraram com os caminhões no meio do parreiral derrubando o que viam. Machado queria que tudo fosse abaixo.

O sangue dos mortos se misturava ao suco das uvas, tornando-se uma coisa só. Nesse momento, Baronesa e os outros cachorros chegaram com os tiros. Os cachorros partiram para cima dos soldados.

Como não esperavam o ataque dos cachorros, muitos soldados levaram várias mordidas. Alguns correram para os veículos, outros os enfrentaram com tiros. Os cachorros, sob o comando de Baronesa, não se intimidaram com os tiros. Eram cachorros de caça e só desistiriam do ataque depois de ver suas presas no chão.

Baronesa cravou os dentes na perna de um tenente, depois de ter mordido um soldado. Até os soldados que subiram no caminhão para se proteger não tiveram sossego.

Os cachorros surgiam de todo lado. Mordidas eram multiplicadas em pernas, braços, barriga, receavam mordidas mortais no pescoço. Os tiros, no entanto, pararam o ataque dos cachorros. Foram fuzilados. Baronesa levou vários tiros na cabeça. Quando Baronesa ficou caída, os outros cachorros foram mortos com facilidade. Todos os cachorros que participaram do ataque morreram.

– Coronel, vamos embora, todos os soldados foram mordidos pelos animais, inclusive o senhor, corremos o risco de pegar raiva – Getúlio falou ao coronel.

O sargento tinha levado várias mordidas. Machado também estava sentindo a mordida que levou de Baronesa. Foram a dor e o medo de pegar raiva que o fizeram sair de Vale Escol. Mas, antes de ir, mandou pôr fogo no celeiro, no centro comunitário, nas plantações, na terra, em tudo que encontraram. Vale Escol ardia em chamas. O sonho que foi construído com o trabalho justo, o suor sagrado, o sofrimento daquele povo durante anos de trabalho duro foi destruído em um dia. Um dia de Jó. Canudos se repetia na história da república do tacape. Partiram levando Karl. Atrás, o fogo consumia Escol. Em pouco tempo, os campos, as casas, tudo viraria cinzas. Machado não esperou as cinzas. Sorriu ao ver o fogo consumir o Vale Escol, que ele chamava de "um centro de treinamento de subversivos". Dentre as gargalhadas do grupo, o choro de Karl ao ver o fogo e a fumaça nas casas do vale e os corpos de sua esposa e amigos jogados no chão. Ao todo morreram sete pessoas, e muitos ficaram feridos.

Ao povo só restou chorar seus mortos. Algumas pessoas procuraram inutilmente jogar água em suas casas em chamas.

CAPÍTULO 40

À noitinha, quando só restavam fumaça, cinzas e desespero, chegou o caminhão com o grupo que foi para o Poço Encantado. Quando viu aquilo, Olavo pôs as mãos na cabeça, os filhos correram para seus pais. Pais procuravam em desespero seus filhos, mulheres gritavam diante de seus maridos mortos.

– O que aconteceu aqui?

– Foram os militares, "seu" Olavo. Eles fizeram essa loucura.

– Por quê?

– Porque não acharam o senhor e o Afro.

– Mas por que não disseram onde eu estava?

– Porque ficamos com medo que matassem todos que estavam com o senhor.

– Isso não vai ficar assim. Por tudo que é mais sagrado, que isso não vai ficar assim.

– Eles levaram o Doutor Karl algemado. Mataram Juca, Pajeú, Dona Heidi, Justino, Hiloio, Anatole e um dos filhos de Justino: o Bepi. Olavo, diante do que ouve e vê, foi tomado de um sentimento de terror, deita-se no chão, põe o rosto no solo, joga terra sobre a cabeça, chora, lamenta e pergunta:

– Por quê? por quê? por quê?

Ele chora com as entranhas, rasga as suas vestes, fica desesperado.

– Nunca vamos esquecer esse dia. Jamais vamos esquecer nossos amigos. Nunca. Nunca. Justiça, justiça!

—⁕—

Todos os mortos foram velados numa noite de lua cheia. A luz da lua veio substituir as velas. Nessa noite, até a natureza chorou. Berros de cordeiro, berros terríveis, acompanhados do lamento de muitos animais da mata, um lamento de arrepiar, tudo isso foi ouvido no que sobrou do Vale Escol. Esse seria mais um dia de massacre jamais esquecido na história de nosso povo.

No dia seguinte, todos os mortos foram enterrados. A filha de Justino e irmã de Bepi, Isabel, falou emocionada:

– Eles levaram o nosso melhor. Eles levaram nossos pais, nossos líderes, nosso irmão. Mas se eles pensam que nós fomos destruídos, estão enganados. Se eles pensam que ficamos órfãos, estão totalmente enganados. Se eles pensam que pisando nas flores podem acabar com o jardim, estão enganados...

Nós temos as palavras, os ensinos, o espírito e o exemplo dos nossos heróis. Eles estão vivos e nunca os esqueceremos. E por nós e por eles vamos reerguer novamente o Vale Escol. Mostraremos a eles que somos pacíficos, mas não há nada mais forte do que nós. Fracos, poucos, mas fortes. Reconstruiremos o vale. Vamos reconstruir com nossas mãos e viver do mesmo jeito que vivíamos antes, em liberdade e, um dia, quem sabe, voltaremos a sorrir. Quem com lágrimas planta, com alegria ceifará. Faremos da dor desse dia, a nossa força.

Não havia uma só alma que não chorasse naquele enterro. Fizeram sete dias de luto pela morte das nove pessoas e pelos 24 cachorros, mortos no dia da República.

No final dos sete dias de luto, estavam decididos a nunca esquecê-los. Bezaleu, um dos filhos de Juca, que trabalhava madeira e barro, decidiu construir um monumento em homenagem a todos os mortos. Faria uma escultura de cada morto, inclusive dos cachorros, colocaria todas elas na entrada do Vale Escol, na praça que seria batizada de Praça dos Santos.

Todos se empenhavam exaustivamente na reconstrução do que fora destruído. Fizeram um acordo de não se desesperarem, nem ir embora. Canudos nunca mais havia sido reconstruído, mas esta não seria a história do vale. Poderia demorar dez, vinte, trinta, cem, mil anos, mas Vale Escol voltaria aos tempos de prosperidade.

A maioria dos que sobreviveram e ficaram sem casa foi para a enorme adega que Karl estava acabando de construir. A construção era a única que não havia sido destruída, porque estava na mata, bem distante da maioria das casas e outras construções do vale. Algumas casas mais distantes, não destruídas pelo fogo, foram abertas para receber mais uma família. As famílias que perderam casas, eram recebidas por aquelas que não tiveram as casas destruídas pelo fogo.

O canto do acauã, naquele dia, foi um canto de morte.

CAPÍTULO 41

16 de novembro. Afro tinha acabado de jantar, na sala esperava o noticiário da TV, seus filhos estudavam na mesa com a mãe. Qual não foi a sua surpresa quando viu Karl atrás das grades, abatido. A notícia: "Médico alemão que se passava por missionário mantinha uma comunidade de subversivos no sertão baiano foi preso ontem à tarde, quando se preparava uma ação armada contra o governo". Em seguida, entrevistaram Machado, que apresentou sua versão do fato:

– Todos os membros da comunidade eram extremamente perigosos. Esse falso missionário, na verdade, ele nem é missionário, é só um médico, era o líder deles... Nós conseguimos acabar com esse foco de guerrilheiros que planejavam uma revolta armada no país, que começaria pelo interior até chegar às capitais. Sabemos que esse alemão usava táticas do terrorismo cubano. É impressionante como eles foram capazes de se ocultar por tanto tempo no meio do sertão.

– Como vocês descobriram?

– Por intermédio das uvas que vendiam. Eles usavam uma fachada de produtores de uvas. Todo mundo sabe que no sertão não existe terra para uvas. Estranhamos. Vinhedos são lavouras para o sul do país. Desconfiamos desse tipo de agricultura na Chapada Diamantina. Era só uma fachada e um chamariz para os camponeses desesperados do sertão. Eles, de fato, queriam mesmo atrair pessoas para sua causa.

– Como assim, coronel?

– Visto que eles tinham sucesso nessa lavoura, as pessoas eram atraídas para conhecer o lugar, eles aproveitavam esse interesse e, com as instruções que passavam, ensinavam sua ideologia e ações nefastas de esquerda.

– Como foi a prisão?

– Quando chegamos lá, fomos recebidos a bala. Não queriam conversa, foram mandando bala. Fomos obrigados a reagir à altura para nos defender. E, felizmente, eles levaram a pior... Eu não entendo por que fazem questão da legalização desses comunistas, que são os agitadores e fomentadores dessas comunidades guerrilheiras pelo interior do país. Gente que só quer o caos no país.

– Nesse confronto, todos os líderes foram pegos?

– Não. Mas os mais violentos acabaram morrendo. O mais perigoso deles fugiu, com seu testa-de-ferro.

– Quem são eles?

– Afroníger Carvalho Oliveira e seu testa-de-ferro Olavo Manoel de Souza.

Afro quase infartou ao ouvir aquela declaração. Não podia acreditar no que estava vendo e ouvindo. Ao missionário, não foi permitido perguntar nada. Afro desliga a televisão, sai na escuridão em direção à lavoura de milho. Helena vai atrás:

– Ele falou o seu nome. Disse que você é muito perigoso. O pior de todos.

– Esse homem é o que me torturou e me persegue esses anos todos. Agora expulsou meus amigos e matou outros. Esse homem é o meu inferno. Até aqui ele não me deixa em paz. Vou dormir mal por causa dele.

– O que você está pensando?

– Preciso me defender, preciso dizer a verdade. Preciso voltar, Helena.

– Isso não.

– Como quer que eu viva o restante dos meus dias? Estou morrendo a cada minuto, essa angústia me consome toda a vida. Eu não sei o que é paz. Eu sou um homem infeliz. Eu não vou durar meses com essa agonia. Preciso voltar.

– Seus filhos e eu precisamos de você aqui.

– Todos na escola vão saber dessas notícias. Vamos ser expulsos amanhã mesmo. Preciso voltar.

– Eu sei. Mas, se você voltar, eles vão matá-lo. Não vê que é isso que eles querem?

– Eu sei que eles podem me matar, do mesmo modo que mataram meus amigos e outras centenas de pessoas iguais a nós e fica por isso mesmo. Há séculos que morre gente como nós neste país e suas mortes são esquecidas. Ninguém pensa neles. Morrem, e isto nada significa para a nação. Vivemos sob o império da injustiça.

– Você vai ser só mais um. Um marido e um pai a menos.

– Vou ser um exemplo. Uma referência. Isso tem de acabar.

– Quer ser Cristo?

– Não, não é isso. Helena, eu tenho um compromisso com essas pessoas que morreram em Vale Escol.

– Com os mortos? Você tem compromisso com os mortos? Você tem compromisso conosco, os vivos. Afro, não se iluda, nós nunca tivemos vez. A corda sempre arrebenta do lado mais fraco e esse é o nosso lado. Há quatro séculos que não somos ninguém nessa terra de senhores de engenho. Esse coronel é um capitão-do-mato. Ele quer pegar você, sua obrigação é fugir. Você tem de fugir para bem longe desse homem e dessa gente.

– Aí viverei como um morto-vivo. É assim que quer que eu viva?

– Não... Então, adeus, querido.

– É melhor assim. Obrigado por compreender...

– Como pretende dizer isso aos seus filhos depois de sofrerem tantos anos com a ausência do pai?

– Eles vão entender?

Helena acordou cedo, não viu o marido. Procurou, chamou e nada, até ver sobre a mesa uma carta dele. Na carta, ele explicava as razões por que teve de partir, e sem se despedir.

A escola entendeu a situação de Helena e, como Afro foi embora, a família ficou.

Karl foi expulso do país.

CAPÍTULO 42

Olavo foi para Recife conversar com o juiz Osvaldo. Ele lhe dá uma versão totalmente diferente da que ouvira pela televisão e jornal:

– "Seu" Olavo, o missionário foi expulso do país.

– Matam a esposa dele e lhe dão como prêmio a expulsão do país. Ele não fez nada, Doutor. Aliás, nós não fizemos nada. Eles é que fizeram. Doutor, eles mataram nove pessoas magníficas e inocentes em Vale Escol.

– Disseram que morreram perigosos terroristas de esquerda.

– Perigosos, como? No Vale Escol só tem estrovengas, arados, facões, canivetes, podadores e três espingardas de caça. Eles mataram sete inocentes, Doutor. Foi o Machado. Esse homem é muito doente, Doutor.

– Doente, não! Maligno, "seu" Olavo. Maligno.

– Ele arruinou um lugar maravilhoso. Não sei como vamos nos recuperar dessa desgraça.

– Se isso for como você diz, dou minha palavra, volto a advogar para pegar esse caso. Eu juro.

– Que é isso, doutor. Não precisa tanto.

– Tem coisas que a gente não pode engolir, "seu" Olavo. Já engolimos muito. Essa é uma questão que não podemos engolir.

– A nossa luta é monstruosa. E nos sentimos sós. Há muitos anos eu acordo com um gosto amargo na boca. Um gosto de espera. Já chega desse gosto. Chega de esperar.

– Pode contar comigo, "seu" Olavo. Amanhã iremos ao vale.

Osvaldo sabia que Olavo era um homem íntegro, que falava a verdade. Olavo tinha a verdade por testemunha.

Dois dias depois, o carro do juiz chegou ao alto do morro de onde se via todo o Vale Escol. Dali observou a destruição do lugar: casas, lavouras, ponte, tudo que se podia ver dos dois lados do rio Escol.

– Que desgraça, "seu" Olavo.

– Dá uma dor na garganta, uma dor no peito ver isso. Antes dessa tragédia, visto desse lugar, o Vale era a coisa mais linda do mundo. O vinhedo, as lavouras de milho, girassol, feijão, jerimuns. Agora, tudo queimado, cinzas... uma desolação.

– Vamos descer, "seu" Olavo.

– Vamos.

Os dois vão às casas queimadas, ao Centro Comunitário todo destruído, à casa de Juca, de Pajeú, Hiloio, Karl, todas que foram destruídas. Osvaldo conversa com as pessoas e com "seu" Olavo – eles contam tudo – ele visita a adega que foi transformada numa casa grande, em que estavam vivendo as famílias que perderam suas casas.

Passando em frente à oficina de artesanato de Bezalel, viu as esculturas das pessoas e dos cachorros mortos. Em uma mesa estava a maquete de como ficariam as peças. Bezaleu lhe mostrou os detalhes da maquete.

– Aquele no centro é Pajeú. O que ele segura nos braços é o Bepi, filho de Justino. Justino é o que toca a viola. Juca é aquele que brinca com Hiloio. Dona Heidi é aquela que segura o livro e ri para aqueles dois irmãos: a Ana e o Isaías. E os cães de Juca ao redor de todos, se não fossem esses cachorros eles teriam matado mais gente. Aquela no centro é a Baronesa, a líder dos cães. Eles foram embora por causa dos cães, eles atacaram os militares com tanta fúria que a maioria deles foi mordida por algum cachorro.

– O que me impressiona é que todos estão rindo, até os cães estão brincando. Todos vão ficar rindo, Bezaleu? – o juiz perguntou ao artista, pois achou que aquelas expressões de alegria tiravam a sublimidade do monumento. Mas o artista respondeu:

– Era assim que nós vivíamos, doutor. – Bezaleu continuou: – Queremos um monumento que represente bem as pessoas retratadas... Os que foram mortos vão estar dentro e as crianças estarão em volta de mãos dadas fazendo uma grande "cirandinha". No centro, uma cruz enorme, simbolizando Jesus, que também foi morto, e era inocente.

– Apesar de trágico, vai ficar muito bonito – o juiz segura a comoção que sentia. Olavo falou:

– Vamos construir uma enorme praça na entrada do vale e no meio da praça e colocar ali o monumento. Quando alguém chegar à Vila, a primeira coisa que vai ver será o monumento

– Eu quero estar na inauguração.

Olavo e Osvaldo vão para o meio do parreiral.

– Isto tem de ser mostrado, "seu" Olavo. Isto não pode ficar assim.

– Ninguém se importa, Doutor. O que aconteceu aqui, acontece neste país desde que foi descoberto.

– Você se engana, Olavo. Quando o Brasil conhecer isso, verá quem é esse joio famigerado vestido de farda no meio militar.

– Aí tem um problema.

– Qual?

– Não temos testemunhas.

– Como? E os que sobreviveram?

– Eles estão tão traumatizados que nenhum deles vai depor contra o coronel.

– Eles precisam testemunhar.

– Eles estão traumatizados com o que viram.

– Aí é complicado. Muito complicado... Olavo, isso não pode passar em branco. Aqui está a prova de que o Brasil repetiu a tragédia de Canudos, mas só que desta vez foi pior. Em Canudos, a comunidade resistiu ao massacre com armas, mas no vale ninguém pegou em armas para resistir. Aqui eles massacraram inocentes que não ofereceram resistência.

O juiz Osvaldo estava profundamente emocionado com tudo que via e ouvia. À tarde, voltou para Recife.

CAPÍTULO 43

Afro não pôde cumprir a promessa de passar o restante de sua vida em Chapada. Numa manhã, ele apareceu na casa de Osvaldo.

– Eu queria seguir seu conselho de nunca mais voltar ao Recife, mas Machado não deixou. Você sabe por que estou aqui?

– Sei.

– Preciso acabar de uma vez por todas com isso... Agora, Osvaldo, eu quero ser indenizado por todos os danos morais, físicos, emocionais e materiais que tenho sido vítima todos esses anos. Eu preciso ir até o fim.

– Não vai ser fácil.

– Não tenho nada a perder.

– Tem sua família.

– Mas do jeito que as coisas vão, tenho medo de perdê-los também. Perdi nove amigos, por nada. Não quero que ninguém mais morra por minha causa. Se alguém pretender fazer alguma coisa comigo, então que faça. Vou pôr a minha cabeça bem visível. Quero que isso acabe de uma vez por todas.

– Vamos enfrentar uma pedreira.

– Não tenho mais ilusão alguma neste país, Osvaldo. Não me iludo com mais nada.

—⁕—

Quando Karl foi expulso do Brasil, sua história saiu em um jornal de Genebra, cidade suíça onde Natan estudava jornalismo. O sobrevivente da emboscada da praia do Janga, ao ler a história, viu o nome de Afroníger. Lembrou-se das conversas que tinham antes da emboscada que culminou na morte de seus amigos. Procurou o jornalista responsável pela reportagem, conseguiu o endereço de Karl, e marcou uma visita ao missionário em Munique, na Alemanha, na casa de seu filho.

—⁕—

Quando chegou a casa, o filho de Karl informou que o pai estava na estufa do jardim, nos fundos. Natan encontrou o missionário tirando uma muda de um pé de bromélia. Uma planta bastante incomum para o clima frio da Alemanha.

– Como vai, Doutor Karl?

– Muito mal. Ainda não me recuperei do que passei no Brasil.

– Eu entendo.

– Quer dizer que você é o guerrilheiro que Afroníger conheceu em Maria Farinha.

– Sou. Afro contou tudo de mim, então?

– Na verdade não, contou mais de Ezequiel. O rapaz parece que era um vizinho no bairro em que moravam.

– Isso. Ezequiel o admirava muito. Foi triste para ele saber que eles morreram em uma emboscada.

– Só fiquei sabendo que Ezequiel, Amós e Nonato tinham morrido anos depois em uma conversa que tive com meu tio, o general Moisés Cavalcanti.

– Isso o Afro não me falou.

– Ele não sabia. Não quis contar a eles que tinha um tio general do Exército para eles não pensarem que eu era um espião.

– Entendo. Ele só contou que você tinha sido expulso de um seminário.

– É. Esse foi o motivo maior que me fez entrar para a guerrilha. Como está o Afroníger?

– Quando fui expulso do país, ele estava no Mato Grosso com a família.

– Por que foram para tão longe?

– A família, na época que ele esteve preso na Casa de Detenção, foi muito pressionada pelos militares, então decidiu fugir para o Mato Grosso... Afro achava que você também havia morrido no acidente.

– Eu não morri por causa do meu tio. Ele teve uma conversa séria com o coronel que comandava a repressão de comunistas em Pernambuco... Eu tive sorte.

– Teve muita sorte, mesmo. Coitados daqueles rapazes.

– Não eram tão coitados assim, Doutor Karl. Podem dizer tudo de nós, só não podem dizer que não tínhamos esperteza. Ninguém entrou para a luta armada ingenuamente. Queríamos mudar o país à força. Todos estávamos apaixonados e dispostos a matar ou morrer por essa causa. Não eram só os militares que nos consideravam baratas, nós também os considerávamos como tal. Não havia inocentes em nenhum dos dois lados. Somos culpados por tudo que aconteceu. Se a esquerda tivesse tomado o poder, eles não teriam misericórdia dos seus inimigos. Os militares foram cruéis, sim. Mas se a esquerda tivesse tomado o poder, ocorreria em nosso país o mesmo que fizeram na China, União Soviética. Crueldade na História não é um patrimônio exclusivo da Inquisição e das ditaduras latino-americanas. Maldade, podridão e sujeira estão em todas as ideologias. É a natureza humana.

– É verdade.

– Sua esposa está enterrada no Brasil, não é?

– Sim. Os parentes dela queriam que ela fosse trazida para a Alemanha, mas um dia ela me falou que se ela morresse no Brasil gostaria de ser enterrada no Brasil. Foi sepultada no Vale Escol.

Karl baixa a voz quando fala as últimas palavras.

– Se não for muito para o senhor, diga: quem matou sua esposa?

Nesse momento, Karl pegou o porta-retrato de Heidi, segurou no peito, sentiu como se fosse uma facada, foi atingido pela lembrança das cenas do massacre.

– Foi um nazista. Um homem que carrega a guerra no coração. Foi o coronel Febrônio Machado.

– Loucura!

– O quê?

– Foi com ele que meu tio conversou para que não me matassem.

– Ele torturou Afro na Besta de Cedro, depois nos perseguiu durante sete anos... Eu não gostaria de relembrar essa história. Dói muito.

– Como o senhor quiser.

Karl incentivou Natan no seu projeto do livro, contou-lhe também que estava escrevendo um livro sobre Pajeú e sua medicina de ervas, e nessa biografia do médico do sertão falava do maior projeto de sua vida: o Vale Escol.

CAPÍTULO 44

Osvaldo em um mês deixou de ser juiz e com a ajuda de seus amigos da Ordem dos Advogados recebeu a carteira de advogado.

Para os militares linha dura, foi um choque de "enfartar brigadeiro" tomar conhecimento da ação contra a União, movida por Afro. O general Moisés Cavalcanti ficou muito agitado quando tomou conhecimento dos fatos pela ótica de quem ele considerava. Osvaldo conhecia bem o general, por isso mandou o processo para ele.

Lá, Afro relatava ter sido preso sem motivo, torturado na Besta –que Moisés acreditava ser folclore – a tentativa de assassinato no rio Madeira, explicando o acidente; o salvamento por Olavo, o atendimento médico de Karl e Heidi, as perseguições sofridas por parte de Machado até o massacre dos nove em Escol. No final, o general Cavalcanti estava profundamente irado com o coronel Machado.

No dia seguinte, os membros do Conselho de Guerra do Nordeste reuniram-se para avaliar o impacto da bomba. Até esse momento, nada tinha sido divulgado pela imprensa. O coronel Machado foi convocado para a reunião – ele não sabia da ação movida contra a União por causa dele.

Moisés sentou-se em frente a Machado de propósito: queria estar próximo a ele para ouvir as respostas bem de perto. O comandante começou a reunião indo direto ao assunto:

– Senhores, ontem à tarde, o Dr. Osvaldo entrou com uma ação contra a União.

Quem é esse Osvaldo?

– Ele era juiz até um mês atrás.

– Juiz?

– Juiz, coronel Machado, foi o que eu disse.

– Por que um homem deixaria o cargo de juiz para voltar a ser advogado?

– Por um grande motivo, coronel – diz Moisés.

– Que motivo, eu insisto em saber?

– Para defender um amigo, por exemplo.

– Isso não existe, general Moisés. Que amigo? Quem é esse amigo?

– Afroníger Carvalho de Oliveira.

– O quê?

– Isso mesmo, coronel. O homem afirma, entre outras coisas gravíssimas, que foi torturado pelo senhor e mais quatro oficiais no porão da Casa de Detenção na Besta de Cedro.

– Isso é um absurdo. É uma calúnia contra minha pessoa e também contra a nossa instituição.

– Coronel, antes de tudo, responda: o senhor nunca torturou esse homem?

– Isso não passa de uma difamação de subversivos contra todos nós. Temos de repelir energicamente essa afronta insidiosa e absurda.

Moisés não se deixa impressionar com os ataques da fera, enfrenta-a, cara a cara:

– Coronel, o senhor é citado como o responsável principal, não só pela tortura sofrida pelo senhor Afroníger, mas também por tentativa de assassinato em Triunfo e pelo massacre de nove inocentes no Vale Escol.

– Mentira. Mentira. Vale Escol era um foco de subversivos comandados pelo Zumbi e pelos falsos missionários.

– Depois do que eu li, não tenho mais certeza se eles eram falsos missionários, ou se esse povo do Vale Escol era subversivo ou um bando de camponeses abandonados à própria sorte, e que tiveram o privilégio de conhecer um casal de missionários que introduziram no lugar respeito, tecnologia e dignidade humana.

– General! Esqueça essa baboseira que esse ex-juiz bobo contou. Conversa. Aquilo era uma comunidade de guerrilheiros perigosíssimos. Esse casal de missionários era terrível, tem dado assistência e se envolvido com subversivos desde as Ligas Camponesas de Julião e Arraes. Nós estávamos de olho neles havia muito tempo. Eu hoje me arrependo de ter deixado o missionário partir vivo.

– O senhor queria embarcá-lo em um caixão, não é?

– Seria o mais certo, general. Seria o mais certo.

– Mas, voltando ao Vale Escol. Desde quando um menino de dez anos chamado Bepi pode ser um guerrilheiro perigosíssimo?

– Sinto muito, mas eles fazem guerrilheiros até com cinco anos.

Todos olham com censura para o coronel:

– Esperem aí, vocês vão acreditar em um juizinho coração mole, que não tinha capacidade para ser juiz e volta a ser advogado de porta de cadeia?. Eu sou um oficial honrado, que tem dado seu sangue para combater todos os inimigos do Brasil.

– Coronel, o juiz, quer dizer, o ex-juiz não é um advogado de porta de cadeia. Dr. Osvaldo é um dos maiores juristas deste Estado. Tem vários livros publicados, é professor há muitos anos da Faculdade de Direito de Recife, onde ele é admirado por todos, e muitos vêm estudar no Recife apenas para tê-lo como professor. Mas eu quero fazer outra pergunta.

– Faça, general Moisés.

– Procurei ficar distante do serviço de repressão e por conta disso desconheço muitas coisas que, agora, tomando conhecimento, me deixam estarrecido. Eu sempre soube que essa tal Besta de Cedro não passava de lenda ou fosse um simples pau-de-arara. Pelo que foi dito, o senhor é acusado de interrogar sob tortura o senhor Afroníger na tal Besta de Cedro. Essa tal Besta de Cedro existe?

– ...Nós não a chamamos de Besta. Não sei o motivo desse nome. Mas não é como esses patifes descrevem. É um móvel muito antigo, já apodrecido pelo tempo, quase todo tomado de cupins. Nós o usamos sim nos momentos mais dramáticos da nossa luta contra os comunistas. Mas isso foi no governo anterior. Essas histórias que contam dela são pura bobagens.

– Francamente, sinto-me como uma vaca de presépio. As coisas acontecendo debaixo do meu nariz e eu estou cego, sem ver nada.

– Espera lá, general. O que o senhor queria que fizéssemos? O problema de vocês, "moderados", é que nunca enfrentaram a realidade dos subversivos de frente. Nós não. Nós tivemos de pegar o touro à unha. Fomos para a arena, enquanto vocês assistiam na platéia.

– Que vocês foram pegar o touro, eu concordo. Porém, à unha é um exagero que não tem tamanho. Mas isso não interessa, o importante é o que vamos fazer daqui em diante.

– Mandar o juiz arquivar o processo e pronto.

– Não é tão simples assim, coronel. Não estamos mais no governo anterior. Vamos ter de sair dessa pela porta da frente do tribunal. Entendeu, coronel? – Moisés falou muito enérgico batendo com os nós dos dedos na mesa.

– E então, o que faremos? – pergunta um oficial do Conselho.

O coronel, mais uma vez, com sua habitual impulsividade, respondeu:

– Deixem comigo. Vou dar um jeito nisso. Vou tirar nossa honra dessa afronta da mesma forma que tirei a pátria das mãos dos vermelhos.

O Conselho, contra a vontade de Moisés, dá mais um voto de confiança a Machado para resolver aquela situação ao seu modo, desde que não mate nem torture os envolvidos. A reunião é encerrada.

Naquele mesmo dia, Machado arrumou engenheiros, especialistas em construções que colaboravam com a repressão. Levou-os à noite na Casa de Detenção. Eles examinaram o lugar, viram as paredes, escadas, chão, tudo.

No dia seguinte, com o aval do diretor da Cadeia, fizeram uma parede de pedras na entrada do porão e desviaram as escadas que davam no lugar e para completar fizeram um piso no lugar em que começavam as escadas que levavam ao porão da Besta. Usaram material igual e antigo, semelhante à construção original. Dali a equipe foi ao rio Madeira, Triunfo e Arco Verde. Visitou todas as testemunhas que poderiam prejudicá-los. Só deixou fora da sua lista Olavo Manoel. Todos foram ameaçados pelo coronel. Osvaldo não conhecia a sagacidade de Febrônio Machado.

CAPÍTULO 45

Na primeira audiência, depois de lido o processo e todo o protocolo jurídico, o juiz Roberto intimou o coronel para uma próxima audiência. Sabendo que teria de depor, ele ficou muito revoltado com a idéia de sentar em um tribunal. Em outros tempos, ele resolveria aquilo de outro modo, mas os tempos tinham mudado.

No tribunal, ele se transfigurou, virou um cordeiro. Sentou na cadeira das testemunhas, prometeu dizer toda a verdade. Entre os presentes, dois generais, Afro, advogados e o juiz. O advogado da União foi trazido do Rio. O juiz começou o interrogatório. Depois de algumas perguntas, entregou o coronel a Osvaldo, que foi direto ao assunto:

– Coronel, reconhece o senhor Afroníger Carvalho de Oliveira?

Os dois se olham, o olhar frio do coronel quando enfrenta o olhar de Afro produz nos dois uma descarga ácida em seus estômagos. Afro tem uma súbita vontade de partir para cima do homem que o torturou tão covardemente.

– Reconheço. Esse homem foi preso para averiguações na Casa de Detenção, em junho de 70.

– Depois de tantos anos, coronel, o senhor se lembra de fatos como se tivessem acontecido quatro meses e quinze dias atrás (dia do massacre de Vale Escol, Osvaldo queria abri-lo). Parabéns.

– Obrigado. Sempre tive uma memória muito boa, Dr. Osvaldo, e também não esqueço os inimigos da pátria (Afro).

– Por que o prendeu e para onde o levou?

– Na verdade, eu não o prendi, os homens que o prenderam estão mortos. Foram mortos em uma emboscada no rio Madeira.

– O que eles foram fazer naquele cafundó, coronel? Foram passear ou dar "iscas" aos peixes?

– Meritíssimo, esse advogado está me irritando com seu cinismo. A pergunta dele não tem cabimento.

– Doutor Osvaldo, seja mais objetivo.

– Desculpe, excelência. Mas, voltando ao assunto. O senhor prendeu o senhor Afroníger com que propósito?

– Já falei. Vou repetir. Para averiguações.

– Averiguar o quê?

– Ele era um guerrilheiro, comunista, um inimigo da pátria.

– Que provas o senhor tem para afirmar isso?

Machado tirou do bolso meia dúzia de fotos que o serviço de repressão tirara de Afro e as mostra ao juiz:

– Veja, meritíssimo. Ele no meio de quatro guerrilheiros da VAR-Palmares... Essa aí ele dá instruções... Nessa outra, ele conta piadas, o negócio deles era violência por meio da zombaria. Era a força através da alegria... Nessa outra, ele levou até a família, gente sem escrúpulo algum.

Os advogados examinam as fotos, Osvaldo continua:

– Só por causa dessas fotos, o senhor o prendeu?

– Quer mais? Todos esses guerrilheiros aí foram mortos em confronto conosco. Eram tão perigosos e bem treinados que estimamos precisar de 40 soldados para cada guerrilheiro.

– O que você fez com ele na Casa de Detenção?

– Nada. Foi detido, fizemos algumas perguntas, ficou preso, um mês depois foi solto, e ele voltou para a militância armada.

– Mentiroso – Afro não agüenta.

– Silêncio, caso se manifeste dessa forma, ordenarei que seja retirado do tribunal – interrompe o juiz.

Osvaldo pede que Afro se acalme. E continua:

– Coronel, meu cliente diz que não foi bem isso que aconteceu?

– O que ele falou que aconteceu? – pergunta Machado.

– Que o senhor o levou para o porão da Casa de Detenção, e no porão, onde está a Besta de Cedro, o senhor e mais quatro ajudantes o torturaram com todo tipo de violência.

Febrônio esboça um sorriso cínico.

– Que Besta de Cedro? Seu cliente deve ter sofrido de algum mal mental. Porque, primeiro, nunca ouvi falar que na Casa de Detenção tivesse um porão; segundo, que essa tal Besta de Cedro que eu saiba é coisa do folclore, lenda de cordel; e terceiro, pela minha formação cristã, eu jamais torturaria um ser humano. Nenhum homem pode torturar a criação mais sublime do criador.

Afro chorava de ódio. Ouvir aquilo era outra tortura. Mas Osvaldo não deixou por menos.

– O senhor nunca torturou meu cliente?

Machado olha Afro que não o encara para não perder o controle.

– Não. Nunca. Não faz parte dos meus princípios torturar quem quer que seja, mesmo um guerrilheiro perigoso como ele.

– Meritíssimo, eu requisito uma sindicância na Casa de Detenção para comprovar a existência de tal instrumento de tortura que o coronel sob juramento afirma não existir.

– Afirmo sim, com todas as letras. Isso é coisa de maluco.

O juiz delibera a sindicância para averiguar a existência da Besta. E isto será feito com as presenças de Osvaldo, Afro – que resiste à idéia, mas depois aceita, sabendo da importância da sua presença – do advogado do coronel e de um representante do juiz para fazer um relatório.

CAPÍTULO 46

O grupo chegou à Casa de Detenção, o diretor foi recebê-los, orientado por Machado sobre o que responder para o Dr. Osvaldo. O oficial do juiz fala a Afro:

– Pode descrever os lugares e como foi que tudo aconteceu?

– Primeiro fui trazido para cá e preso numa cela no outro pavilhão.

– Vamos lá.

Chegando à cela, Afro tem um calafrio, um pavor lhe toma o coração.

– Aqui, fiquei preso com mais quatro.

– Onde eles estão atualmente?

– Acho que mortos.

– Continue.

– Daqui me levaram, já à noite, para o porão da, da... de...la.

– Porão? Aqui na Casa de Detenção? Que absurdo. Nunca existiu porão aqui – afirma o diretor.

– Ele é deles, Osvaldo – Afro diz para o seu advogado.

– Vou logo afirmando: essa cadeia nunca teve porão porque sempre foi um lugar transparente, os presos sempre foram tratados com respeito...

Afro vai levando o grupo, sem levar em conta o palavrório do diretor, que vinha defendendo a Casa de Detenção como um lugar sagrado. Fazem o mesmo percurso que Afro fez na noite que foi ao matadouro. Estava certo que encontraria tudo como antes. Mas quando entrou na sala que tinha a escada que descia para o porão...

– Foi aqui. Aqui tinha uma escada que dava no porão.

– Impossível. Isso aqui é uma biblioteca há muitos anos. Essa sala leva à cultura, não a torturas. Talvez a cultura seja uma tortura para certas pessoas.

– É aqui. Debaixo desse piso, existe uma escada muito antiga que leva ao porão.

– Impossível! Esse piso tem mais de 100 anos. Talvez tenha sido noutro lugar. Pense melhor. – O diretor, amigo do coronel, fala com certo cinismo.

– É aqui, eu sei. – Afro mantém-se firme no que viveu.

– Acho que você não está bem da cabeça. Podem olhar. Não existe como, nessa sala, ter uma escada. – Mais uma vez o diretor tenta ridicularizar Afro. Os presentes ficam em dúvida.

O grupo se espalhou pela sala enorme com algumas mesas, estantes com livros. Osvaldo coça a cabeça. Ele via que o piso não tinha marcas de ter sido adulterado recentemente, o que ele não sabia era da competência dos especialistas que Machado arrumou para maquiar aquela estrutura. Eles fizeram um trabalho perfeito. Depois de examinar toda a sala, volta-se para Afro com um olhar frustrado:

– Tem certeza que é aqui que eles o trouxeram, Afro?

– Tenho, Osvaldo. Foi aqui. Estou dizendo.

– Pense direito. Sete anos não são sete dias. Sua mente pode se enganar e, além disso, este lugar é muito grande. Pense bem. Há muitas salas iguais a essa, você disse que era noite... Podemos revirar este lugar de pernas para cima, só procure lembrar direito...

O diretor chegou perto, como quem quer ajudar:

– Se quiser, podemos ir a outro lugar.

Dali foram para outros lugares semelhantes àquele. E nada. Depois de duas horas de procura, Osvaldo saiu dali muito abalado: sem o porão, sem a Besta. Sem a Besta, Afro não tinha como provar que havia sido torturado nem como sustentar sua história. O jogo virou rápido a favor do coronel. Agora era partir para o testemunho de Olavo e Lourival. Afro ficou arrasado com a visita à Casa de Detenção, até ele ficou confuso, nem ele conseguia entender como a escada da Besta sumira. Machado conseguiu aplicar um golpe perfeito.

CAPÍTULO 47

Chegou o dia do testemunho de Olavo.

– Senhor Olavo, onde conheceu o senhor Afroníger? – perguntou o juiz.

– No dia do acidente. Especificamente quando mergulhei no rio Madeira para salvá-lo. Ele estava todo molhado e desesperado pedindo socorro.

– Aqui não é hora nem lugar para ironias, senhor Olavo.

– Desculpe.

– Conte-nos o que aconteceu depois?

– Eu e Lourival levamos o Afro semimorto para a clínica do Dr. Karl Schweitzer. Lá, ele foi operado, e meses depois começou a perseguição do coronel em cima de nós quatro. Sabíamos que ele queria pegá-lo para matar.

– Por que o senhor fala que o coronel queria matá-lo?

– O coronel espalhou por toda parte que procurava um assassino perigoso que matara três oficiais militares. Ora, eu sabia que não era nada daquilo, eu vi o acidente. Eu vi quando o jipão deles mergulhou no rio. Quando o coronel nos encontrou em Triunfo, ficou zangado por não ter achado Afro, que estava escondido dentro de uma gruta; então, o coronel Machado disse que, se achasse o "Zumbi" vermelho, o mataria na nossa frente e depois nos mataria também.

– Quem pode testemunhar isso?

– Doutor Karl, que foi expulso sem motivo do país, e Dona Heidi, que o coronel e seus homens mataram no dia da República do ano passado.

– Por que o senhor só salvou o senhor Afroníger do afogamento? Por que não salvou os outros?

– Porque eles não boiaram. Como eles estavam na cabina e bateram com força na beirada da ponte, e o carro caiu muito rápido no rio, acho que eles não conseguiram sair da cabina a tempo, o lugar que caíram era muito profundo. Nós esperamos uns dez minutos até aparecer algum deles na superfície, não apareceu, aí fomos embora para tentar salvar o Afro que estava à beira da morte.

Um mês depois, foi a vez de Lourival. Seu testemunho foi rápido e deprimente.

– Você conhece o senhor Afroníger?

– Conheço.

– Onde o conheceu?

– Em Arco Verde. "Seu" Olavo me levou até o hospital para pegar uns comprimidos por causa das minhas constantes enxaquecas, lá eu o conheci, devia ter sido operado porque estava com um avental de doentes.

– Mas ele diz que você e "seu" Olavo o salvaram de um afogamento no rio Madeira.

– Eu já fui ao rio Madeira com "seu" Olavo, mas nunca salvei ninguém de afogamento lá.

– Por favor, fala a verdade, Lourival. Você está sob juramento.

– Eu também não salvei ninguém no rio Madeira. Só vi esse homem uma vez. É só isso que sei.

Afro ficou irado com a covardia do amigo, Olavo procurou amenizar as coisas:

– Ele foi ameaçado. Não fosse isso, ele teria falado tudo.

A audiência terminou com o juiz mandando fazer uma sindicância no rio Madeira, no Mini Hospital da missão alemã em Arco Verde, na casa de Karl em Triunfo. Machado saiu rindo, colocou a mão no ombro do advogado e o parabenizou pela defesa.

As sindicâncias nos locais determinados revelaram: Não havia carro no fundo do rio Madeira (ele foi retirado de lá no dia seguinte depois do acidente); não encontraram ficha de Afroníger ou registro da cirurgia e do tratamento que lhe foi dado (Karl sumiu com a ficha de Afro para que os militares na época não encontrassem nada); ninguém em Triunfo, nem o caseiro, vizinhos, tinha conhecido Afro; enfim, não havia qualquer prova concreta contra Machado. Afro passou por uma avaliação médica em que foi comprovado que ele sofreu torturas, mas isso não confirmava que ele sofrera as torturas na Casa de Detenção por ordem de Machado.

Essas coisas deixaram Afro em profunda angústia e depressão. Eles tinham a verdade, mas não havia provas para comprová-la. Até o Dr. Osvaldo ficou abatido.

– E agora, o que vamos fazer? – questionou Afro aos dois amigos.

– Esperar a justiça de Deus – respondeu Olavo.

– "Seu" Olavo, o que precisamos aqui é da justiça dos homens! Esse homem tem de pagar por tudo que fez. Não é no inferno que ele vai pagar, é aqui... Ele permanecendo livre, todos estamos em perigo – exclama Afro.

– Eu subestimei a sagacidade, a esperteza desse homem. Sem dúvida, ele é muito mais inteligente do que eu imaginava – desabafou Osvaldo.

– O que vamos fazer, Osvaldo? – pergunta Afro.

– Achar alguém do outro lado que comprove a sua história.

– Os que havia, morreram no rio Madeira.

– E aquele que anotava tudo, lembra?

– Lembro vagamente dele. Mas se ele aparecer na minha frente eu não vou reconhecer.

– Você tem de se lembrar dele.

– Ele ficou no canto, não dava para ver como ele era... Sabe de uma coisa, Osvaldo?

– O quê?

– Eu não acredito que, mesmo encontrando esse infeliz, que ele testemunhe a nosso favor. Se o Lourival, que é um dos nossos, sujou nas calças e mentiu...

– Eu não o deixaria mentir, esmagaria sua consciência com os relatos de tortura... Mas onde está o homem, Afro?

– Não faço a mínima idéia. Eu acho que chegamos ao final. Acabamos com nossas vidas. Osvaldo queimou sua carreira... É, irmãos, nossos opressores venceram.

Um pesado silêncio caiu sobre eles.
Osvaldo começa a declamar:

– Las manos de mi madre parecen pájaros en el aire
Histórias de cocina entre sus alas heridas de hambre.
Las manos de mi madre saben qué ocurre por las mañanas
Cuando amasan la vida, horno de barro, pan de esperanza...

Fragmento de *"Como Pájaros en el Aire"*
Peteco Carabajal

E complementa:

– Mãos de ódio são as mãos do coronel, dos ditadores, da Besta. E o pior é que são essas as mãos vencedoras – conclui Osvaldo.

– Eles me tiraram tudo, só me deixaram a vida. Uma vida semelhante à fumaça que sai das cinzas do carvão.

Essa luta nos tribunais consumiu quatro anos. Osvaldo fez de tudo para mostrar as provas da verdade. Mas o coronel sumiu com todas as provas. Para isso, Febrônio contou até com a ajuda do próprio juiz do caso.

O juiz chegou à conclusão que era hora de arquivar o processo por absoluta "falta" de provas. Estávamos no começo de outubro de 1984.

A derrota nos tribunais abateu os três amigos. Mas Machado queria piorar mais as coisas. Mandou chamar Getúlio, seu fiel escudeiro. O sargento dedicava-lhe respeito e obediência como de um jesuíta pós-Concílio de Trento.

– O que houve, senhor?

– É esse negro...!

– O que levou a União à Justiça?

– Que levou o governo, uma ova, levou a mim, sargento. É um absurdo o que ele está fazendo comigo.

Getúlio permanecia em silêncio, atento:

– Esse canalha precisa duma lição.

– Uma lição, coronel?

– Sim, foi o que eu disse – Machado andava de um lado para o outro. – Como você sabe o general, Moisés me proibiu de resolver essa questão ao meu modo. Amarrou minhas mãos e pés, por isso estão jogando lama na minha cara... Esse Zumbi vermelho precisa saber quem eu sou.

– O que o senhor planeja?

– Uma lição. Uma surra.

– Mas isso não vai piorar?

– Que piorar, Getúlio. Já ganhamos no tribunal.

– Quer que eu faça isso?

– Eu quero. Entrei em contato com alguns amigos. Simpatizantes de nossa causa.

– Do CCC (Comando de Caça aos Comunistas)?

– Isso. Eles toparam dar uma ajudazinha. Estão prontos para qualquer coisa, eu lhes disse que mandaria um líder: você. Eu mesmo seria esse líder se não fosse essa impossibilidade que me impuseram.

– O que o senhor quer?

– Uma surra ou um acidente, algo que fique marcado.

– A Besta já não o marcou o suficiente?

– Não foi suficiente. Quero algo que ele veja para que daqui pra frente pense cem vezes quando nos acusar de mais alguma coisa... Entendeu?

– Claro. Onde vai estar o pessoal?

– Vão encontrá-lo na sorveteria "Umbu & Delícias", na Ilha do Bom Retiro, amanhã, às 20 horas.

– Deixa comigo.

– Ótimo... Ah! Getúlio.

– Sim.

– Não conte a ninguém que eu planejei esse negocinho.

– Sim, senhor.

O coronel não se contentava com a vitória, queria esmagar o inimigo.

CAPÍTULO 48

Chovia. Uma chuva de primavera-chegando-o-verão começou de repente. Se fosse como as últimas que caíram naquela semana, a chuva logo cessaria. Às oito da noite, Getúlio encontra com os homens do coronel, ao todo eram seis. Conversaram em uma mesinha da sorveteria:

– Você é o sargento Getúlio?

– Sim. E vocês são os amigos do coronel?

– Admiradores... Ele nos pediu um favor.

– Vocês conhecem o homem?

– Claro – respondeu o que parecia o líder dos cinco.

– Quero lhe adiantar que ele é muito perigoso.

– Ele é um vira-lata vermelho – disse um dos homens. Os outros quatro permaneceram calados. O homem continuou: – Desde que o coronel nos pediu, temos vigiado o comunista.

Hoje ele visitará um camarada no Hospital da Restauração. Depois virá a pé até a rua da Fábrica, onde mora.

– Aonde vamos pegá-lo?

– Na ponte do rio Capibaribe, perto do Derby.

– Por que em cima da ponte?

– Porque da outra vez ele sobreviveu, vamos ver dessa vez.

– Mas o coronel pediu uma lição, não a morte.

– Tudo bem. Se você quiser, a gente só bate.

– É só uma surra.

– E essa chuva não passa? – o homem fica irritado com a chuva.

– Vai passar, é só ter paciência.

– Enquanto isso, vamos até um bar beber alguma coisa.

– Vamos – concordou Getúlio.

Foram para um bar próximo ao parque do Derby. Enquanto esperavam a vítima, tomaram umas doses de uísque.

Afro e Olavo saíram do restaurante às 21h30min, acertaram com o dono do restaurante todo o fornecimento de verduras, legumes e frutas. Olavo abrira uma pequena quitanda na rua da Fábrica, no bairro da Madalena. Nessa rua ficava o seminário de onde Natan fora expulso.

Caminhavam na direção do parque do Derby. Do outro lado da ponte, os seis homens aguardavam a hora do ataque. Olavo não deveria estar presente, mas agora eles dariam surra nos dois. A chuva não diminuía, ao contrário, parecia aumentar. As ruas até a ponte estavam escuras, poucas pessoas passavam por ali naquele momento.

Os dois amigos começaram a subir a ponte e os homens vieram ao encontro deles. Afro não imaginava o que aqueles homens queriam fazer com ele. Faltando poucos metros entre o grupo e eles, Getúlio gritou:

– São eles!

Afro e Olavo assustaram-se:

– O que vocês querem? – falou Afro.

– Acertar as contas seu comuna de uma figa...

Os homens partiram para cima dos dois. Quatro se ocuparam de Afro e dois pegaram Olavo.

– Não façam isso. Não toquem no meu amigo. Estou avisando.

– Por quê? Vai nos matar como matou aqueles militares no rio Madeira?.

– Já disse, caiam fora!

Os dois homens pegaram Olavo e começaram a bater nele. Afro foi atrás dos dois, mas os outros quatro entraram na frente.

Ele não teve escolha. O "Diabo Negro" ressuscitou. O primeiro que pegou foi Getúlio, que o xingou. Deu-lhe um chutaço nas costelas que o arremessou contra o muro protetor da ponte. Na queda, Getúlio quebrou a omoplata e o braço. Ficou estirado no chão, gritando de dor.

Os outros pularam em cima de Afro, mas ele se desvencilhou de todos com ginga de capoeirista e braços de estivador. Ele acertava o nariz de todos que apareciam na frente para machucá-lo. O sangue que escorria do nariz dos três agressores começava a misturar com a chuva. Afro rodou as pernas em todas as direções, e os homens caíram que nem coco no chão.

Eles não esperavam tamanha fúria e destreza, não tinham sido devidamente avisados da força e habilidades de Afro.

Afro pegou um do chão e o jogou sobre os outros. E desferia golpes fortes. Não errou a maioria dos golpes. Deu rasteira, rabo-de-arraia, meia-lua, socou e chutou sem parar. Os quatro sentiram rapidamente, então, a fria em que se meteram. Não deveriam nunca atacar aquele guerreiro.

Afro estava tomado pela ira. Quando viu Olavo caído e dois homens que o chutavam covardemente, partiu em socorro do amigo. Os dois agressores não perceberam Afro, somente sentiram dois poderosos tapas que os jogou ao chão. Um deles bateu a testa no meio-fio e desmaiou, o outro quase caiu da ponte. Não fosse o parapeito, estaria na água do Capibaribe. Olavo sangrava e respirava com dificuldade.

Afro viu os homens fugindo, deixando Getúlio para trás, então, largou Olavo e partiu como um touro sobre Getúlio, que estava caído. O sargento sentiu que seria o seu fim. Afro chegou até ele, furioso, pronto para matá-lo com uma pernada ou jogá-lo no rio. Getúlio olha para ele com pavor. Com a clavícula quebrada, não podia reagir, sentiu Afro levantá-lo do chão. No ar, Afro o virou na direção do parapeito. Getúlio estava perdido. Quando batesse na água poderia morrer pela força do impacto.

– Não – falou Olavo com voz fraca. Não faça isso, Afro.

– Ele queria me matar, Olavo. É legítima defesa.

– Por favor, não faça isso. Quem com ferro fere com ferro será ferido. Você sabe que nosso espírito é de paz.

– Ele veio nos matar, Olavo. Ele vai aprender como é bom ser jogado no rio.

– Não, Afro. Não. Não agüento mais. Leve-nos para o hospital. Esse homem está pior que eu – Olavo desmaiou.

Afro deixou Getúlio caído e foi ajudar Olavo. No meio da chuva, esperou por um táxi para levar amigo e inimigo para o Hospital da Restauração.

Passaram dois táxis, mas não pararam. Talvez para não molhar e sujar o carro com sangue. A chuva fria caía no rosto de Olavo que continuava desmaiado. Getúlio gemia de dor. Uma Kombi parou, Afro pediu ao motorista que os socorresse. O dono da Kombi mandou que colocasse os dois atrás. Primeiro, Afro colocou Olavo. Depois, pegou Getúlio no colo que continuava gemendo de dor. Getúlio ficou preocupado:

– Aonde vai me levar? – perguntou apavorado o homem que havia sido cúmplice na tortura de Afro na Besta.

– Atender ao pedido do meu amigo e levá-lo para o hospital.

Até aquele momento, Afro não tinha reconhecido Getúlio. Ele não sabia que o homem que anotou suas palavras na noite da tortura na Besta era o mesmo que ele carregava no colo. Getúlio estava muito envergonhado e constrangido, sendo levado para o hospital pelo homem que havia planejado matar.

O carro levou os dois para o Hospital da Restauração, o mais próximo dali. No pronto-socorro, Olavo – que ainda estava desacordado – foi colocado em uma maca. Afro colocou Getúlio em outra.

Enquanto os dois eram atendidos, Afro telefonou para Osvaldo.

– Osvaldo é Afro.

– O que houve?

– Tentaram pegar o Olavo e eu. Nosso amigo está muito mal.

– O quê?

– É isso que você ouviu. Eles tentaram me pegar.

– O que você fez?

– Eu reagi.

– E eles?

– Trocamos uns socos e pontapés.

– Machucaram você?

– Deram pancadas. Mas não sabiam brigar. Acertei todos, um deles eu trouxe para o hospital. Quem mais se machucou foi o Olavo.

– Qual é o hospital?

– Hospital da Restauração.

– Estou indo para aí.

Quando Osvaldo chegou, foi logo dizendo.

– Onde está "seu" Olavo?

– Está na UTI – Afro disse.

– O problema dele piorou. Ele está em coma – disse o médico.

– O pior é que eu não pude fazer nada.

– Se você não tivesse lá, ele estaria morto agora.

– Droga, droga, droga!

– E o outro que você acertou?

– Está no segundo andar. Vem comigo.

O médico que atendeu Getúlio é apresentado a Osvaldo.

– Dr. Eldaudo Saldanha, para nós é muito importante saber o nome do homem que Afro trouxe.

– O da omoplata quebrada. Quebrou a omoplata e fraturou cinco costelas...

– Podemos vê-lo agora? – interrompeu o advogado.

– Se vocês tivessem vindo há dez minutos.

– Como?

– Ele saiu há poucos minutos em uma ambulância.

– Para onde ele foi levado?

– Não sei. Mas os que vieram buscá-los eram médicos.

– O senhor fez a ficha dele?

– Fiz.

– Qual é o nome dele?

– Eu não posso dar os dados dele.

– Doutor, fui eu quem o trouxe ao hospital, eu queria saber o que aconteceu com ele. Só lhe fazer uma visita de melhoras.

– Só porque foi você quem o trouxe vou dar o nome e endereço. Nome: Alexandre Herculano Vieira, mora na rua das Orquídeas, 327, no bairro do Cordeiro.

Pegaram o carro de Osvaldo e partiram na direção do Cordeiro. O endereço era bem fácil. Acharam sem dificuldade a rua das Orquídeas. Só faltava o número 327. O número das casas ficava escondido pelas folhagens das árvores. Por volta de uma da manhã acharam o número 327. Surpresa. Era o número de um mosteiro de dominicanos.

– Mosteiro dominicano! – disse Afro, surpreso.

– Eu devia ter desconfiado.

– O quê?

– Tudo é falso. O nome, o endereço, tudo. Eles nos enganaram.

– Mas ele pode estar aí dentro.

– Esse mosteiro foi um foco de resistência ao regime. E o último lugar que eles poderiam estar é aí dentro rezando.

– Droga.

– Droga mesmo.

– Vamos embora.

No caminho, Afro desabafa:

– Sabe, Osvaldo, quando eu trouxe o desconhecido, ele ficou muito envergonhado. Não conseguia me encarar, evitava me olhar. Ele me lembra alguém...

– Você fez algo por ele que ele jamais esperava que acontecesse. E ele deve ter ficado com medo de você, é natural.

– Não era medo, ele não estava com medo. Ele estava muito constrangido.

– Ele não estava à vontade, Afro. Que homem ia ficar à vontade carregado no colo por você?

– Ele me olhava como se me conhecesse. É igual a alguém que lhe apronta algo um dia e fica envergonhado quando o reencontra anos depois. Foi essa a impressão que tive.

– Ele no mínimo deve ser homem do Machado.

– Não tenho dúvida.

– Então ele deve saber de toda sua história. Acho que ele não esperava que você o levasse para o hospital depois do que eles fizeram com vocês... Agora, vamos pensar no que fazer daqui para a frente. Você não pode andar por aí desprotegido.

– Osvaldo, está na hora da imprensa saber de tudo. É preciso abrir o jogo.

– Eles sabem de tudo.

– Então, por que não publicam minha história?

– O governo disse que eles estavam proibidos de publicar essa história. Não podem publicar nada a esse respeito.

No dia seguinte, Afro foi ao hospital. O médico deixou que ele entrasse na UTI. O estado de Olavo se agravara. O amigo estava ligado a um monte de aparelhos, e parecia estar morto. Afro chorou. Sem poder fazer nada, saiu do hospital e telefonou para Osvaldo.

– O médico disse que ele não tem volta, é só uma questão de dias – disse Afro a Osvaldo no telefone.

– Eu não esperava ouvir isso tão rápido – responde Osvaldo.

– Acabou a vida para mim. Quando Olavo se for, eles vão me conhecer de fato – disse Afro.

– Afro – por favor, não fale assim.

– Diga apenas que eu enlouqueci.

CAPÍTULO 49

A sentença do juiz estava marcada para sair em uma semana. Os militares, especificamente, os "duros", estavam ansiosos e certos com o resultado favorável ao coronel.

O juiz, de fato, havia garantido inocentar a União-coronel. No final das contas, Afro levava todo o prejuízo. Havia perdido 12 anos de sua vida, saúde, moral, as emoções, a presença da família, tudo isso não significaria nada na sentença do juiz.

O ex-juiz Osvaldo Nabuco também havia perdido: sua reputação de jurista foi parar na lama da chacota dos seus inimigos. Ele estava abatido, sabendo que todos os caminhos tinham sido bloqueados. A Besta continuava senhora absoluta da nação.

O juiz e Osvaldo haviam estudado juntos nos tempos da Faculdade de Direito do Recife, tinham amizade. Confiado nessa amizade, Osvaldo convidou o juiz para uma conversa particular. O juiz no primeiro instante resistiu ao convite. Osvaldo apelou para a amizade. O juiz aceitou, mas com uma condição: que fosse num lugar muito longe do olhar das pessoas, especialmente dos militares. Osvaldo sugeriu que conversassem no seu barco, o "Minerva".

– Mas desde que seja em alto-mar.

– Tudo bem – concordou Osvaldo. Vamos nos afastar da costa o suficiente.

Era sua última tentativa de fazer prevalecer a justiça e a verdade.

Às duas e meia da tarde, o juiz chegou com um chapéu panamá, óculos escuro, camisa estampada, de bermuda, bem diferente do seu modo de vestir, sóbrio e sério. Zarparam para longe da costa e do olhar das pessoas. Uma hora mar adentro.

Na imensidão do Atlântico, com um céu azul e algumas nuvens, longe dos olhares das pessoas, Osvaldo começou sua última tentativa de mudar uma sentença injusta:

– Sabe, amigo e juiz Roberto, a água na Bíblia é símbolo da justiça.

– O quê? Água é símbolo de justiça? Conversa fiada.

– É sério. Deus mandou o dilúvio e preservou Noé. Por quê?

– Sei lá, não leio a Bíblia faz tempo. Por quê?

– Porque o povo estava cheio de iniqüidade, injustiça. Deus também salvou Moisés do rio Nilo. Ele não morreu nas águas do Nilo porque Deus tinha um plano para ele. Foi

Moisés quem escreveu os Dez Mandamentos e as leis mais importantes da sua época. Depois, Moisés e o povo israelita libertado atravessaram o mar Vermelho. Os ex-escravos passaram pelo mar e não se afogaram, mas os seus ex-senhores se afogaram nesse mar. Era a justiça representada nas águas. E o caso de Jonas, lembra?

– Aquele que foi engolido pela baleia?

– Isso. Jonas fugia para não obedecer à vontade de Deus, que é sempre justa. No meio da viagem, aconteceu uma tempestade, e os marinheiros jogaram sortes e descobriram que o culpado daquele temporal era Jonas. Atiraram, então, Jonas ao mar para tentar aplacar a ira de Deus. E o temporal cessou.

– Hum...

– Sabe por que Deus mandou batizar as pessoas com água?

– Não, responda você que, além de poeta, agora é teólogo.

– Para justificá-los dos seus pecados e injustiças.

– O que você quer demonstrar com tudo isso?.

– A água é símbolo de justiça.

– Então é simples, vamos pegar todos os suspeitos de crimes e jogá-los ao mar; se não se afogarem, é porque são inocentes; caso contrário, são culpados. É isso que está querendo me dizer?

– Não, não é nada disso. Só queria que você abstraísse a essência do momento e do lugar. Estamos em pleno oceano, sobre o símbolo maior da justiça no Antigo Testamento. Nós estamos sobre a justiça.

O juiz ignorou solenemente a metáfora de Osvaldo.

– Poetas podem dar-se ao luxo de abstrair coisas desse tipo, eu sou juiz, não posso abstrair nada...Vamos deixar o sermão de lado e ir ao que interessa...

– Vamos.

Osvaldo, eu não entendo por que você cometeu essa loucura de deixar a magistratura por causa de um pobre coitado. Não havia um bom advogado para você indicar?

– Reconheço que tomei uma atitude radical, mas eu não agüentei ver o monumento que os moradores do Vale Escol fizeram para os mortos, eu não suportei ver o que aprontaram com o Afroníger, eu não agüentei ver o que "seu" Olavo fez para salvá-lo de um louco...

– E daí?

– Os médicos fazem um juramento de defender a vida diante da morte, eu fiz um juramento de defender a justiça diante da injustiça. Foi por isso que fiz o que fiz.

– Bonito. Muito bonito. Vai colocar isso no seu novo livro? Você devia escrever outro livro. Por que você não faz isso?

– E você, Roberto?

– O quê?

– Como fica com sua consciência, sabendo que todas as provas "sumiram"? Que todas as testemunhas de acusação não tiveram coragem de falar por que foram ameaçadas? Como você vive sabendo que Afroníger sofreu o inferno nas mãos de um paranóico, que seus filhos e netos e a história vão colocá-lo ao lado dos piores personagens da história brasileira?

– Minha consciência fica com o que está nos autos do processo, só isso.

– Não há justiça nos autos. Você sabe disso.

– A justiça é cega. Eu decido em cima de provas. Você não provou nada. Eu quero provas. Onde estão as provas?

– Você os instruiu, mostrou-lhes como se livrar delas.

– O que você queria que eu fizesse?

– Justiça, verdade.

– Osvaldo, você ainda não percebeu o tempo que vivemos? É um período crítico, estamos numa crise terrível. Você quer que eu condene a União nesse momento tão delicado?

– É a justiça. Se ela errou, ou quem quer que seja, tem de arcar com as conseqüências dos seus erros.

– Osvaldo, estamos começando a nos soltar das mãos dos militares. Iniciamos um novo tempo.

– Será? Será? Será que um novo tempo tem de começar com os vícios do velho? Eu não sei se fazer a vontade deles, passando por cima da justiça, significa o começo de um novo tempo. Que novo tempo é esse que a gente não pode mostrar a verdade? Que novo tempo é esse que esconde a verdade, elege a mentira e condena inocentes e livra a cara de assassinos. Que novo tempo é esse, Roberto?

– Não quero saber.

– O que você quer saber?

– Que eu vou decidir de acordo com o que está nos autos... Dê-me as provas, que a sentença muda.

– Todo mundo tem medo do coronel. O coronel Machado fez miséria combatendo comunistas e inocentes.

– Não acredito no que as pessoas falam dele. Todo mundo fala mal, há muito disse-me-disse, mas prova mesmo, nada. Nada. Cadê a tal Besta de Cedro? Cadê? ...Seria uma grande prova. Fomos lá ver, e o que vimos? Nada. Nada.

– O que você acha que aconteceu com Afroníger?

– O indivíduo é preso, dão uma surra excessiva nele, ele fica lelé, começa a tomar remédios, começa a ter alucinação e aí inventa histórias. E diga-se de passagem, essa história da Besta de Cedro é dose para leão. Seja sincero, você acredita mesmo nessa história maluca, Osvaldo? Seja sincero!

Osvaldo fica olhando o mar em silêncio.

– E então acredita mesmo nisso?

Continua em silêncio. Vê ao longe nuvens negras se formando, as ondas começam a balançar o barco.

– Você sabe tanto quanto eu que essa história não tem sustentação. Eu sei, você sabe, no Brasil existe mesmo é pau-de-arara. Isso é que é a Besta do seu cliente, mas essa coisa medieval, criada pela Inquisição, é conversa de lunático. Osvaldo, vou ser sincero: lamento que você tenha jogado fora uma brilhante carreira por causa de uma barca furada como essa. Vá lá! todo mundo tem direito a um pouco de idealismo, mas acho que você passou dos limites.

– Tem razão. Fui idealista. Acabei com minha carreira por causa desse idealismo... Mas não me arrependo de nada. Eu acredito na Besta de Cedro!

– Você é louco...

Os dois pegaram comida e bebida; enquanto comiam, conversavam.

De uma hora para outra um céu cinza começa a dominar o céu claro, e as ondas serenas agora batem com força no barco. Roberto sentado, não percebe a mudança do tempo.

Osvaldo olha para o continente.

– Hoje mais que ontem tenho um sonho.

– Por que hoje mais que ontem?

– Porque ontem o sonho era só um esboço, uma idéia que alimentava com leite. Hoje eu o alimento com carne, com a minha carne.

– Que sonho?

– Que a justiça cubra cada canto, cada monte deste país como as águas cobrem toda essa imensidão. Sonho com um dia que acabe esse casamento misto entre "justiça" e mentira. Eu sonho com a glória da justiça no meu país.

– Rá rá rá... você é gozado. Muito gozado.

As ondas balançam mais o barco.

– Por que esse barco está balançando desse jeito?

– É raro mas acontece. O tempo mudou nesse pouco tempo que estamos aqui. Olha.

– Caramba, essas ondas estão muito altas.

– Concordo. O mar está ficando esquisito.

O céu enegrecido e o mar agitado deixam Roberto apavorado.

– Osvaldo, vamos voltar agora.

Osvaldo liga o motor e acelera.

– É! o mar está esquisito mesmo. Parece o mar de Jonas, meritíssimo. Isso lhe diz alguma coisa?

– Não.

As ondas batem no barco com mais força.

– Como o céu azul mudou de repente, Osvaldo?

– Sei lá, tem coisas que a gente não sabe como explicar.

– Esse mar está me assustando.

– É o mar de Jonas.

– Não entendo a Bíblia.

O mar bravio sacoleja o barco enquanto avançam para a terra distante. O juiz não entende essa mudança brusca que ocorre no mar.

– Como esse mar mudou tão de repente?

– Não é o mar, meritíssimo, é a justiça. Esse mar é a justiça. Ela está reclamando seus direitos.

– Besteira.

Osvaldo acelerou o barco com vontade. Trovões e relâmpagos, explodiam nas nuvens e no mar. As ondas batiam no barco, estapeavam o rosto do juiz. As *águas da justiça* lhe batiam no rosto como um chicote cortante, e cada chicotada enchia seu rosto de vergões de pavor. Os dois homens não falavam, só o mar e o céu: começou a chover forte.

Debaixo de chuva, relâmpagos, trovões e pavor do juiz, Osvaldo começou a recitar sua poesia predileta, o "Navio Negreiro". Achou que era adequado para aquele momento. Falou alto, quase gritando:

Estamos em pleno mar... Doudo no espaço.
Brinca o luar – dourada borboleta –
E as vagas após ele correm... cansam
Como turba de infantes inquieta...

Oh! Que doce harmonia traz-me a brisa!...
Que música suave ao longe soa
Meu Deus! Como é sublime um canto ardente
Pelas vagas sem fim boiando à toa!...

O olhar de Roberto é de tensão e se prende ao movimento forte do mar, aos relâmpagos e à chuva que cai no seu corpo. Está tendo uma experiência não esperada. Seu medo é que o barco naufrague. Se arrepende até o fundo da alma de ter vindo naquele passeio. Osvaldo aumenta a velocidade do barco, o que faz com que ele arremesse com mais força nas ondas, mas ele não teme do mesmo modo que Roberto. Continua recitando Castro Alves na chuva, na tormenta:

– por que foges assim, barco ligeiro?
Por que foges do pávido poeta?...
Oh! Quem me dera acompanhar-te a esteira
Que semelha no mar doudo cometa.

Roberto segura na beirada do barco com muita força, teme que uma daquelas ondas bata no barco com tanta fúria que o lance nas profundezas do oceano.

– Albatroz! Albatroz! Águia do oceano,
Tu que dormes das nuvens entre as gazas,
Sacode as penas, Leviatã do espaço!
Albatroz! Albatroz! dá-me estas asas...

Presa nos elos de uma só cadeia
A multidão faminta cambaleia
E chora e dança e ri...
Um de raiva delira, outro enlouquece...
Outro, que de martírios embrutece,
Cantando geme e ri...

Quem são estes desgraçados,
Que não encontram em vós,
Mais que o rir calmo da turba
Que excita a fúria do algoz?...

Roberto olha para Osvaldo no leme. Osvaldo está com o rosto todo molhado das águas do mar. Seu terror se faz evidente:

– Por favor, segura esse leme com força.
Osvaldo nada responde, continua a poesia:

Quem são? Se a estrela se cala,
Se a vaga à pressa resvala,
Como um cúmplice fugaz,
Perante a noite confusa...
Dize-o tu, severa musa!
Musa libérrima, audaz!

São os filhos do deserto
Onde a terra esposa a luz,
Onde voa em campo aberto
A tribo dos homens nus...
São os guerreiros ousados,
Que com os tigres mosqueados
Combatem na solidão...
Homens simples, fortes, bravos...
Hoje míseros escravos
Sem luz, sem ar, sem razão...

Ontem plena liberdade,
A vontade por poder...
Hoje... cúmulo de maldade,
Nem são livres para morrer...
Prende-os a mesma corrente
Férrea, lúgubre serpente
Nas roscas da escravidão.
E assim zombando da morte,
Dança a lúgubre corte
Ao som do açoite... Irrisão.

Senhor deus dos desgraçados!
Dizei-me vós, Senhor Deus!
Tanto horror perante os céus...
Ó mar! Por que não apagas
Com a esponja de tuas vagas
Do teu manto este borrão?

– Cale-se, Osvaldo! Pára de me atormentar!

Osvaldo não obedece, continua gritando ao mundo surdo de justiça:

– Astros! Noite! Tempestades!
Rolai das imensidades!
Varrei os mares, tufão!

Existe um povo que a bandeira empresta
Pra cobrir tanta infâmia e covardia!...
E deixa-a transformar-se nessa festa
em Manto Impuro de Bacante fria!...

– O que você está querendo dizer? Fala direto!

– Meu Deus! Meu Deus! Mas que bandeira é esta
Que Impudente na gávea tripudia?!...
Silêncio!... Musa! Chora, chora tanto,
Que o pavilhão se lave no teu pranto...

O barco luta contra as ondas. Sobe e desce as vagas. Roberto se agarra ao barco como se fosse uma bóia. Enquanto Castro Alves clamava a plenos pulmões:

– Auriverde pendão de minha terra,
Que a brisa do Brasil beija e balança,
Estandarte que a luz do sol encerra,
E as promessas divinas da esperança...
Tu, que da Liberdade após a guerra
Foste hasteado dos heróis na lança,
Antes te houvessem roto na batalha,
Que servires a um povo de Mortalha!...

– Cala a boca, Osvaldo. Cala a boca! – grita o juiz em pânico. Mas Osvaldo quer ir até o fim:

– Fatalidade atroz que a Mente esmaga!...
Extingue nesta hora o brigue imundo
O trilho que Colombo abriu na vaga
como um íris no pélago profundo!...
...Mas é Infâmia demais...
Levantai-vos, heróis do Novo Mundo...
Andrada! Arranca esse pendão nos ares!...
Colombo! Fecha a porta de teus mares!...

– Vá para o inferno, Osvaldo.

– Castro Alves ainda fala, meritíssimo...Vamos, ajude-me, pegue o balde e tire a água do barco.

Os dois lutam para chegar a terra. Não falam mais nada dali em diante até chegar.

Quando chegam, exaustos, por volta das oito da noite, Osvaldo fala:

– Por que você ficou com tanto medo de morrer?

– Por causa daquela história da água e justiça na Bíblia.

– Pense seriamente nisso, a "justiça-mar" deu-lhe uma chance. Agora é a sua vez.

Roberto se despediu sem dar resposta.

CAPÍTULO 50

– Ele ainda não morreu porque não se entrega. Ele não quer morrer. Se ele se entregar, aí morrerá. Isso pode acontecer a qualquer momento. É uma questão de dias ou horas – diz o médico que assiste Olavo.

Essa realidade cala fundo na alma de seu “filho” tirado das águas, Afro. Fora do hospital, Afro pergunta ao amigo Osvaldo:

– Diga-me claramente: perdemos, não é?

– Não posso esconder. Nós perdemos. E eu quero lhe pedir perdão porque eu fui o culpado.

– Você fez mais do que podia.

– Deixa eu falar.

– Fala.

– Eu olhei apenas o lado positivo do caso. Achei que era impossível perder. Perdemos, mas a justiça está do nosso lado.

– Se a justiça está do nosso lado, então ganhamos. Nós ganhamos?

– Não.

– Olavo diz que os filhos das trevas são mais espertos que os filhos da luz.

– Ele tem razão.

– Perdemos nossos amigos, perdemos a liberdade, perdemos a dignidade, esse ano perdemos as Diretas. Osvaldo, vou confessar-lhe uma coisa e espero que nem tente me impedir.

– O que você está falando, Afro?

– Eu estou sangrando há muito tempo, igual ao Brasil... eu ainda não fiz uma besteira por causa do Olavo. Ele é quem me segura. Mas, depois que eu o perder, nada mais me deterá. Nada mais.

– Afro, você tem uma família. Tem de pensar na sua mulher e nos seus filhos.

– É por isso mesmo que vou fazer uma besteira. Vou fazer pelos meus filhos... Eu não vou lhes deixar o mesmo país que recebi. Eles não vão, como eu, carregar uma canga o restante de suas vidas.

– Você vai fazer o quê?

– Vou explodir a Besta e acertar as contas com Machado. Eu sei que vou morrer, mas não tem problema, o que importa é o meu exemplo. Eu morto falarei mais alto do que estando vivo.

– Você acha que este é o caminho?

– É o único que eles me deixaram. Eles é que são os culpados. Somente eles.

– Quando pretende fazer isso?

– Qualquer dia, depois da morte do Olavo. Eu estou sangrando há muito tempo e estou cansado de sangrar.

– Eu compreendo, mas não entendo por que pretende fazer uma tragédia e acabar com sua vida.

– Eu não encontro mais sentido para viver. Eles me cassaram o sentido da vida. Lamento decepcioná-lo, mas assim será.

Era inconcebível para Afro ver que aquele era o pior caminho, mas como ele disse a Osvaldo, esse foi o único caminho que lhe deixaram. De outro lado, a vida de Machado dependia da vida de Olavo Manuel. O coronel sabia que Olavo estava em coma e torcia para que ele morresse logo. O coronel não imaginava o que lhe aconteceria, se Olavo morresse. Agora a vida de Machado estava nas mãos ou na vida de Olavo. Afro estava prestes a entregar-se à barbárie porque a justiça inocentara o culpado e culpara o inocente.

—✳—

Na Europa, Karl lançara seu segundo livro. O primeiro foi sobre Pajeú, a quem chamou de "o Médico do Sertão". Falou de seus remédios, as curas que presenciou, sua amizade com Pajeú e sua morte pelos militares. No segundo livro, "Heidi e eu", contava sobre suas vidas desde quando decidiram ser missionários, as dificuldades quando chegaram ao sertão, os problemas políticos, o preconceito do povo contra a fé protestante, as dúvidas, as lutas. Falava da amizade com Olavo e da trajetória de Afro – sua recuperação, seu sofrimento – a fuga dos quatro para o Vale Escol, a vida da comunidade, a alfabetização do povo, a redenção econômica do lugar e a morte de sua mulher.

Nos dois livros, ele não poupa críticas a Machado. Descreve a Besta de Cedro no mesmo capítulo que fala de Afro. Os livros caem nas graças do público alemão, até então conheciam um Brasil de clima tropical, de mulheres bonitas, país do samba, futebol e carnaval. Agora eles viam, pelos olhos de alemães, outro Brasil.

Os dois livros também foram escritos em português. No início, o livro foi oferecido a editores brasileiros, mas nenhum deles se interessou. Mas, quando viram o sucesso dos livros na Europa, especialmente na Alemanha, e percebendo o fim da ditadura, uma editora paulista comprou os direitos do livro sobre a vida de Pajeú, o menos crítico e que tinha um atrativo mais brasileiro, visto que Pajeú era filho de uma índia com negro, da região do Raso da Catarina. Essa mistura racial e a vida exótica e cigana de Pajeú agradariam mais ao público brasileiro do que o livro sobre Heidi.

CAPÍTULO 51

Tirado do Hospital da Restauração para não ser identificado, Getúlio não ficou aliviado de ter escapado com vida das mãos de Afro. A atitude do seu inimigo de levá-lo ao hospital o deixou emocionado. A imagem do velho com o rosto todo machucado no táxi não lhe saía da cabeça. O pedido de Olavo – para que poupasse sua vida – lhe moía a consciência.

O coronel foi visitá-lo, com o tenente Herculano, 15 dias depois que foi levado ao Hospital da Restauração nos braços de Afro.

– Como está, meu filho?

– Estou me recuperando, coronel. Logo vou poder voltar ao serviço.

Ele não esperava ouvir aquilo deitado em uma cama.

– Foi um fiasco o que vocês fizeram.

– Não sabíamos que ele viraria uma fera.

– Que fera, Getúlio! Conversa. Seis contra um e ainda saíram perdendo. Francamente, estou cercado de incompetentes. É o que digo: se quer um serviço bem feito, faça você mesmo. Tenho saudades dos homens da década de 1960, só tinha águia. Agora só tem frangote.

– Frangote, não senhor.

– Frangote. Frangote e imprestáveis. Deixe estar. Eu só estou dando um tempo. A batata do Zumbi logo vai ver o fogo.

– Eu sempre servi ao senhor, sempre servi com todo desvelo, não esperava ouvir essa ofensa.

– Não tome isso como ofensa, mas como verdade, porque é isso que é. Vamos embora, tenente. Passar bem, sargento. Espero que melhore rápido.

– Obrigado, senhor.

—*—

Os antidepressivos pareciam não resolver nada. Lembrava-se das nove pessoas assassinadas em Vale Escol. Principalmente Bepi, o menino de dez anos morto brutalmente. A cabeça de Getúlio se tornou um inferno. Acordava à noite lembrando as pessoas mortas, destruídas na Besta. A Besta voltava contra ele. Pensou em suicídio, mas se o fizesse confirmaria a todos o que Machado disse: "Frangote". Pela primeira vez se irou contra o coronel, ele não era um frangote.

Para provar ao coronel que ele não era um covarde e acabar com o tormento das culpas, decidiu procurar o general Moisés Cavalcanti.

Encontrou-se com o general no seu gabinete. Sentaram-se frente a frente.

– Eu sou o sargento Getúlio.

– Já o vi algumas vezes.

– Sou do Serviço de Repressão aos Comunistas.

– Certo.

– Preciso muito falar com o senhor.

– Pela sua cara, parece que é coisa bem grave.

– É. É muito grave mesmo.

– O que está acontecendo, sargento Getúlio?

– Eu não sei por onde começar.

– Começa pelo começo. Do que se trata?

– É sobre Afroníger Carvalho de Oliveira.

– Afroníger. Sei. O que é que tem?

– Eu sei que o senhor tem ligações com ele.

– Eu? Não estou entendendo.

– O coronel sabe que o senhor foi amigo dele e do advogado dele, Dr. Osvaldo, quando eles serviram ao exército.

– Ele sabe?

– Sabe de tudo. De tudo.

– Mas, enfim, não foi isso que veio me dizer, não é?

– Sim, senhor... Eu vim desabafar com o senhor.

– Acho que a pessoa mais indicada para isso é um psicólogo, um religioso, um conselheiro.

– Eu já fui no primeiro. Estou até tomando remédio para depressão.

– Por que isso, homem?

– Por causa da minha consciência. Eu não agüento mais viver com ela, preciso desabafar.

– Então, fale.

– Eu ajudei na tortura do Afroníger. Ele foi torturado pelo coronel e pelos três oficiais que morreram no rio Madeira. Eu anotava tudo. Aquilo não foi uma emboscada, Afroníger jamais foi comunista, Vale Escol nunca foi um foco de guerrilheiros.

– Espere, fale de Afro.

– Ele foi um bode expiatório. Foi o único que conseguiu sobreviver às torturas na Besta.

– Você está dizendo que a Besta existe de fato?

– Existe. Está no porão da Casa de Detenção. Mas... apenas uma dúzia de pessoas pode entrar lá. O coronel Machado é quem diz quem deve entrar lá.

– Isto é verdade mesmo?

– É a pura verdade. Tenho provas de tudo que estou falando.

– Você está dizendo que de fato não é pau-de-arara, é a Besta mesmo.

– Dou minha palavra, general. É o que estou dizendo. E foram centenas que morreram torturados nela. O coronel a chama de Deusa de Cedro. Ele é um louco. Transformou esse troço numa coisa diabólica. Hoje eu vejo claramente que me meti no inferno e agora estou com ele dentro de mim.

– O que mais.

– Sobre o Afroníger, o coronel mente em tudo. Quem disse a verdade é o Afroníger. E o juiz foi comprado pelo coronel e vai decidir a favor da mentira.

– O coronel sabe que você veio aqui?

– Se soubesse que vim aqui, ele me mataria. Mas eu precisava desabafar.

O general ficou decepcionado, acreditara demais no coronel.

– Sargento, você pode provar tudo isso no tribunal?

– Posso.

– Teria coragem de enfrentar o coronel? Olha lá!

– Teria. Ele disse que sou um frangote. Depois de tantos anos servindo a ele como se fosse à Pátria, ele me chama de frangote. Sim, general, eu quero falar a verdade. Custe o que custar.

– Está bem. Vou pôr você em contato com o advogado do Afroníger. Tudo que você falou para mim precisa falar para ele. Posso fazer o contato.

– Pode, senhor... Isso vai ser um alívio.

– Ótimo.

—※—

Marcaram o encontro na praia de Boa Viagem. No encontro, Getúlio contou em detalhes tudo o que realmente aconteceu. Osvaldo certificou-se que Getúlio falaria tudo, mesmo na presença do coronel. Getúlio disse que isso não seria problema. Osvaldo o orientou a pegar todas as provas que tinha guardado nos arquivos.

Osvaldo estava feliz como uma criança. Nesse mesmo dia encontrou-se com o juiz e lhe mostrou que tinha uma testemunha chave do caso que provaria tudo que Afroníger falou.

– Por que você não apresentou essa testemunha antes?

– Antes ela não viria.

– Osvaldo, você quer remexer em lixo. Isso vai feder mais. Se você estiver tentando ganhar tempo, é melhor esperar a sentença e aí recorrer.

– Eu não estou brincando, blefando ou tentando tumultuar. Eu tenho uma testemunha que vai desvendar toda essa história e com provas incontestáveis.

– Tá bom. Eu vou atendê-lo antes que comece a falar mais uma de suas poesias torturantes. Daqui a uma semana, está bem?

– Está.

– No dia seguinte, o juiz avisou o advogado do governo e do coronel sobre essa audiência.

O advogado ficou com a pulga atrás das orelhas. Ligou, então, para o coronel e lhe deu a notícia. O coronel reagiu:

– Aí tem encrenca. Já não estava tudo acabado?

– É o que pensei. Esse advogado é muito esperto. Ele deve ter um ás e vai soltá-lo.

– Que ás?

– Não sei, coronel, mas procure saber de tudo que pode ter ficado como brecha. Precisamos estar preparados, para que ele não venha nos surpreender.

– É por isso que gosto do senhor.

– Como assim?

– É um cabra esperto.

– Esquece isso. A guerra ainda não está ganha. Vamos ficar de olho nesse pessoal.

– Esta é minha especialidade.

– Por enquanto é só. Se souber de algo novo, me comunique.

– Fique tranqüilo. Eu cuido de tudo.

Durante aquela semana, Febrônio Machado esteve de olho em todos que poderiam prejudicá-lo. Concluiu que todos estavam nos seus devidos lugares como ele colocou. Esqueceu de seus seguidores mais próximos. Getúlio não lhe disse nada das conversas que havia tido com Moisés e Osvaldo.

CAPÍTULO 52

No dia da audiência, no tribunal, estavam o juiz, os advogados, Febrônio Machado, Moisés Cavalcanti, Afroníger, alguns advogados que pediram ao juiz para participar.

O lugar estava silencioso. O coronel era o mais tenso de todos.

O juiz, dando início, explicou que aquela seria a última sessão antes da sentença. Ofereceu a seguir a palavra ao advogado de Afro.

– Convoquei esta sessão porque essa testemunha eu não tinha antes nem a conheci em época mais apropriada. Mas ela agora pode provar tudo o que meu cliente afirmou.

Todas as provas que o advogado da União ofereceu foram maquiadas. Essa pessoa que vai entrar e falar o que realmente aconteceu tem autoridade para desfazer todas as mentiras, porque participou da fabricação delas. Sem demora, peço que entre o sargento Getúlio Martim de Paula.

O oficial pediu que entrasse Getúlio. Este entra, para escândalo de Machado, com várias pastas na mão. Machado lança um olhar de fogo, mas Getúlio não olha para ele.

– Quem é ele, coronel? – pergunta seu advogado.

– Meu pesadelo. Ele vai colocar tudo abaixo se falar a verdade.

– Se ele veio aqui, é porque ele vai falar toda verdade, coronel.

– Eu o mato se ele fizer isso.

De súbito, Machado grita:

– Sargento Getúlio, se falar alguma coisa contra mim, você sabe o que pode acontecer.

O advogado de Afro não perde tempo:

– Meritíssimo, peço que registre as ameaças do coronel Febrônio Machado. Este é o método que ele usa para impedir que as testemunhas falem a verdade no tribunal.

– Prossiga.

Getúlio, sob juramento, promete dizer toda a verdade e nada mais que a verdade.

– Qual é o seu nome e sua ocupação?

– Getúlio Martim de Paula, casado, 41 anos, sargento do Exército.

– Reconhece o senhor à sua frente?

– Sim. É Afroníger Carvalho Oliveira.

– Vou deixar que a testemunha fale tudo que aconteceu com Afroníger desde o começo. Getúlio pode falar tudo.

Machado lança um olhar fulminante sobre Getúlio. Mas ele o ignora.

– Recebemos uma informação que ele era um dos mais perigosos guerrilheiros do VAR-Palmares. Provavelmente sabia quem roubou o dinheiro do cofre do ex-governador de São Paulo Adhemar de Barros. Durante meses foi vigiado no seu emprego no porto de Recife e também nos seus encontros com vários jovens guerrilheiros da VAR-Palmares infiltrados nas matas de Igarassu e que se encontravam com ele na praia de Maria Farinha. Ele esteve preso em junho de 1970, na Casa de Detenção. Nesse tempo, até eu acreditava que ele era um perigoso comunista. Diziam até que ele era irmão de Osvaldão, um guerrilheiro que foi morto no Araguaia, em 1974.

– Continue.

– Ele ficou preso na Casa de Detenção esperando o interrogatório. O coronel, que geralmente comandava os interrogatórios dos peixes grandes, comandou o do Afroníger.

– Quantas pessoas o interrogaram?

– Eu, três oficiais que morreram no rio Madeira e o coronel Febrônio Machado, presente neste tribunal. O meu serviço era o de registrar todas as respostas do interrogado para as perguntas que o coronel e os oficiais fizessem.

– Descreva como foi o interrogatório.

– Ele foi amarrado de maneira que ficasse completamente imobilizado.

– Havia necessidade?

– Havia, porque ele era muito forte e, se não respondesse aquilo que a gente queria saber, ele seria forçado, pressionado a responder. Se ele se soltasse, ele faria um estrago. Mas eu no lugar dele faria o mesmo.

– Continue.

– O coronel perguntou sobre os planos da VAR-Palmares, o que ele fazia na guerrilha, quem eram os líderes, essas coisas, mas ele respondia que não sabia, dizia que nunca fizera parte de nenhum grupo guerrilheiro e não sabia de plano algum.

– E o que aconteceu em seguida?

– Quando ele negou que era guerrilheiro, que não sabia de planos e não dava nomes, ele foi torturado. Ele apanhou tanto que numa hora ele pediu que o matassem.

– Mentiroso. Você é mentiroso – gritou o coronel.

– Meritíssimo. Esse senhor está atrapalhando o testemunho do sargento. Peço que ele seja retirado do recinto.

– Coronel, se não ficar quieto, serei obrigado a pedir que se retire do tribunal.

O coronel foi obrigado a ficar quieto e ouvir a verdade.

– Getúlio, fale o que aconteceu depois que os algozes do senhor Afroníger perceberam que ele não iria falar nada.

– Antes de falar sobre isso, eu quero dizer que eu já fui mentiroso. E me cansei de mentira. Estou aqui para falar a verdade. As provas estão aqui nesta pasta. Aqui está tudo que eu registrei naquela noite tenebrosa. Continuando: quando o coronel percebeu que daquele mato não saía coelho, porque naquele mato não havia coelho mesmo, o coronel decidiu eliminá-lo.

– Onde?

– No rio Madeira. Os três oficiais designados para essa operação morreram num acidente. Só o Afroníger sobreviveu por causa de duas pessoas que pescavam ali no momento do acidente: Olavo e Lourival, que o salvaram do afogamento.

– Como tem certeza que foi acidente e não uma emboscada?

– Porque o capitão Eli, designado para saber o que aconteceu, fez a perícia e concluiu que não havia evidência alguma de que aquilo tinha sido uma emboscada. O coronel foi quem o obrigou a fazer outro relatório dizendo que aquilo havia sido emboscada. Aqui nesta pasta estão os dois relatórios. O verdadeiro e o falso.

– Sargento, diga uma coisa: o senhor disse que ele foi torturado na Casa de Detenção. Em que lugar aconteceu esse interrogatório?

– No porão.

– Mas nós fomos lá. E não encontramos porão algum.

– E não encontrariam mesmo. Por ordem do coronel, a porta foi chumbada e na entrada da escada que dá para o porão foi feito um piso, um trabalho perfeito.

– Em que lugar?

– Vocês foram levados à Casa de Detenção para ver o porão onde está a Besta. No lugar que o Afroníger disse que havia uma escada que levava ao porão, nesse lugar vocês só encontraram piso, isto aconteceu porque o lugar foi remodelado e transformado de maneira que parece que ali nunca houve escada, mas Afroníger, não estava errado, debaixo daquele piso existe uma escada que leva ao porão.

As pessoas se entreolhavam admiradas com o descortinar da verdade. O advogado de Afro continuava fazendo perguntas que clareavam

mais a verdade.

– Sargento, Afroníger disse que foi colocado em um móvel de tortura que remonta à época da expulsão dos holandeses. É verdade?

– É verdade. Ele foi torturado numa coisa terrível que matou milhares de pessoas, e ela não é lenda. Ela existe. O nome dela é Besta de Cedro.

– É Deusa de Cedro. Deusa de Cedro! – Machado grita para Getúlio.

– Para mim é a Besta, Besta de Cedro. Besta de Cedro.

– Seu mentiroso miserável.

Getúlio dirige-se com coragem ao coronel.

– Mentiroso é o senhor que escondeu a Besta, ameaçou testemunhas, assassinou sete inocentes em Vale Escol e ainda pôs fogo no lugar. Tem medo da verdade, adorador da Besta!

Machado parte para cima de Getúlio. É contido por seguranças do tribunal e pelo general Moisés que lhe dá voz de prisão.

– O senhor está preso, coronel.

– Era isso que o senhor queria, não é, general? Foi o senhor quem incentivou esse miserável para me desgraçar, não é?

– Isso mesmo. Agora, cale-se, porque vai passar o restante da sua vida entre tribunal e cadeia.

Getúlio continuou seu corajoso testemunho.

– Afroníger foi perseguido como animal. Nós transformamos sua vida em um inferno. Isso simplesmente porque ele foi o único que sobreviveu às torturas na Besta e ao racismo do coronel Machado que o chamava pejorativamente de "Zumbi vermelho". Aqui nesta pasta tem meu testemunho de como colocamos fogo num hospital em Arco Verde, ameaçamos o senhor Lourival e cometemos um massacre em Vale Escol, no sertão baiano. Juiz, eu participei desse massacre que matou covardemente um menino de dez anos. Mande que me prendam para que eu alivie um pouco minha consciência.

Os presentes, até o advogado do coronel, todos, ficam escandalizados. No final da audiência, o coronel e Getúlio são levados presos. Afro não parava de chorar, ele não acreditava que sua desgraça começava a ter fim.

No dia seguinte, o juiz, o sargento Getúlio, Osvaldo, Afroníger e mais um grupo de técnicos de construção foram à Casa de Detenção. O diretor os recebe friamente e sem o seu falatório da primeira vez. Ele sabe que não tem mais onde esconder a mentira. Getúlio, com coragem, vai dizendo:

– A escada está embaixo deste piso, doutor.

– Quebrem aqui – ordena o juiz.

Os homens quebram o piso e logo em seguida sentem um cheiro forte, ácido, muito forte. O cheiro é tão forte que um dos homens que tiram o piso passa mal. O juiz manda arrumar máscaras. A Besta não quer visitas.

Quando as máscaras chegam, descem pelas escadas úmidas, cobertas de vermes. Depois de dois lances de escada, dão com uma parede:

– Podem derrubar, essa parede é falsa.

A parede é derrubada. Poucos metros à frente, o último obstáculo: a porta de ferro chumbada na entrada do imenso porão. Imediatamente o maçarico entra em ação e corta os ferrolhos que sustentam a porta.

Duas horas depois, ouvem o barulho metálico caindo no chão. Era a porta do porão que foi vencida. Os homens começaram a sentir-se mal. Dois deles chegam a desmaiar. Um cheiro forte de amônia e outros gases tornava o lugar quase insuportável.

Getúlio abriu caminho pelos corredores do porão. As lâmpadas de sódio ainda funcionavam:

– É ali – disse apontando para a entrada da sala da Besta. Nessa hora, Afro começou a sentir-se mal. Não conseguia entrar na sala da Besta.

– Eu vou voltar. Não estou passando bem.

Um dos bombeiros volta com Afro que começava a ficar muito fatigado, sufocado. Os outros continuaram. Chegando à sala, Getúlio acende a luz, bastou um toque para que à sua frente surgisse a "lenda" mais real de suas vidas:

– O que é isso?

– A Besta de Cedro, juiz. Aí está o símbolo desta nação há 330 anos – disse Osvaldo diante daquele móvel histórico.

– Olhe o assoalho, Roberto. Tem cor de sangue. Quantas centenas de homens foram mortos aí? Quantas? Por favor, não pisem. Esse assoalho é sagrado por causa do sangue aí derramado.

– O que nós vamos fazer com isso, Osvaldo?

– Levar em praça pública e queimar – respondeu Osvaldo.

– Acho que o certo é ela ficar num museu para memória nacional – disse um dos professores da Universidade Federal de Pernambuco. – Creio que o governador precisa tomar conhecimento disso.

—*—

O juiz ligou da prisão para o governador relatando tudo. O governador ficou impressionado, decidiu na mesma hora ir até a Casa de Detenção. Ao chegar, cumprimentou a todos e foi direto para o porão:

– Desde criança que ouço falar da Besta de Cedro, mas como uma lenda... Estou chocado, francamente. Saber que tantas pessoas morreram nessa coisa terrível me deixa confuso, não sei se mando queimar ou guardo num museu.

– Essa coisa existe há mais de 300 anos, governador. Sempre esteve aqui debaixo de nossos pés matando pessoas... – fala Osvaldo.

– E só agora fomos descobrir isso?

– Isso porque o sargento Getúlio resolveu contar.

– O diretor da cadeia não sabia disso?

Ninguém responde. O diretor está perto do governador:

– Você sabia da existência dessa coisa monstruosa?

– Governador, veja bem! eu sou apenas um diretor da...

– ...Sabia ou não sabia? Responda sem explicações.

– Sabia.

– Está despedido. Vamos embora daqui.

CAPÍTULO 53

Na semana seguinte, o juiz profere a sentença reconhecendo a culpa da União no crime de tortura. Condena a União a pagar uma indenização por todos os prejuízos e danos materiais e morais causados a Afro. Osvaldo e Afro se rejubilam com a vitória. O governo resolve não recorrer da sentença, sabia que os ventos da vontade popular lhe eram contrários. A linha dura reage contra a decisão da Justiça. Mas não encontra apoio em lugar algum fora do seu nicho.

No domingo seguinte, uma imensa reportagem traça a história da Besta. A reportagem cai como uma bomba sobre o povo. Naquela semana, "A Besta" é manchete em todos os jornais de Recife. Quando as fotos da Besta são publicadas, as pessoas começam uma vigília na Casa de Detenção. Um historiador jesuíta revela que nela foram torturados muitos inocentes iguais a Afro.

O povo reagiu, um grupo de intelectuais foi ao governador pedir a "cabeça" da Besta. Afro é um do grupo. Todos querem a destruição desse símbolo de tortura. O governador diz que vai mandar analisar o caso. No dia seguinte, um grupo de mais de 500 pessoas faz uma vigília na Casa de Detenção. Eles querem o fim da Besta. O novo diretor da cadeia mostra que o móvel é uma relíquia histórica sem valor, que não via razão para tanto alvoroço. Afro reage mostrando as cicatrizes que lhe fizeram na relíquia histórica e sem valor.

O assunto rende e um jornal de São Paulo traz uma entrevista com Karl na qual ele confirma a história de Afro e sua expulsão injusta do país. Todos os dias centenas de pessoas fazem vigílias em frente à Casa de Detenção. A pressão vem de todos os lados. Até que o governador decide entregar a Besta ao povo.

—⁕—

Enquanto isso, na cadeia, Machado mostrava que não se dava por vencido. Aproveitou-se da insatisfação dos "duros" com os novos rumos do país. Ele radicalizou o mais longe possível. Começou a pregar os bons tempos de Médici, alertou os oficiais sobre o risco que corriam com a volta do comunismo, principalmente depois que os partidos marxistas foram legalizados. Logo organizou um grupo de adeptos. Mesmo preso, tornou-se líder do movimento. Ele queria isso, também não tinha mais nada a perder: preso, esperando julgamento, e condenação certamente. Com o golpe, tinha a chance de se livrar da prisão.

– Eles precisavam saber: quem fez uma vez faria de novo. E agora, com uma diferença: vai ser comigo mandando.

– A prisão de Machado foi relaxada e ele podia andar livre pelo quartel, no mesmo quartel que Getúlio estava preso. Uma tarde, ele visitou Getúlio:

– Era isso que queria, traidor? Agora se tornou um vermelhinho e olhe onde está. Está feliz?

– Muito feliz, coronel. Muito feliz. Agora estou em paz.

– Em paz, não é? Pois fique sabendo que no Dia D você vai receber a paz eterna e eu mesmo vou entregá-la.

Machado voltou outras vezes para torturar Getúlio na sua cela.

Getúlio passou um bilhete ao general Moisés alertando que o coronel planejava um golpe. Mas o general não deu crédito. Tinha um encontro em Fernando de Noronha. Lá se encontraria com o general Tarpeya, seu amigo desde a escola militar no Rio.

CAPÍTULO 54

Em Fernando de Noronha, os dois amigos da linha "moderada" se encontram. Conversam sobre o grave problema entre militares "duros" e "moderados":

– Como vai amigo, Tarpeya?

– Estava bem até anteontem.

– Por quê?

– Fiquei sabendo que o coronel Machado planeja algo para o Dia D, e nesse dia vai matá-lo.

– Isso é exagero.

– Não é mesmo. Nós dois nem imaginamos o que esse homem é capaz. O que ele fará é muito pior.

– Tipo um golpe? – questiona Moisés.

– O Dia D é um golpe. E tem mais: fiquei sabendo que ele planeja matar os comunistas e simpatizantes que estiverem presentes na destruição da Besta, além de todas as autoridades presentes: o governador, deputados, senadores, você, o advogado, o juiz e Afroníger, quem estiver no palanque.

– O governador entregará a Besta ao povo amanhã, dia da República.

– Esse será o Dia D...

– Ele planeja o golpe para amanhã?

– Exato... Agora o pior, você vai enfrentar o leão de frente.

– Ele tem homens, tem seguidores em todas as áreas. Estamos em desvantagem. Como vou enfrentá-lo?

– Eu sei. Estão vindo os Garazes para ajudá-lo.

– Garazes?! Quem são esses homens?

– É uma esquadra de elite. Foi criada no governo Geisel, tinha por objetivo evitar um golpe dos "duros". São incomparavelmente mais bem preparados que os homens de Machado. Estarão sob suas ordens para tudo que ordenar. Estão sob o comando do coronel Danilo Razzele. São militares de uma nova mentalidade.

– São novos?

– São.

– Se eles me matarem, o que acontecerá a esses meninos?

– Não creio que você irá morrer.

– Mas se eu morrer, o que acontecerá a eles? Meu medo é que sejam expostos a todo o público, e Machado enforque todos para exemplo.

– Está enganado, amigo. Se você morrer, Danilo tem mais competência que nós dois juntos para deitar todos os homens de Machado. Se Machado fizer alguma coisa com você, pode crer, ele não acordará vivo no dia seguinte.

– Será uma guerra.

– Eles escolheram esse caminho. São homens de sangue e de pedra, não vão mudar. Não vamos mais perder tempo. Você tem de fazer cumprir a lei, custe o que custar. Eu estou ao seu lado para o que der e vier. É minha palavra de amigo e de homem... Não podemos deixar esse golpe dar certo. Se isso acontecer em Pernambuco, então se espalhará por todos os quartéis do país. E a coisa toda vai ser disparada a partir de Recife. É preciso estancar essa fonte. E você é o homem.

– O presidente sabe disso?

– Sabe. Eu mesmo o informei. Ele não vê a hora de largar a presidência. Ele não está se importando. Mas nós sabemos o risco que este país corre. Se Machado for vitorioso, ele será uma nova versão de Hitler.

– Por que todo mundo está agindo como se nada estivesse acontecendo?

– Porque só o alto escalão sabe disso.

– A oficialidade subalterna vai seguir o vencedor de Recife.

– Puxa! Acha que eu não escapo vivo dessa?

– Não sei. Os filhos das trevas são mais espertos que os filhos da luz. Eles se anteciparam a nós. Mas nós temos chance. Eu confio muito nos Garazes.

– Isso quer dizer o quê?

– Vamos deixar o país livre desse paranóico.

O avião do general Tarpeya parte de Fernando de Noronha. Moisés permanece ali e mantém contato com o comandante da brigada que foi deslocada para fazer a segurança no dia da entrega da Besta.

O general interfere na composição dos soldados, escolhe pessoas de sua confiança. Ele dá ordens ao piloto do avião:

– Vamos sair em meia hora.

– Senhor!

– Sim?

– Eu estava fazendo uma verificação de rotina e encontrei um problema.

– Que problema?

– Alguém mexeu no avião. Se sairmos com ele do jeito que está, viramos comida dos tubarões a algumas milhas daqui.

– Tem certeza disso?

– Absoluta, senhor. Alguém mexeu no nosso aparelho.

– Mas quem?

– É difícil saber. Há tanta gente aqui.

– Meu Deus!

– O que, general?

– O avião do Tarpeya.

– Caramba.

Os dois correm à sala de comunicação:

– Liguem-me com o avião do general Tarpeya, rápido.

– Sim, senhor.

O oficial tenta uma vez e nada, tenta a segunda vez e não consegue contato algum com o avião.

– O que está acontecendo?

– Não estamos conseguindo fazer contato algum com o avião.

– Como assim?

– Aconteceu alguma coisa com o avião?

– Como o quê?

– Devem ter danificado os aparelhos de contato do avião.

O general fala para o piloto.

– Vá consertar o avião, quando estiver pronto me chame.

Estava perplexo e desconfiado. No primeiro momento ele pensou tratar-se de um atentado, mas ficava a dúvida enquanto não conseguissem contactar o avião do general Tarpeya.

Quem mexeu no avião de Moisés tinha um objetivo: não deixar que ele chegasse ao Recife no Dia D. Só de madrugada o aparelho ficou pronto. Partiram. A expectativa de todos era o dia seguinte. Um dia que Pernambuco nunca esqueceria.

—✳—

"Terrível foi aquele dia."

15 de novembro, Dia da República, Dia da Entrega da Besta, Dia D. De quem seria esse dia? Da democracia ou da ditadura? Dizem que no Brasil "Democracia era recreio de ditadura", seria esse dia o início do recreio ou o começo de uma aula de um repressor?...

São seis horas da manhã. Um enorme acauã sobrevoa os céus do agreste pernambucano indo na direção do litoral, em breve chegaria ao Recife para a festa ou para a tragédia.

Seis e quinze. O enorme Hércules preto trazendo 300 Garazes prepara-se para aterrissar na Base da Aeronáutica, no Recife. O colossal avião traz no bico e na porta um G de um metro quadrado. Vinha para enfrentar o dragão Febrônio Machado e seu golpe violento e sanguinário.

O general Moisés não vê a hora de chegar ao Recife para tentar salvar alguma vida. O seu piloto lhe diz:

– Sabe que não encontraram o avião do ex-presidente.

– Logo eles vão encontrá-lo.

– Será? O senhor é muito otimista.

– Por quê?

– Aquilo foi sabotagem, general. Aquele avião tem um sofisticado sistema de comunicação. Não foi por causa de pane no rádio que eles não conseguiram se comunicar; para mim, o avião caiu no mar e vai ser difícil encontrar alguém vivo.

– Não diga uma coisa dessas.

– Foi por sorte que o mesmo não aconteceu conosco. Eles queriam que nós tivéssemos o mesmo fim.

– Você acha isso?

– Acho. Tem gente no nosso meio que não quer que os civis voltem ao poder. O senhor sabe quem.

– Como você avalia isso?

– Acho que eles gostaram do poder e do que podem usufruir no poder.

– E a questão ideológica?

– Isso é o que menos importa. Só quem se importa com isso é o coronel Machado. Aquele vê elefante vermelho em toda parte. Gente como ele incentiva os jovens para o marxismo muito mais que os livros e jornais de esquerda.

– Não tinha pensado nisso.

– O senhor já leu “O Capital”?

– Uma parte?

– Por que não leu tudo?

– É muito chato.

– É desinteressante, general. São poucos os que se tornaram comunistas lendo a “bíblia” deles. Aliás, são raros os marxistas que leram “O Capital” de ponta a ponta. Eu li todo o livro.

– O que achou?

– Um ótimo remédio para a insônia.

– Eu tenho um sobrinho que entrou para a luta armada.

– Por causa do "Capital"?

– Não. Foi por causa de uma injustiça que ele sofreu num seminário.

– Veja, aí está o motivo pelo qual a maioria das pessoas se tornou de esquerda. Por causa da injustiça.

– E de trogloditas como o coronel Machado.

– Exato. E eu não tenho dúvida de que é ele quem está por trás dessas sabotagens.

– Você acha isso?

– General, o senhor nunca conviveu com esse homem?

– Não.

– Esse homem é um sujeito bissexto. Ele o arrebenta se for contrariado. Isso eu estou falando de relacionamento na caserna. Ele faz aquele tipo carismático, brinca com todo mundo, ri de qualquer piada, até das mais bobas. Mas, quando se expressa um ponto de vista diferente do dele, ele o descasca, perde a compostura, xinga, fala de seus defeitos, humilha. Não é à toa que o sargento Getúlio o entregou. Eu, no lugar de Getúlio, faria o mesmo.

– Estou surpreso com você. Não sabia que tinha opinião tão contrária ao coronel.

– Tem muita gente no nosso meio que sabe quem ele é. Deus me livre desse homem. Foi ele quem fez essas sabotagens, não tenha dúvida.

O avião de Moisés corta a imensidão azul do Atlântico, enquanto em Recife se arma o espetáculo.

—✻—

Sete horas da manhã: O Governo do Estado mandou 450 homens fazer a segurança do lugar, ao redor da Casa de Detenção até a avenida Conde da Boa Vista, esperando entre dez mil a 20 mil pessoas nesse ato. O governo se baseava na história do país, que era de ausência de mobilização cívica.

Um grupo de ambulantes tentava arranjar um bom lugar perto do cordão de isolamento que estava sendo colocado ao redor de toda a Casa de Detenção.

No porão, engenheiros e técnicos do Patrimônio Histórico, do Exército e da Universidade Federal de Pernambuco estudavam um meio de retirar a Besta sem danificar muito as estruturas do porão. Analisando mapas antigos do lugar, cedidos pelos primeiros donos, os jesuítas, começaram a ver alguma "luz".

Pelo mapa mais antigo, encontraram uma parede que impedia o acesso a uma rampa muito antiga por onde a Besta era removida quando o lugar era ainda um mosteiro no século 17. A parede impedia o acesso à rampa. Engenheiros constataram que aquela parede não fazia parte da estrutura original e não sustentava colunas, foi construída apenas para fechar o acesso à rampa. Não entendiam por que aquela rampa não fora destruída na época da reforma.

Sob orientação dos técnicos, os trabalhadores começaram a abrir um buraco na parede, tamanho suficiente para a Besta passar.

As horas passavam nesse serviço meticuloso e cansativo. Depois que conseguiram romper a parede, encontraram a rampa centenária. Estava com muito lodo. O problema maior surgiu no final da rampa: uma laje – ela havia sido colocada na época da grande reforma, no século passado, com o propósito de fechar a saída e entrada da Besta, confinando-a no porão; assim, para a Besta ser retirada, a laje precisava ser removida.

Resolveram quebrar apenas uma parte da laje, só a parte que impedia que a Besta fosse retirada por inteiro. O objetivo era transformar o lugar em um ponto cultural. O governador prometeu tombar a Casa de Detenção e transformá-la em Casa da Cultura – na semana seguinte os presos começariam a ser removidos para outras cadeias do Estado. De imediato, retiraram o lodo para facilitar a quebra da laje. No lado de cima, estava parte do jardim da praça da cadeia. Os técnicos orientaram os ajudantes para que retirassem todo o canteiro de margaridas existente ali. Foi necessário o concurso de mais de 50 pessoas para retirar a Besta do porão.

Pessoas e ônibus vinham de toda parte do Estado. Antes das oito horas, os soldados calcularam mais de 20 mil pessoas presentes e a cada hora, chegavam milhares de pessoas. Parecia festa popular. Todos queriam ver a Besta ser tirada do seu esconderijo.

O sol estava forte, mas do nada começaram a aparecer nuvens escuras. O céu estava carregado de chuva.

Um enorme acauã, então, sobrevoou o hospital e soltou seu canto mítico. Nesse momento, Olavo despertou, abriu os olhos. O pássaro continuou seu vôo sob o céu nublado, ia na direção do centro, na direção da Besta.

Em questão de minutos, o acauã chegou sobre a multidão que estava ao redor da Casa de Detenção. O povo ficou surpreso com o canto do enorme acauã. Os supersticiosos se assustaram quando o pássaro, sobrevoando a cadeia, entoou seu canto característico e pousou sobre o mastro que se erguia acima da abóbada cinza-metálico da Casa de Detenção. Muita gente ficou amedrontada com aquela visão do pássaro no cume do edifício sob o céu cinzento, que estava claro menos de uma hora atrás.

Os homens no subsolo continuavam trabalhando intensamente. A multidão aumentava minuto a minuto, mesmo com os trovões que anunciavam que a chuva estava chegando. O trânsito no centro de Recife parou devido à enorme quantidade de ônibus e carros que vinham de toda parte. Os fiscais de trânsito começaram a arrumar o caos, desocupando a avenida Conde da Boa Vista, principal via de acesso à Casa de Detenção.

Uma chuva forte, então, desabou sobre a cidade. Chuva que não assustou o acauã, que continuou no mesmo lugar. Todos procuraram refúgio das águas nas marquises. O acauã permaneceu imóvel. As pessoas correram para onde podiam se abrigar da chuva. O comandante militar percebeu que 350 soldados da polícia de Pernambuco eram muito pouco para conter qualquer tragédia, se acontecesse, naquela multidão, que passava de 30 mil. Seria impossível segurar o povo em um tumulto. Pediu reforço aos quartéis. O exército mandou um grupo de soldados.

O médico de Olavo ligou para Afro e o informou que, sem entender como, Olavo saíra do coma naquela manhã. Um grande passo na sua recuperação. Afro agradeceu a Deus aquela notícia. Passaria no hospital antes de ir para a Casa de Detenção. A "entrega da Besta" estava marcada para as quatro da tarde.

O avião do general Cavalcanti chegou à base da Aeronáutica em Recife antes do temporal. Lá, ele foi de imediato ao avião Hércules com os Garazes:

– Bom dia, general! Sou o coronel Danilo Razzele. Às suas ordens.

– Coronel, hoje é o dia mais difícil da minha vida e também pode ser o da sua vida também.

– Imagino que sim, senhor.

– Está preparado para enfrentar a Besta?

– É para isso que estamos aqui.

– Ótimo.

– Senhor?

– Fale, coronel.

– E o general Tarpeya?

– O avião dele caiu no mar.

– Que loucura!

– Pois é. Soube agora há pouco que a Guarda Costeira encontrou pedaços do aparelho... sem sobreviventes.

Há uma reação de indignação, revolta e tristeza pela notícia da morte do general Tarpeya. Razzele, admirador do general, desabafa:

– A que ponto esse homem chegou.

– Entende agora por que eu disse que hoje é o dia mais difícil de minha vida?

– Sim. E sem dúvida vai ser o meu também.

– Muito bem... Como está a situação na Casa de Detenção?

– Assustadora. Fomos informados que há mais de 50 mil pessoas reunidas lá, e a cada momento chega mais gente. O pessoal está tendo muita dificuldade para tirar a Besta do porão. Parece que a cidade toda quer ver de perto a Besta de Cedro.

– Certo. Então vamos tratar da nossa participação. Só agiremos se o coronel atacar primeiro. Se ele for para a Casa de Detenção no seu intento de desfechar o "Golpe", vamos entrar em ação e detê-lo. Ele não pode passar a ponte do rio Capibaribe que dá acesso à Casa de Detenção.

– Quantos homens poderão vir com o coronel?

– Entre 400 e 500.

– Qual é o plano?

– Estão chegando 25 helicópteros de guerra vindo de Natal, logo estarão aqui. Uma parte dos Garazes irá por terra; a outra, por ar. Eu e o coronel Razzele estaremos nos helicópteros, dali comandaremos a brigada. Uma brigada da minha confiança está na praia do Pina, seguirá com a força de terra. Eles vão orientar os Garazes sobre a geografia da cidade caso haja combate nas ruas do centro. A maioria dos que fazem a segurança na Casa de Detenção são homens de Machado. Precisamos conter esse pessoal e evitar que eles se juntem às outras forças do coronel.

– E se eles reagirem?

– Prenda-os!

– Se reagirem com fogo?

– Não preciso dizer que devem reagir à altura. Vocês sabem o que fazer.

– Entendido.

– Ótimo. Continuando, Machado vai nos enfrentar em qualquer lugar. Ele não se importa que isso seja numa praça com 50 ou 100 mil pessoas. Nós nos importamos. Há muita gente inocente entre nós e eles. Nosso plano é segurá-lo na BR-232, no mínimo, dez quilômetros antes da avenida Caxangá. Ali há menos civis.

– General, se é assim, por que não vamos ao quartel e o seguramos?

– Porque ele já está preso.

– Mas mesmo preso ele planeja um golpe!

– Coronel Danilo Razzele, não podemos ir até lá e dizer: Coronel Febrônio Machado, temos conhecimento que você planeja um golpe, estamos aqui para vigiá-lo para que não faça isso. Sabe o que ele vai dizer? "Vocês são loucos, eu estou preso. Como posso fazer isso de dentro da cadeia? Vocês estão vendo elefante branco." Ele simplesmente vai adiar o golpe se souber que estamos esperando. O que conseguiremos será retardar o golpe para outro dia, para outra oportunidade, quando estiverem mais bem preparados... Vamos deixá-lo agir, não devemos impedir que ele dê o primeiro passo, só não podemos deixar que chegue onde quer... O coronel Machado está confiante que nada o deterá... No fundo, espero que ele seja sensato, razoável, maduro para não fazer a besteira que planeja.

– Ele sabe o que faz.

– Não sei se ele tem condições de avaliar as conseqüências dessa aventura... Tomem muito cuidado com todos os homens que estão com o coronel, não os subestimem, sejam fortes. Eles são dos nossos, mas estão em absoluta rebeldia.

– Os Garazes são todo ouvido. Cada palavra, ouvem-na, digerem-na com extremo apetite – o general Moisés Cavalcanti lança um olhar profundo como se colocasse naquele olhar o peso da responsabilidade do futuro do país.

Ele continua:

– Hoje a lei vai ser cumprida a ferro e fogo. Nossa missão é fazer cumprir a decisão da lei, da verdade e da justiça. Essa é a nossa suprema missão. A vontade do Brasil está acima da vontade de uma pessoa. Entenderam?

Os homens respondem afirmativo. O coronel Razzele perguntou:

– Como vamos saber do começo do golpe?

– Tenho cinco homens de confiança no quartel em que Machado está. Eles vão nos informar quando acontecer, se acontecer. Fique tranqüilo.

De repente ouve-se um barulho de aviões no céu. Em dois minutos, aterrissam no aeroporto 25 helicópteros de guerra. Eles pousam em forma de um gavião voando no céu.

– Os acauãs chegaram.

O general Moisés estava errado. Mesmo sabendo da presença dos Garazes Machado, não adiaria o golpe. Machado não temia ninguém, nada.

—✳—

Na Casa de Detenção, a forte chuva foi aos poucos cessando, o céu se abriu novamente. A chuva lavou a cidade para esse momento. A atenção de toda a cidade estava no que acontecia na Casa de Detenção. Gente de todo canto continuava chegando, a multidão passava de 200 mil pessoas – isso mostra a importância que a Besta de Cedro exercia sobre o povo. As televisões e rádios transmitiam para todo o país aquele acontecimento que, na opinião de alguns equivocados, não atrairia a atenção de mais de mil pessoas. A Besta de Cedro parou a cidade.

Chegara o momento mais esperado. Os homens no porão retiraram todo o entulho da laje que estava sobre a rampa centenária. Agora era amarrar a Besta e puxá-la para a superfície. Mandaram encostar dois caminhões guincho. Os cabos de aço foram amarrados nas laterais do móvel, bem amarrados, mandaram puxar. Quando a Besta começou a ser retirada do porão, um ruído ensurdecedor de suas rodas de ferro, arrastando no chão, deixou os homens desesperados. Quase ficaram loucos com o barulho. Pediram imediatamente para parar. Ninguém estava agüentando o barulho lá no porão.

A Besta não queria sair, não queria ser exposta à luz do sol, da verdade, da justiça. Todos os homens saíram do porão. Apenas dois engenheiros voltaram para lá depois que arrumaram protetores de ouvidos. Os guinchos voltaram a puxar a Besta. O barulho das suas rodas no chão era tão forte que as pessoas que estavam dentro e ao redor da Casa de Detenção sentiam o chão tremer. Tremia tudo em volta da cadeia. A Besta parecia um animal selvagem que resiste em sair da sua toca.

Contra a vontade centenária da Besta, ela foi arrastada para fora. Os dois engenheiros supervisionavam sua saída, ao mesmo tempo em que apertavam com as mãos os protetores de ouvidos, tal era o barulho que ela produzia na sua luta de não vir à luz do dia. Sem os protetores, era impossível ficar no porão. É um momento único, o povo é avisado que a Besta centenária está sendo retirada do porão. O povo se apertava para ver. Os guinchos estavam a toda força, a Besta chegava à superfície. As árvores estavam cheias de pessoas penduradas, os presos da Detenção se espremiam nas grades das celas que davam para ver o "bicho"; os prédios estavam repletos de pessoas nas janelas com seus binóculos.

A "lenda" de mais de 300 anos estava surgindo. Nesse momento, só se ouvia o som do guincho e o ronco ensurdecedor das rodas da Besta se arrastando na rampa... Aparece o animal por inteiro. Seis metros de altura, nove de comprimento. A madeira tinha uma coloração variada do vinho-marrom do assoalho ao marrom claro das colunas verticais. Muitos não acreditavam. As reações eram as mais diversas: uns riam e batiam palmas; nos olhos de um velho bispo católico de esquerda, um lenço enxuga suas lágrimas; nos olhares e rostos de alguns militares, via-se rigidez e desaprovação pela nudez da Besta. Sentiam-se nus com a nudez dela.

Um pequeno tumulto aconteceu entre um grupo no meio da multidão que achava uma estupidez entregar a Besta a uma pessoa. O governador pretendia entregar a Besta a Afro como um direito por ter sido o único que sobreviveu depois de ter sido torturado nela. O tumulto foi contido com energia pela polícia e os homens do Exército.

CAPÍTULO 55

"...ele te livrará do laço do passarinheiro
e da peste perniciosa [...]
a sua verdade é pavês e escudo..."
(Salmos 91.3a,4b)

Chega a hora do coronel Febrônio César Machado agir.

– Estou pronto. Chegou o grande momento.

Seus homens abrem a porta da prisão, e lhe dão uma pistola. Ele foi direto até a cela de Getúlio:

– Chegou sua hora, Calabar. Ajoelha e reza, que chegou sua hora.

Getúlio se assusta no primeiro momento, mas logo se recupera, dentro da cela, desarmado, sem ter como se defender, lança um olhar de coragem e dignidade no ex-admirado, ex-amigo, coronel Machado. Ele sabe o tamanho do furo que a bala daquela arma faz quando penetra no peito de um homem. Quando entra, o furo é pequeno como um caroço de feijão; mas, quando a bala sai, deixa um buraco do tamanho de um melão.

Getúlio continua sério como um soldado que recuperou sua dignidade diante do inimigo.

O coronel aponta a arma.

– É isso que eu faço com quem me apunhala pelas costas.

– Você só é homem, coronel, quando está armado e cheio de seguranças ao seu lado – Getúlio tenta uma saída desesperadora.

– Eu não sujo minhas mãos com vira-latas.

– Mentir é fácil demais. Hoje você encontrará com a verdade e o demônio, e eu vou me encontrar com Deus. Vai, atira, é aqui o meu peito, aqui. Assassino, covarde!

– Morra, filho de Calabar.

Machado dispara seis tiros em Getúlio. Getúlio cai e morre em um canto da cela.

– Agora é a vez de todos os nossos inimigos. Hoje é o nosso dia. Este dia ficará na história como o mais importante desta nação. Este é o nosso dia. Vamos, o Brasil nos espera. Atirem em quem tentar nos deter, acabem com os homens do Moisés – ordena o coronel.

Na fuga do quartel, Machado e seus homens matam seis oficiais que procuraram detê-lo e feriram oito, cinco ficaram em estado grave. Dos cinco homens de Moisés, matam dois e deixam três em estado grave.

Mais de 300 soldados entraram em caminhões, Machado foi à frente num jipe Dodge 1944. Partiram com um comboio de mais de uma dezena de caminhões para a Casa de Detenção.

O general Moisés não sabia que o golpe havia começado. Em pouco tempo, o comboio do coronel chegou à avenida Caxangá, depois atravessaria o parque do Derby e pegaria a avenida Conde da Boa Vista, e pronto, estaria no local em que imaginava que aconteceria o ato mais importante da República brasileira, um golpe de Estado radical, que selaria o destino político e a maneira de ser do brasileiro; ou seja, uma pessoa que não nasceu para viver com a democracia, igual a Machado. A alma política do brasileiro estava em jogo.

—✳—

Afro visita no hospital "seu" Olavo Manoel, os dois estão completamente alheios ao confronto iminente. Na praça, o povo já chegava a mais de 250 mil pessoas. O Corpo de Bombeiros foi chamado para dar apoio. Muita gente assentava-se nas muretas que iam dos Correios até a praça da Casa de Detenção. Ninguém queria perder aquele momento histórico, todos desejavam ver a Besta. O povo estava eufórico com a visão da Besta, nem desconfiava do confronto violento que se armava no horizonte.

Do jipe Dodge, Machado fez contato com um agente que vigiava Afroníger:

– Onde o Zumbi comunistóide está?

– Está saindo do hospital.

– Ótimo, vamos chegar juntos na festa.

Afro saiu do hospital feliz da vida com a recuperação do amigo, nem sonhava que às suas costas Machado lhe preparava um bote.

No palanque montado ao lado da Casa de Detenção e de frente para a Besta de Cedro, estão várias personalidades: o governador, muitos sindicalistas, vários embaixadores – entre eles, o dos Estados Unidos e Alemanha –, o embaixador da Alemanha estava ao lado de Karl e muitos outros. Todos reunidos para presenciar aquele momento histórico.

O governador pegou o microfone e começou a falar ao povo sobre aquele momento. Fez um discurso popular, exaltou as pessoas que lutaram contra as injustiças, falou de Afroníger, de sua dignidade e de sua luta. Aproveitou o momento político e o oceano de pessoas no centro, aquela multidão ouvindo era uma glória para ele. Todos esperavam a entrega oficial da Besta a Afro às quatro da tarde. Mal sabiam o que lhes esperava em minutos.

No começo da extensa avenida Conde da Boa Vista, o motorista do jipe Dodge vê Afro na moto:

– Lá está ele.

– Onde?

– Naquela moto velha de camisa cáqui e calça azul.

– É ele mesmo. Finalmente peguei você, miserável. Acelera!

O jipe chega perto da moto de Afro. Este olha pelo retrovisor e percebe que está sendo perseguido pelo Dodge do coronel. Afro acelera. A intenção de Machado era passar por cima de Afro e levar seu corpo até a Besta como uma lição a todos. Ninguém esperava por mais essa tragédia democrática.

Afro tenta desesperadamente fugir, acelera o motor ao máximo; o jipe, mais rápido, se aproximava mais, já chegava a uns 50 metros da moto.

– Atropela a moto! Passa por cima dele – ordena o coronel ao motorista.

Nesse mesmo momento, os homens de Danilo e Moisés, que vieram por terra, chegaram à Casa de Detenção e, em uma ação fulminante, dominaram os homens do coronel e tomaram o controle da segurança.

A multidão se agitava, o governador fica sabendo do que está acontecendo, pede então calma ao povo, que se alvoroça com a prisão de tantos policiais sem saber a razão. Muitas pessoas se afastam com medo de levar um tiro. De repente, o pânico se espalha no meio da multidão e sai correndo gente para todo canto. O governador continua tentando acalmar a multidão, o bispo faz o mesmo. Enquanto isso, os Garazes fecham com cavaletes as pontes de acesso à Casa de Detenção; principalmente, a ponte da avenida Conde da Boa Vista.

O pânico aumenta, os soldados não conseguem controlar o povo, só pedem que subam em direção à pracinha do Diário. O palanque se reduz a 90%. O governador, o bispo, todos que ficaram no palanque continuam pedindo calma... Estava muito difícil controlar aquela multidão de quase 300 mil pessoas.

O jipe se aproxima da moto. O Dodge está muito perto da moto de Afro. Falta pouco para ambos chegarem à ponte. Machado ordena:

– Passa por cima. Passa por cima desse desgraçado. Peguei você desgraçado! – grita.

Faltam alguns metros. Afro acelera o máximo que pode sua velha moto.

– Atropela o animal. Vai, vai, vai.

Chegam à ponte. Como um raio, o jipe Dodge de Machado é surpreendido pelo helicóptero de Danilo. O motorista se assusta e, para não ser fuzilado, joga o veículo no rio. Afro também se assusta e derrapa com a moto. Rola pelo asfalto até parar no meio-fio. Fica todo ralado no tombo. No rio Capibaribe, caem Machado e o motorista do Jeep.

Machado é levado, pela forte correnteza, para o meio do rio. A nave vai em busca do coronel. Danilo manda o piloto se aproximar mais de Machado que se debate na correnteza. O aparelho fica em cima do coronel. Do helicóptero, desce um cabo de aço com uma cinta na ponta para Machado enrolar no corpo para ser puxado.

Machado, quase afogando, segura a cinta de borracha, mas quando vê o coronel, numa última atitude de orgulho, recusa o salvamento, solta a borracha, olha para Razzele, como quem diz: "De você eu não aceito nada, nem salvar minha vida". Entrega-se às águas, com a intenção de morrer afogado. Um dos tripulantes diz:

– Deixa, coronel. Ele decidiu seu destino.

– Não. Ninguém vai virar herói em cima de mim.

O coronel Razzele pula no rio. Razzele mergulha procurando o coronel. Achando-o, os dois lutam, Machado quer morrer, e resiste com toda sua força, Razzele tenta de todo jeito agarrar o "dragão", coisa difícil, mesmo bem mais velho e ferido na queda do rio, Machado dá muito trabalho, mas sem saber – ou sabendo – Danilo agarra numa parte do tórax do coronel que estava luxada, então consegue dominar o dragão com as mãos, passa, então, a cinta de salvamento à força na barriga de Machado.

– Deixe-me morrer, infeliz!

– Pode morrer quando quiser, coronel, mas agora tem de permanecer vivo para enfrentar a verdade.

Largue-me, seu miserável.

Machado e Razzele são içados do rio. A testa de Machado está roxa, rosto ensangüentado, provavelmente ferimentos causados pela queda no rio. O helicóptero o leva até a Besta e o palanque. Machado é preso na Casa de Detenção, onde foi atendido por médicos do hospital da Marinha.

Às cinco da tarde, na avenida Conde da Boa Vista, os homens de Machado, sem comando e sem condições de resistir aos Garazes, se rendem.

O coronel Danilo comanda tudo, seu coração de aço se derrete ao saber que o general Moisés, que conhecera de manhã, estava morto, vítima de um enfarto. Tenta segurar as lágrimas. Muitos pilotos de helicópteros, homens do general Moisés Cavalcanti, choram, mantendo a postura de soldado.

Afro, que no tombo da moto esfolou todo o corpo e luxou o braço esquerdo, está cheio de curativos. O médico que o atendeu manda-o para o hospital.

– Você precisa tirar Raio X.

– Nem que eu morra na Besta, agora eu não vou ao hospital. Chegou a minha hora e eu não posso perder esse momento.

Com dificuldade, se levantou da maca da ambulância. Afro caminha com dificuldade. No seu corpo, vários ferimentos. No lado direito do rosto tem um enorme curativo. Manca com uma das pernas, com muita dor anda em direção à Besta. De repente, alguém no meio da multidão começa a cantar o Hino Nacional. Logo, todo o povo está cantando. Afro caminha e uma comoção se apodera de seu coração e toma conta de todo seu ser à medida que as vozes ficam nítidas. Lágrimas, como fogo, descem de seus olhos. O povo nesse momento não precisa ser contido por ninguém porque o espírito democrático os continha.

Chegando em frente à Besta, parou e cantou o finalzinho do hino. Continuou parado ali diante da Besta. Primeiro, sentiu medo, depois, um tremor; em seguida, uma raiva profunda tomou conta dele.

O governador, sem demora, entregou a Besta a ele.

– Ninguém neste lugar sabe o que fazer com isto mais que você. Este demônio já causou desgraças demais por hoje. Afroníger Carvalho de Oliveira ela é sua para fazer o que quiser.

Afro, diante da Besta, fica em silêncio. Relembra todo o passado. Especialmente o inferno daquela noite de agonia. Uma forte comoção em suas entranhas toma conta dele e o faz vomitar. Vomita, vomita os traumas que tinha padecido. Vomita o passado infernal, a amargura que carrega na alma. Vomita todo o mal. Precisava se livrar de toda aquela podridão dentro de seu íntimo.

Depois de alguns instantes, já refeito, foi ao microfone:

– Eu quero falar. Peço silêncio, por favor – a multidão fez um silêncio profundo.

– Nem acredito direito que isto esteja acontecendo. Eu gostaria que Tiago estivesse aqui. Ele foi morto naquele assoalho maldito da Besta. Eu também quase fui morto ali. Nesse assoalho, está o sangue de centenas e centenas de pessoas. Esse assoalho é sagrado por causa do sangue derramado, mas este monstro é maldito. Só o sangue dos mártires nele imolado é sagrado. Hoje é o dia da vitória. Eles morreram, mas venceram. Hoje é o dia de sua vitória. Vamos queimar este monstro e o sangue dos santos será como um cheiro suave de vida – a multidão bateu palmas, mais de 250 mil pessoas batiam palmas... Afro pediu silêncio.

– Este monstro aqui odeia as pessoas. Ele foi feito por homens que acreditavam que suas idéias eram maiores do que as pessoas. As pessoas que não se encaixavam na sua ideologia tinham de sumir. A Besta representa todo tipo de ideologia que rouba a vida das pessoas. As pessoas são maiores que as ideologias. E agora provaremos isso. Este é o motivo que esta desgraça vai queimar. A Besta vai queimar em nome de todos que foram mortos nela – a multidão aplaudiu novamente.

As palmas têm o som de muitas águas. São águas de justiça, de verdade e liberdade. A liberdade estende suas asas sobre aquele lugar como as asas do Acauã no cume da Casa de Detenção. Afro está maravilhado com sua liberdade. Ele se lembra de Olavo Manuel e suas palavras.

– O que vamos levar deste momento? Neste momento, estamos frente a frente com os nossos pesadelos. Este é o maior deles. O terror das crianças, o símbolo da elite atrasada e incompetente está diante de nós. Lutando, uns sem saber; outros; sabendo. Todos vencemos a Besta. Vencemos pela verdade e justiça. A justiça frágil verde-amarela, que há tanto tempo esteve a serviço dos donos da República, hoje ela está do nosso lado, esperamos que seja assim para sempre, porque nós conquistamos à custa de muita luta, muita dor e muito sangue. Sangue de muitos filhos desta terra.

Mais palmas. O povo estava lavando a alma.

– Hoje é o grande dia da grande nação de brasileiros que não teve vez nem voz na República. Hoje vamos entoar uma linda canção que fala da nossa vitória. Hoje é o dia de Tiago, de Olavo, de Pajeú, Justino, de Tiradentes, Castro Alves, Zumbi, Dona Heidi Keplerer Schweitzer, Bepi, Anatole,

Hiloio, de João Cândido, de todos que vivem na bem-aventurança da fome e sede de justiça. Hoje é o dia de nossos filhos e netos. Hoje é o nosso dia. Hoje é o dia da Besta ser queimada. Hoje é o dia de apagar esse borrão da nossa alma, da nossa história, da nossa pátria. E vamos apagá-lo com fogo – mais palmas do mar de brasileiros. Silêncio.

– Quero que todos saibam que este fogo é para a paz, para a justiça e liberdade – falou a plenos pulmões.

– Hoje eu me sinto livre. Finalmente, por Deus, eu me sinto liiiivre... liiiivre...liiivre... Hoje é o dia da grande celebração.

O povo era só palmas. Aplausos que faziam a todos arrepiar. A multidão com a alma lavada grita:

– Queima! Queima! Queima!

Um ódio, misturado com fúria incontrolável, toma conta de Afro. Ele procura algo para atacar a Besta. A multidão continua gritando: "Queima! Queima! Queima!". Afro pegou um machado do Corpo de Bombeiros, com ele partiu para cima das pilastras centenárias da Colônia do Tacape, do Império do Tacape, da República do Tacape.

Atacou com todas as suas forças as enormes pilastras. Uma, duas, três, dez, 20 machadadas, apenas lascas se soltavam. Atingiu outra pilastra. Somente pequenos pedaços de madeira, insignificantes se desprendiam. Golpeava na esperança que as pilastras caíssem. Mas a madeira parecia feita de ferro. Cada golpe que desferia na Besta tirava insignificantes lascas, mas também abriram as feridas que teve na queda da moto. Seu sangue descia por todo o corpo e empapou a roupa. Afro ficou exausto. Caiu. Ergueu-se. Estava sem forças. Pediu gasolina à multidão. Algumas pessoas vão até os carros tirar gasolina. Um soldado lhe dá uma sacola; outro, um litro; outro, um galão. Afro pegou os recipientes com o combustível e foi derramando sobre o assoalho da Besta. Derramou gasolina em todos os cantos da Besta. O líquido escorria em todos os cantos do assoalho. A Besta foi batizada com gasolina, agora só faltava o batismo de fogo.

Fraco, emocionado, Afro falou a todos:

– Afastem-se, fiquem longe da Besta. Pode ser perigoso. Afastem-se.

Afro acendeu uma bucha de estopa, amarrou em um pedaço de madeira e jogou no centro do assoalho. Antes que a bucha o tocasse, o fogo tomou conta de toda a Besta como uma bomba.

A multidão batia palmas. Afro olhava a Besta sendo tomada pelas chamas com uma profunda satisfação e alívio. Afro, então, desabou exausto. As pessoas correram até ele.

– Calma. Não se preocupem, estou bem – disse Afro.

Cheio de júbilo, contemplava a Besta queimar.

– Livre, livre... Hoje estou livre... Hoje sou livre...

Nesse momento, algo inesperado aconteceu. Um cordeiro subiu a rampa. Era o cordeiro que havia sido sacrificado na fundação da Besta. O misterioso cordeiro que berrava nas noites de tortura. O cordeiro que apareceu a Afro na noite de sua tortura e abandono. O cordeiro fica diante do olhar da multidão, das autoridades e de Afro. Caminha ao redor da Besta, caminha com passos de leão, como um leão poderoso, vencedor, furioso. Dos seus olhos emanava fúria legítima contra toda impiedade da Besta. Parou diante da Besta, no seu olhar tinha um fogo mais feroz do que aquele que consumia a Besta.

O cordeiro caminhou até Afro. Os dois se olharam. Aquele olhar de leão furioso ficou suave, delicado, como se fosse o olhar do cordeiro mais manso e sereno da terra. Olham-se profundamente. Ninguém os entende, não há como compreender o que se passa entre os dois nesse momento. Afro diz:

– Acabou. Chegou ao fim. Você venceu. O Brasil venceu. Nós vencemos.

Alegre ao extremo, o cordeiro corre, pula, salta ao redor da Besta em chamas, várias vezes; o cordeiro celebrava, comemorava com o povo aquela vitória. Uma onda de alegria, a maior de todas, tomou conta da multidão e o povo começou a cantar e dançar.

—✳—

Helena e os filhos saem do meio da multidão. Todos estão muito emocionados. Afro os avista. É a primeira vez que os vê desde que saiu sem se despedir, em Chapada dos Guimarães:

– Desculpe-me, Helena. Mas eu tinha de vir de qualquer jeito.

– Entendo.

– Eu era inocente.

– Eu sei.

– Fui vítima. O tempo todo eu era uma vítima.

– Nós também fomos vítimas. O que eu não sabia era que isso iria tomar tamanha proporção.

– Nem eu. É coisa de Deus.

– Disso eu tenho certeza. Vem, abrace-me.

A família se abraça e chora. Choram muito mais do que a primeira vez que se encontraram no Mato Grosso.

– Tudo acabou, querido. Finalmente, tudo acabou.

Afro beija a mulher. Depois, com os filhos, festejam com a multidão.

—✳—

O governador decretou feriado na sexta e sábado. Todo mundo ficou ali, naquela noite, cantando, conversando, comendo, bebendo e se alegrando. Aquela festa não tinha hora nem dia para acabar.

No meio da festa, o cordeiro desapareceu. Mas deixou sua alegria em todos.

O enorme acauã ficou no pináculo da Casa de Detenção até que o fogo da Besta se extinguisse. Queimou três dias e três noites. Nesses dias, as pessoas foram para lá cantar e celebrar. Quando a última chama cessou, o acauã tomou os céus, na direção do sertão.

Especialistas do Patrimônio Histórico de Pernambuco ficaram espantados ao analisar a Besta, pois constataram que depois de vários dias o fogo que a consumia não atingira o centro da madeira. Queimou apenas a pele, a casca; debaixo da crosta queimada, a madeira estava viva.

A Casa de Detenção atualmente é a Casa da Cultura de Pernambuco. Reformado o porão, "a Besta" destruída foi colocada novamente lá, agora, não mais escondida, mas exposta, em um lugar em que todos a podiam ver. E, assim, aprender. Aprender o que foi o Brasil durante muito tempo.

—✳—

O general Moisés Cavalcanti foi enterrado como herói. O coronel Danilo colocou um quadro com a foto do general em sua sala, sob a moldura, gravou em letras douradas:

"Acauã de aço". Ele nunca esquecerá o homem que, mesmo enfartando, mandou continuar a luta pela justiça, verdade e liberdade. O coronel Machado cumpre pena em uma prisão militar por vários crimes, dentre eles, a morte do general Tarpeya. Karl se aposentou e passa o tempo cuidando do jardim, escrevendo e proferindo palestras em universidades e igrejas alemãs. O Vale Escol é atualmente um dos maiores produtores de uvas do sertão da Bahia. No local em que os vinhedos foram queimados, plantaram novos vinhedos e cada ano realizam melhores colheitas. Olavo recuperou-se e realizou seu sonho de juventude: morar em uma casa de frente para o mar. Afro e a família trabalham na quitanda e voltaram a morar em Piedade.

—✳—

No começo, eu via tudo como num espelho, um espelho embaçado; agora, no final, mais claro, e só agora percebo que a luta principal não foi política, ideológica. Era uma luta espiritual, entre o Cordeiro e a Besta de Cedro. Os dois competiram durante o decorrer da história, sem que eu soubesse enquanto escrevia.

Esta Obra foi composta na fonte
Adobe Garamond, corpo 12 e NevadaEF, corpo 11,
sobre papel Pólen Soft 70 g/m^2 e capa sobre cartão
Supremo 250 g/m^2